古典詩歌研究彙刊

第二三輯

龔鵬程 主編

第1冊

唐宋詩中的孔子(上)

周岩壁 著

國家圖書館出版品預行編目資料

唐宋詩中的孔子（上）／周岩壁 著 — 初版 — 新北市：花木蘭文化事業有限公司，2018〔民 107〕

目 2+176 面；17×24 公分

（古典詩歌研究彙刊 第二三輯；第 1 冊）

ISBN 978-986-485-278-9（精裝）

1.（周）孔丘 2. 唐詩 3. 宋詩 4. 詩評

820.91 107001408

古典詩歌研究彙刊

第二三輯 第 一 冊 ISBN：978-986-485-278-9

唐宋詩中的孔子（上）

作　　者　周岩壁

主　　編　龔鵬程

總 編 輯　杜潔祥

副總編輯　楊嘉樂

編　　輯　許郁翎、王筑　美術編輯　陳逸婷

出　　版　花木蘭文化事業有限公司

發 行 人　高小娟

聯絡地址　235 新北市中和區中安街七二號十三樓

電話：02-2923-1455／傳眞：02-2923-1452

網　　址　http://www.huamulan.tw 信箱 hml 810518@gmail.com

印　　刷　普羅文化出版廣告事業

初　　版　2018 年 3 月

全書字數　266315 字

定　　價　第二三輯共 14 冊（精裝） 新台幣 22,000 元

唐宋詩中的孔子（上）

周岩壁 著

作者簡介

周岩壁，南陽人，1972 年生。文學博士。著有《想不到的西遊記》（北京大學出版社，2015 年）。現在鄭州師範學院中原文化研究所任職。

提　　要

《唐宋詩中的孔子》，是作者 2012 年在華東師範大學通過的博士學位論文。該文主要就唐宋詩對孔子的表徵進行系統的考察；以唐宋詩歌爲材料，採用傳統的乾嘉樸學研究方法，結合西方新批評文本細讀理論，強調文本的中心地位，也顧及傳統的作者在意義闡釋中的價值，通過考察孔子在唐宋詩歌中的種種表徵來研究這位「千古一聖」。認爲它對孔子的表徵，具有以下特點：1. 多樣性：就表徵客體而言，唐宋詩歌對孔子個人生活史中的要素、節點進行大量表現。2. 多元性：就表徵主體而言，唐宋詩歌對孔子的表徵顯出價值上的多元性。3. 同一性：雖然對孔子表徵在唐宋詩歌裏顯示出多樣性和多元性，但同時表現出同一性。4. 自由性：唐宋時期，孔子已經不容置疑地居於意識形態的中心；但孔子地位並未凝固，仔細考察，我們會發現孔子仍處於緩坡式上升運動中。唐宋詩歌直呼孔子之名，無所迴避中表徵孔子的自由性得到具體驗證。這種自由性，同時也顯示出文學與意識形態相對抗，對意識形態具有潛在的破壞、銷蝕作用。

目次

下　冊

緒　論

第一節　孔子研究的現狀

錢穆說：「孔子爲中國歷史上第一大聖人，既集中國歷史文化之大成，又開其新統；對中國文化理想之建立，具有最深影響最大貢獻者，殆無人堪與孔子相比倫。」（《孔子傳・序言》）〔註 1〕用孟子的話說就是，「自有生民以來，未有孔子也」。（《孟子・公孫丑》上）隨著東西方文化交流的深入開展，孔子在域外也逐漸被瞭解，他的影響也越來越大。1957 年，德國的雅斯貝爾斯出版了他晚期的重要著作《大哲學家》（社會科學文獻出版社，2010），用宏大的世界性眼光，把孔子與蘇格拉底、佛陀和耶穌並列，稱此四人爲「思想範式的創造者」。可見，千古一聖的適用範圍像動蕩的水波一樣，越漾越開。孔子是中國傳統文化的樞紐、通道。所以，對孔子的研究和討論，在某種意義上就是對中國傳統文化的研究和討論；對孔子的理解與詮釋，可以說指示出對中國傳統文化的把握程度。

〔註 1〕錢穆《孔子傳》（臺灣，1974 年；三聯書店，2002 年），對孔子一生的重大事件予以簡明的梳理。關於孔子的主要觀點，在錢穆《先秦諸子繫年》中多有。不過，《孔子傳》條理更明晰。錢穆在此還對一些長期存在的似是而非的見解予以廓清。如《史記》說，「（顏）回二十九髮盡白，早死」，並未明確他多大歲數死的；三國時王肅（按：《四庫全書總目》標爲「漢王肅」）的《孔子家語》卻斷定顏回「三十一早死」。錢穆根據顏回之死晚於孔子的兒子伯魚，推斷出顏回應該是死於四十一歲，次年孔子就去世了。較爲愜當。

實際上，自鴉片戰爭以後，在西方文明的衝擊下，孔子的思想和地位受到前所未有的挑戰和質疑。面對這一危機，康有爲（1858～1927）在西方基督教的啓發下，大聲疾呼孔子是教主，發起「保教運動」，要把儒教提升爲「國教」。他在《〈孔子改制考〉敘》中說：「天既哀大地生人之多艱，黑帝乃降精而救民息，爲神明，爲聖王，爲萬世作師，爲萬民作保，爲大地教主。」〔註2〕孔子這時候又成了漢代讖緯之學中所謂的「黑帝之子」！此書作於戊戌變法的 1898 年，民主和科學的意識已經隨著洋槍洋炮洋貨輪船火車逐漸進入中國。所以，對孔子的這種說法，顯得不合時宜；連弟子梁啓超（1873～1929）都反對他，認爲應當把孔子定位爲「哲學家、經世家、教育家，而非宗教家」！〔註3〕（梁啓超《保教非所以尊孔論》）而梁啓超的觀念，和五四運動前後提倡民主與科學的思想家們的觀念相去無幾。黃進興指出，被胡適頌揚爲「近年來攻擊孔教最有力的兩位健將」——陳獨秀（1879～1942）和吳虞，「他們均承繼梁氏對孔教的態度。所不同的是，陳氏將『孔教』與『專制』視爲連體嬰，因此歸結儒術孔道與『近世文明社會決不兼容』；吳氏則將『禮制』視爲『儒教』的具體化身，疵議『禮教吃人』。」黃進興進一步分析，認爲當時的反孔教運動實由兩股勢力匯聚而成。其一爲「科學主義」的思潮，另一爲政

〔註 2〕康有爲《孔子改制考》，《中國現代學術經典・康有爲卷》（朱維錚編校），石家莊：河北教育出版社，1996：341。余樹蘋《救亡圖存的教主——康有爲論孔子形象》（《現代哲學》2009 年第 5 期）認爲，康有爲對孔子形象的理解，是以自己的思想解釋古人；以孔子爲聖王、爲教主，將孔子形象擴大而成爲宗教性的、現時性的影響。知識分子急於救世而無所依憑，惟有榮古虐今，尋求依託，實出權宜之計。康有爲尊崇孔子與孔子尊崇古人的做法，相似。

〔註 3〕周紅《儒學宗教性問題研究》（2010 年博士學位論文）認爲，近代孔教運動是近代知識分子以孔教對抗西方基督教入侵的一種政治上的嘗試，這段時期的孔教激辯是儒學宗教性問題的展開。港臺以及海外新儒家對儒學的宗教性的研究是參照西方思想界對宗教重要作用的認定而展開的對儒學的新一輪反思活動。儒學宗教性有著理論上的可能性：儒學宗師孔子的思想以及儒學、儒經都有著被闡釋爲宗教的可能性。

治偶發事件。前項可以陳獨秀和蔡元培爲代表。「從外緣因素視之，陳氏諸人反孔思想的深化當然是民國初年政事激蕩的結果。譬如，袁世凱稱帝、祭天，張勳舉軍復辟，處處濫用儒家文化象徵；諸如此類的事情均令知識分子對儒教感到幻滅。」〔註 4〕

此外，同時對孔子和儒教開展猛烈批評與否定的還有李大釗（1889～1927）和魯迅（1881～1936）。李大釗說，「孔子者，數千年前之殘骸枯骨也」；「孔子者，歷代帝王專制之護符也。」「孔子只是一代哲人，決不是『萬世師表』！〔註 5〕魯迅對孔子的批評固然深刻，但有時候不免流於油滑。如，他說：「孔丘先生確是偉大，生在巫鬼勢力如此旺盛的時代，偏不肯隨俗談鬼神；但可惜太聰明了，『祭如在祭神如神在』，只用他修《春秋》的照例手段以兩個『如』字略寓『俏皮刻薄』之意，使人一時莫明其妙，看不出他肚皮裏的反對來。……孔丘先生是深通世故的老先生，大約除臉子付印問題以外，還有深心，犯不上來做明目張膽的破壞者，所以只是不談，而決不罵，於是乎儼然成爲中國的聖人，道大，無所不包故也。」「孔老先生說過：『毋友不如己者。』其實這樣的勢利眼睛，現在的世界上還多得很。」〔註 6〕「《由中國女人的腳，推定中國人之非中庸，又由此推定孔夫子有胃病（『學匪』派考古之一)》。」〔註 7〕這大概是嬉笑怒罵皆爲文章的表現之一端歟？

這種菲薄孔子的情緒，是時代風氣使然，矯枉過正，未爲不可；但並沒有邏輯上的嚴密和學理上的依據。直到抗日戰爭末期，思想上表現出的喧囂與躁動才有所緩和，對孔子的研究轉向歷史的考證與學術上的冷靜。可以錢穆（1895～1990）和馮友蘭（1895～1990）爲代

〔註 4〕《作爲宗教的儒教：一個比較宗教的初步探討》，黃進興著《聖賢與聖徒》，北京：北京大學出版社，2005：117～21。

〔註 5〕李大釗《孔子與憲法》,《由經濟上解釋中國近代思想變動的原因》,《十家論孔》(蔡尚思主編)，上海：上海人民出版社，2006：44；52。

〔註 6〕魯迅《再論雷峰塔的倒掉》,《雜憶》,《十家論孔》(蔡尚思主編)，上海：上海人民出版社，2006：64；66。

〔註 7〕《魯迅雜文精選》，北京：人民文學出版社，2009：133。

表。他們和後來的港臺新儒學一脈相承，錢穆自己就是新儒學的代表性人物。此後四十來年，由於政治大氣候的影響，國內的孔子研究乏善可陳，即使有一些成果，也往往只是爲意識形態幫忙，爲現實的政治運動營造輿論氛圍。〔註 8〕比如，1973 年趙紀彬寫的《關於孔子誅少正卯問題》，將之定爲史實！〔註 9〕大陸學術一片蕭條，這時候，牟宗三、徐復觀等爲代表的「新儒學」則正處鼎盛，挾傳統的乾嘉考據之長，吸收西方哲學論辯縝密的特點，在研究孔子等一系列領域時，強調本體論與方法論的統一，多有創論，發人深省；歐美的華裔學者，如余英時、劉述先等人發揮兼通東西的優勢，遊刃有餘於兩大文化之間，爲之互通騎驛，影響深廣，對孔子和相關問題也有闡發。〔註 10〕

新時期以來，孔子研究逐漸升溫，學術氣氛濃厚起來，從一些統計數字就可以看出：近三年來，發表的學術論文和學位論文近兩千篇，近兩年的達一千二百多篇，近一年的約五百九十篇。研究最多的是孔子的思想，包括哲學和宗教，其次是文化相關研究，再次則屬文學方面的研究。我們主要關注有關孔子的文學研究，其中研究孔子形象的最多。我們選取近十年來（2000～2011）與本論題相關的 38 篇論文，對孔子的研究現狀作一考察。從來源上看，碩士學位論文 5 篇，

〔註 8〕這令人想起《格林童話》裏那個應聲而來，隨意打人的棍子。（The Wishing-Table,the Gold-Ass,and the Cudgel in the Sack:If I say "out of the sack ,cudgel!" the cudgel springs out and leads anyone ill-disposed toward me a weary dance,and never stops until he lies on the ground and prays for fair weather.）

〔註 9〕《十家論孔》（蔡尚思主編），上海：上海人民出版社，2006：373～98。錢穆在 1935 年出版的《先秦諸子繫年》中已經指出誅少正卯事係誤傳。（錢穆著《先秦諸子繫年》，北京：九州出版社，2011：27～8。）1958 年徐復觀發表《一個歷史故事的形成及其演進》。「斷定孔子誅少正卯的故事是由法家轉手而來」。（徐復觀著《中國思想史論集》，上海：上海書店出版社，2005：96～109。）郭沫若在 1940 年代寫的《十批判書》中，認爲孔子是生在這種革命潮流中的人，積極參加反奴隸制的鬥爭，也是有點趙紀彬的「主題先行」了。

〔註 10〕牟宗三的弟子蔡仁厚《孔子的生命境界》（吉林出版集團有限責任公司，2010。）對孔子的研究也比較側重形而上學方面。

博士學位論文 2 篇，其餘 31 篇都是期刊論文。

從內容上看，孔子形象研究的占 14 篇。又可分爲綜合性研究和個案研究兩類。尹砥廷《中國古代文化中孔子形象的三維透視》（《吉首大學學報》2004 年第 3 期）屬於對孔子形象進行綜合性研究。該文認爲，人們總是按時代的要求和各自利益的需要，不斷地重新闡述孔子思想，勾勒孔子形象；孔子在中國思想、文化史上有深遠的影響，巨大貢獻；由於孔子內涵的豐富性，可以使人們從中獲得種種啓迪；長期以來形成對孔子的崇敬心態。可分爲三種孔子形象：儒家士人將孔子形象加以簡化、單一、拔高，變成了無與倫比、只可仰視的「聖」；統治階級從實際需要出發，想方設法將孔子打扮成「神」；而民間的講述方式，給孔子形象抹上了神秘化色彩。宋東《孔子形象研究》（2008 年碩士學位論文）在思路上，論述上和孔子形象的分類上同《中國古代文化中孔子形象的三維透視》極爲類似。〔註 11〕李乃龍《孔子之厄與〈莊子〉之意》（《廣西師範大學學報》2011 年第 2 期）認爲，孔子多所厄難：先後再逐於魯、削跡於衛、伐樹於宋，有陳蔡之厄。莊子借孔子之厄，塑造了作爲悖道者、學道者和傳道者的三種孔子形象。以原始莊學爲出發點，以歷史的孔子爲邏輯依據，以虛構爲基本手段，傳達出莊子和莊子後學對孔子的批判、利用和尊崇等多重意味。將孔子形象分爲三種類型的做法，也被李景明、林存光《孔子：一個詮釋的神話》〔註 12〕（《齊魯學刊》2000 年第 4 期）所採取。該

〔註 11〕王民《孔子的形象與思想》（臺灣商務印書館，1988），包括孔子的形象與思想兩個部份，用一種卑之無甚高論的實證態度，對有關的不少問題都有所闡發。如它認爲不是孟子而是荀子眞正地繼承了孔子學說；說孔子並沒有法先王的思想，而是個很實際的改良主義者。認爲顧愷之、吳道子所作孔子畫像，和文獻中描述的孔子形象，不相合，是憑空想像的。

〔註 12〕林存光《歷史上的孔子形象——政治與文化語境下的孔子和儒學》（齊魯書社，2004），32 萬字。此書的一個優點是它涉及的面比較廣，但論述不夠深入和集中。孔子形象演變，直接從漢代跳到宋代，南北朝和隋唐則是一片空白，沒有闡述。

文認爲，關於孔子的種種論述所涉及到的不外是三個層面的問題：「實在的孔子」、「歷史的孔子」和「符號的孔子」。其中後兩者、特別是「符號的孔子」層面的問題最爲複雜。只有在具體語境中，弄清人們談論的層面及所涉及問題的性質，才能眞正把握實質，論述才有意義。

孔子形象的個案研究，往往將研究對象限定在某一專門的文獻、文本內，進行封閉式的考察。如，王眞《淺論〈莊子〉中異化的孔子形象》（《華章》2009 年第 5 期），李乃龍《孔子之厄與〈莊子〉之意》（《廣西師範大學學報》2011 年第 2 期），鍾友循《〈論語〉中的孔子形象》（《湖南城市學院學報》2009 年第 3 期）。也有將兩部或兩部以上的文獻中的孔子形象作比較研究的。如，霍松林、霍建波《論〈孟子〉、〈莊子〉中的孔子形象》（《蘭州大學學報》2004 年第 4 期）；張岩《先秦三部典籍中的孔子形象剖析》（《遼寧大學學報》2006 年第 6 期），對《論語》、《左傳》、《國語》中的孔子形象進行了梳理和剖析，探討這三部典籍中孔子形象的各自特點，並總結在孔子形象塑造上的共同處。張岩《戰國時期孔子形象變異原因分析》（《東莞理工學院學報》2008 年第 4 期）注意到，戰國時期的孔子形象，在諸子中一方面得到了某種程度的眞實表現；另一方面，則是孔子的形象開始產生變形。

另外有一些比較特殊的孔子形象研究。段庸生《古代小說中的孔子形象》（《重慶工商大學學報》2003 年第 3 期），研究的是特殊文類中孔子形象。該文指出，孔子在中國古代小說中是一個通俗化的文學形象，與史傳孔子形成很大區別；然而，小說對於孔子的通俗化與歷史上尊孔、非孔是有本質區別的；這是民間思想活躍的表現，是民間追求感官娛樂的審美心性使然。李桂玲《試論井上靖筆下的孔子形象》（2008 年碩士學位論文），不但是特殊文類，而且是異域的孔子研究。該文認爲，在《孔子》——井上靖的最後一部長篇歷史小說中，行文充分流露出井上靖對孔子的認識和讚賞；同《論語》對比來看，井上靖是以尊重史實的態度、根據自己的審美理想和審美感情來塑造孔子的；從眾多史實中主要抽取表現人物性格的內容，塑造出一個有血有肉的眞實的孔子。〔註 13〕王新春《邵雍天人之學視野下的孔子》（《文史哲》2005 年第 2 期）認爲，在邵雍的天人之學視野下，孔子之爲聖表現在：與大宇宙一體無隔，躋於天地境界；確立妙契春夏秋冬四個昊天生化萬物寶藏的、浸潤鮮明人文歷史理性精神的、成就理想人生的《易》、《書》、《詩》、《春秋》四個寶藏；爲「萬世之師」，開拓出一種面向千秋萬世的人生偉業。

孔子形象研究，以莊子的孔子形象最受關注。孔子所以在不同人的眼中表現出不同形象，固然有歷史本眞的不可復原性，凝視主體（subject who is gazing）的見仁見智，但更多的是有意識的刻畫，把孔子作爲可利用的工具。孔子和五（六）經關係，以探討孔子與《易》、《詩》爲熱點。一般認爲，孔子確實刪過《詩》，《易》中也的確包含有孔子的觀念、話語。孔子刪詩和讀易，顯示出孔子對現實社會的關注和對形而上學的眇思。〔註 14〕

〔註 13〕我們對此有不同看法。認爲井上靖的《孔子》藝術價值並不高，對認識孔子也沒有太大益處，是部失敗之作：充滿悲涼和無奈的情緒，蓋受存在主義的影響，作者又處於老年心態中。但因爲此書的期待讀者（implied reader）是日本一般大眾，這對瞭解孔子的大致生平，未嘗無益，可算是調動求知欲去進一步認識孔子的橋梁，就此而言，也有存在價值。（井上靖著《孔子》，北京：北京十月文藝出版社，2010。）金安平的《孔子：喧囂時代的孤獨哲人》，也是這樣一部淺顯卻有利於西方對中國聖人、文化增加瞭解的書。（金安平著《《孔子：喧囂時代的孤獨哲人》，桂林：廣西師範大學出版社，2011。）

〔註 14〕趙法生《論孔子的信仰》（《世界宗教研究》2010 年第 4 期）反對將孔子學說中的宗教信仰和人文理性這兩個方面對立起來，認爲孔子天命的說法具有倫理宗教特質。柯小剛《「五十而知天命」的時間現象學闡釋》（《同濟大學學報》2009 年第 4 期）認爲，在孔子生命歷程中，「五十而知天命」，佔有重要的位置：對孔子的生命歷程進行現象學的解說，結合孔子五十歲左右的生平事蹟，分析天命，孔子個人的生命歷程和斯文之命相互聯繫。黃梓根、張松輝《關於孔子問禮於老子的幾點認識》（《湖南大學學報》2005 年第 4 期）認爲孔子問禮於老子當屬歷史事實。黃梓根《孔老關係研究》（2007 年博士學位論文）認爲，歷史上所記載的孔子師事老子屬歷史事實。孔子和老子有著共同的時

從上面對文獻的簡要敘述中，可以看出近期的孔子研究，有這樣一些特點：

代和文化背景，他們在思想上有著同源的關係，有相通之處；孔子有時流露出老子和早期道家的思想成分和處世傾向，如無爲、隱逸、處下、守愚。孔子對老子的思想是有所吸收和借鑒的。畢庶春《「乘桴浮海」、「欲居九夷」考論》（《遼東學院學報》2011 年第 4 期）認定孔子之言，於假設虛語之中，蘊含著見賢思齊之意，即，鑒於箕子封於朝鮮、渡海推行其道的史實，而意欲步其後塵。楊宗紅、張曉英《道不行乘桴浮於海——論孔子隱逸思想本質》（《上饒師範學院學報》2007 年第 1 期）認爲「道不行，乘桴浮於海」，正是孔子隱逸思想的特殊表達。丁淑梅《論宋代弄孔子優戲的文化意蘊》（《中國典籍與文化》2005 年第 4 期）和《唐代弄孔子優戲的俳諧意趣》（《煙臺師範學院學報》2006 年第 2 期）注意到自唐以來，弄孔子、戲儒流、瀆聖侮賢之優戲表演，不絕如縷，在宋代優戲更著。它以詭語影帶、插科打諢的形式，瀆經侮聖，詆賢叛道，戲儒刺奸，譏時揭弊，牽動道德、政治與學術文化的敏感神經，演繹了儒家思想民間接受的另一面。高小瑜《談孔子的隱逸觀》（《語文學刊》2010 年第 10 期）認爲，孔子一生執著於用世，但對於隱逸卻從無微詞，甚至是頗爲理解的；此種心態說明孔子對隱逸有著獨特的理解；對辟世採取了理解但不苟同的態度，而對於辟人卻是不僅贊成且力求踐行——因爲在辟人這種行爲中保持著對道義的追求。董楚平《聖字的本義與變義》（《杭州師範學院學報》2009 年第 3 期），根據文獻，聖字的本義是聰明睿智，只言才不言德；大約到春秋晚期，聖字開始出現道德含義，到戰國中期，聖字的變義迅速取代本義。聖人既可指古人，也可指活人，孔子生前已被人稱爲聖人。牟伯永《對聖人孔子的「常人」性認知》（《徐州教育學院學報》2004 年 2 期）認爲孔子是脫不了平常人的「平常」性，信乎天命，襲承周禮，急於參政，輕視勞動和無道則隱；正是其「常人」性的表現。李淑芳《唐代尊孔興儒現象研究》（2007 年碩士學位論文）認爲，唐朝統治者在允許儒、釋、道三教並存的同時，十分重視儒學的發展，採取多種方式尊崇孔子、振興儒學。唐朝統治者尊崇孔子，主要採取了三種方式：其一，封謚孔子並澤及子孫；其二，本廟祭奠；其三，學廟釋奠。在唐朝統治者尊奉孔子的過程中，孔子的歷史形象發生了明顯變化，主要表現在其帝王形象的肇始。唐代在祭孔禮儀方面也有諸多創新之處，推動了孔廟祭祀禮樂制度的發展。唐代尊孔興儒現象主要原因：儒家思想有利於安邦治國；平衡三教的現實需要；儒臣的爭取與推動。在唐代尊孔興儒政策之下，孔子的地位得以逐步提高。儒學前期的發展主要表現在經典文本的統一；到了中後期，在一些儒家有識之士的積極推動下，儒學在思想層面有了拓展，開始轉型。

在文學和思想領域，關於孔子的研究，內容充實，形式多樣，有不少值得吸取的成果。在諸子爲中心的研究對象之外，出現 2 篇是關於小說中的孔子研究，有 4 篇把關注的焦點轉向民間俗文化中的孔子研究。甚至從來沒有人注意到的領域，也進入孔子研究的視野。如，劉超《孔子形象：歷史知識與社會意識——以清末民國時期中學歷史教科書中的孔子敘述爲中心》（《安徽大學學報》2009 年第 5 期）發現，清末民國時期，中學歷史教科書中的孔子形象介於國家（按：此文「國家」，實際是國家意識形態的意思）與思想界、尊孔與反孔之間；這種處理方式體現了這樣一個民族主義式悖論——國家想利用孔子建立民族認同，但可能因其與專制政權結合的聯想而招致批評，造成危機；「中間立場」使孔子形象有一定的連續性，使傳統不至於中斷，但在變化劇烈的近代，會造成一般民眾觀念與國家、思想界認識的疏離。孔子研究還在常規的文本文獻研究外，出現對其他媒介表徵的孔子進行研究的新動向。如，邢千里《中國歷代孔子圖象演變研究》（2010 年博士學位論文），認爲孔子形象的視覺表現是中國古代思想文化和藝術的一個特殊文本，主要表現爲繪畫和雕塑。孔子的形象已經隨著儒學的沉浮而內化爲中國傳統思想和文化的標誌性符號之一。在唐代，孔子在三教圖中的位次，由於作者立場的不同而呈現出差異，但基本上在佛教和道教之後。獨立的孔子圖象繼續發展，官方對於孔子的尊崇在唐玄宗時達到一個頂峰，孔子被敕封爲「文宣王」，孔子的形象也從此增加了一個「冕服孔子」的模式。宋眞宗先後封孔子爲「玄聖文宣王」和「至聖文宣王」；宋代，在整個社會儒學風氣的影響和統治階級的支持推動下，許多知名畫家也參與到孔子圖象的創作當中。這一方面大大提高了孔子圖象的藝術水準，另一方面也由於畫家能不囿於前人的程序而表達出自己對於孔子的理解，爲詮釋孔子提供了新的視角。

近期孔子研究，有一個鮮明傾向：比較注重運用最新開採出的文獻，爲孔子研究注入新鮮血液。如探討孔子與易、詩關係的 9 篇論文，

6 篇都採取最新出土的帛書、竹書作論證材料。〔註 15〕但也存在不少毛病，如：概念不清，邏輯混亂，說理不透闢，闡發缺乏深度，牽強捏合。例如，王眞《淺論〈莊子〉中異化的孔子形象》（《華章》2009 年第 5 期）認爲，莊子在闡明其思想時，往往將之蘊涵在寓言中，隨著故事情節的發展而逐步展示，其理論概念與範疇也以某種具有代表

〔註 15〕高雲龍《論孔子與〈周易〉、「六經」的關係》（《遼寧師範大學學報》2006 年第 2 期）認爲，孔子的學説正是從《周易》的天地人三才之道逐漸推演開的，易經是從整體上去理解和把握孔子學説體系的鑰匙。陳堅《「韋編三絕」：孔子晚年的宗教訴求——孔子與〈易經〉關係新論》（《周易研究》2007 年第 1 期）認爲孔子晚年「讀《易》，韋編三絕」，只是爲了使自己的個人生活合乎「天命」，從而提升個體的生命品質。這體現了孔子對《易》的宗教訴求；孔子整理《詩》、《書》、《禮》、《樂》，則是學術訴求。宋立林《〈繆和〉、〈昭力〉與孔子易教》（《周易研究》2010 年第 6 期）認爲，馬王堆帛書《繆和》、《昭力》中的「子」即是孔子，其中蘊涵著大量孔子易教思想，這些思想可以和其他古籍中所見孔子思想相互印證；孔子晚而好《易》，不僅出於個人宗教情感之需要，更主要的是他對易之教化作用的闡揚。鄧立光《從帛書〈易傳〉析述孔子晚年的學術思想》（《周易研究》2000 年第 3 期）認爲，以帛書《易傳》比對《論語》，可見，晚年的孔子關心形而上問題；孔子説《易》，開闢了以義理研究《易經》的新途。廖名春《錢穆：「孔子與〈周易〉關係説」考辨》（《河北學刊》2004 年第 2 期）認爲錢穆論證《周易》與孔子無涉的觀點，用後來發現的馬王堆帛書和郭店楚簡來驗證，不能成立。劉生良《孔子刪詩説考辨及新證》（《陝西師範大學學報》2003 年第 3 期）總結孔子刪詩説，可歸結爲五個方面：1 逸詩的多少；2《左傳》對季札觀樂的記載；3《論語》所言之「詩三百」、司馬遷所言之「去其重，取可施於禮義」；4 正樂與刪詩；5 孔子有無權力刪詩。結合整理出版的戰國楚竹書《孔子詩論》所提供的新證，孔子刪詩説不容置疑。李嬋《孔子與〈詩〉三百》（2006 年碩士學位論文）認爲，《史記》載孔子刪訂《詩》三百，至唐代始遭懷疑；孔子整理《詩》三百功不可沒。陳霞《孔子「詩教」思想研究》（2006 年碩士學位論文），結合近年來出土與《詩》相關的簡帛文獻，認爲，孔子的確對《詩》進行過刪訂、整理；在孔門教學中，孔子對《詩》尤爲重視。孔子教《詩》，重在道德内涵，教化功能。張志和《孔子刪詩説新議》（《南都論壇》2001 年第 1 期）認爲，司馬遷所言的「古者詩三千餘篇，及至孔子，去其重」，這個「三千」是概略，言詩歌之多，不是指孔子之世有現成的詩三千篇。

性的形象化人物來體現。由於儒道同源共生性，孔子形象就成了《莊子》中主要的人物形象；儒道學派的衝突，又使孔子形象在《莊子》中亦正亦反，異化為三種：道家的代言人形象、道家的對立者形象、道家高人或隱士的陪襯形象。我們認為，所謂代言人，就是道家化的孔子，對立者，就是儒家的孔子，陪襯者，要麼是儒家孔子對道家的企慕，要麼是道家化的孔子對道家宗師的敬仰。所以，這一陪襯者孔子形象，可以歸入前兩類形象中。而且這裡用「異化」一詞也不當。胡曉明老師指出：「異化是一個很重的哲學術語，用來表達事物在發展的過程中，自己對自己的本性的否定。譬如馬克思的手稿中，認為現代社會原先是解放人的，發展到最後卻是對人的自由的傷害。」〔註16〕唐桃《論孔子仕隱觀的變遷》（《哈爾濱學院學報》2009年第6期）認為，《論語》所記孔子關於仕隱的言論有矛盾之處，這說明孔子的仕隱觀有一個發展變化的過程。孔子早年對出仕輔政持理智態度，在經歷了種種政治坎坷後，晚年的孔子已不再依據理性原則，而是從「義」出發，去面對亂世仕與隱的問題。但我們認為，這個提法不夠穩妥，因為「義」本來就是理性原則的實際表現或現實內容。呂華亮《孔子周遊列國不遇之原因新探》（《蘭州學刊》2006年第10期）認為孔子為追求理想周遊列國，卻始終沒有被重用，其原因不是孔子之道「迂闊而不切實際」，主要是，孔子的「正名」主張和為政實踐，在昏君亂邦的狀況下，難行正道。我們認為，孔子之迂，是就行為主體而言；昏君亂邦，是就現實的政治社會狀況而言。它們都是現象式的說明，只是著重點不同，算不得孔子周遊列國不遇的根本原因。鍾友循《〈論語〉中的孔子形象》（《湖南城市學院學報》2009年第3期）認為《論語》中的孔子的形象，同時具備了「志士」、「智者」、「莽漢」、「怨夫」等性格特質；內涵複雜而微妙，構成了孔子形象之「活人」與「眞人」的風貌，有立體感與典型性。我們認為「莽漢」、「怨夫」

〔註16〕這是胡老師批評筆者的，馬克思在其著作中對異化的論述，我們以後再做確切的考察；先在這裡打一張學術的欠條！。

的說法，太有印象式批評的嫌疑，不夠精確嚴密，用詞不當。霍松林、霍建波《論〈孟子〉、〈莊子〉中的孔子形象》（《蘭州大學學報》2004年第4期）從接受美學的角度考察了《孟子》、《莊子》中的孔子形象，並與歷史上的孔子加以對比，認爲《孟子》對孔子進行了「聖化」，《莊子》則對孔子進行了「寓言化」，其中的孔子都有一定的歷史眞實性；但那種不拘泥於歷史，主動拿來，爲我所用的態度卻是一致的。我們認爲，聖化，是就道德而言；寓言是修辭學表現手法、文類的一種。兩者處於不同範疇，似無可比性。

另外，孔子的相關研究，較少借鑒外國文化研究方面的資源與成果，38 篇論文中，明確使用西方理論的只有 2 篇，涉及現象學、詮釋學的方法。〔註 17〕如，丁淑梅《論宋代弄孔子優戲的文化意蘊》（《中

〔註 17〕一些西方漢學家對孔子的研究也相當有深度，而且他們的一些結論很有意思。如，顧立雅《孔子與中國之道》（大象出版社，2004。），以西方人的眼光來看中國聖人，在海外是一本研究孔子的經典性作品。此書英文版在 1949 年出版。孔子在書中顯示出不同的面相，比如作爲教師、改革家、哲學家，對之都有具體分析。其中有不少言之成理、發人深省的地方。如他也認爲，孔子並不是一個後世所說的忠君者，因爲孔子說過「雍也可使南面」，認爲他的弟子冉雍具有成爲國君的資能。另外，他對漢代學者附會在孔子身上的不少說法予以駁斥。比如，他認爲孔子並未誅少正卯。1988 年起，江蘇人民出版社陸續推出一套「海外中國研究叢書」。赫伯特・芬格萊特的《孔子:即凡而聖》是其中的一本。此書緊扣文本，分析了《論語》中孔子的思想觀念，力圖呈現孔子的思想特質。作者認爲，從心理和主體的角度來解讀《論語》，是出於西方知識背景的誤解，而孔子思想的主旨在於對禮儀行爲的強調。禮儀是人類經驗歷史積澱所形成的人性的表現，禮儀的踐行可以使人性在社群的整體脈絡中趨於完善。而人們純熟地實踐人類社會各種角色所要求的禮儀行爲，最終便可以從容中道，使人生魅力煥發。聖人境界就是人性在不離凡俗世界的禮儀實踐中所透射出的神聖光輝。郝大衛、安樂哲的《孔子哲學思微》也是「海外中國研究叢書」之一；後來新版名爲《通過孔子而思》（Thinking Through Confucius）。作者本人就是在哲學上頗有造詣的學者。有關評論認爲：此書充滿著一種摧枯拉朽的力量和新鮮的思考，表達了對中西文化某些普遍觀點的大膽質疑。作者的一個結論就是大儒們都是「審美的」，而非西方意義上由某種表面理性秩序規範支配的所謂「道德的」。其域外視角的當代重構，不僅刷

國典籍與文化》2005 年 04 期）和《唐代弄孔子優戲的俳諧意趣》（《煙臺師範學院學報》2006 年第 2 期），段庸生《古代小說中的孔子形象》（《重慶工商大學學報》2003 年第 3 期），都注意到民間文學文化裏的孔子，受到不同程度的戲侮，但對此一現象背後的原因，語焉不詳。實際上，巴赫金（1895～1975）研究拉伯雷《巨人傳》時，提出民間的狂歡（carnivalesque）是對官方文化霸權進行抗爭的策略，〔註 18〕在此極爲切當——有源頭活水，卻不引渠溉田，以資比較，眞是資源浪費！就時段而言，這些論文開掘的材料以先秦諸子爲多；在唐宋及其後的只有 7 篇；六朝時段則闕如。地域上說，只有對井上靖小說《孔子》的研究是異域的，其餘都是中國文化本土資源研究，即儒家文化圈的核心區域，本部。也有在唐宋時段研究孔子的，並且很有特色，但數量寥寥無幾。更沒有以唐詩或宋詩作爲入手材料來研究孔子的。難道說以詩歌爲材料來開展孔子和其相關事件的研究，是不可行的（impracticable）嗎？

第二節　本研究的可行性路徑和方法

一、本研究理論上的可行性

一般認爲英美的新批評派（New Criticism）在文學批評的實踐中採取一種比較純粹的策略，關注文本，對作者和文本所處的社會現實比較漠視。雷納・韋勒克在《近代文學批評史》中歸納出對新批評的四大誤解，首先是認爲新批評是一種唯美主義，對文學的社會功能與效果，沒有興趣；其次，將作品脫離其過去和環境。其實這兩點的意思一樣，就是認爲文學與社會現實沒有關係。韋勒克自己就屬於新批評的陣營，他竭力反對這種偏見，認爲「言之無據」。並舉新批評學

新了習常傳統的麻木，其對儒家思想的積極發掘，對文化有效溝通這一當下問題的思考，則更具價值。

〔註 18〕參見 Concise Dictionary of Literary Terms,by Chris Baldick.Oxford University Press,1996:30:carnivalization.

者蘭塞姆的詩歌理論：詩歌呈現於我們的是「世界的軀體」，和現實世界的特殊性。舉另一新批評派成員泰特的說法：文學提供「特殊、獨有和全面的知識」，「一個完整客體的知識，它的全面的知識，給予我們經驗的完整主體」。〔註 19〕新批評派對文學的社會功能尚且如此肯定，何況其他派別！

可以說，文學有表徵它所處的社會時代的功能，不論這種表徵是自覺的，不自覺的；這應該是文學批評史上的共識。〔註 20〕不光在理論上、認識上是這樣，在實踐中，經典馬克思主義者給我們提供了典型。恩格斯讚揚巴爾扎克，「我從這裡（按：指巴爾扎克的小說），甚至在經濟細節方面所學到的東西，也要比從當時所有職業的歷史學家、經濟學家和統計學家那裡學到的全部東西還要多」；「是比過去、現在和未來的一切左拉都要偉大得多的現實主義大師」。〔註 21〕列寧把托爾斯泰「在他的天才作品和他的學說裏非常突出地反映出來的時代」，稱作「托爾斯泰時代」；讚揚他是一個「強烈的抗議者、激憤的揭發者和偉大的批評家」，是「俄國革命的鏡子」。〔註 22〕

〔註 19〕雷納・韋勒克著《近代文學批評史》，修訂版・第六卷（楊自伍譯），上海：上海譯文出版社，2009：258；310。泰特（按：或作退特）的說法見於《作爲知識的文學》，強調詩歌的價值在於其對社會的認識功能。〔艾倫・退特《作爲知識的文學》，《「新批評」文集》（趙毅衡編），北京：中國社會科學出版社，1988：125～56。〕

〔註 20〕胡戈・弗里德里希在考察現代詩歌時，注意到「文學有對現實進行移置、調整」的功能；不過「這樣的改造在很大程度上仍要顧及事實上的既有狀況，它們在進行種種虛構的同時，在很大程度上，始終還是現實世界的可能組合」。〔胡戈・弗里德里希著《現代詩歌的結構：19 世紀中期至 20 世紀中期的抒情詩》（李雙志譯），南京：譯林出版社，2010：62。〕也就是說，即使以晦澀爲特徵的現代詩歌也仍然是對現實的反映，只不過不是那麼直接罷了。

〔註 21〕恩格斯 1888 年 4 月致瑪・哈克奈斯的信。《馬克思恩格斯選集》（第四卷），北京：人民出版社，1972：462～3。

〔註 22〕列寧《列・尼・托爾斯泰和他的時代》、《列・尼・托爾斯泰是俄國革命的鏡子》。轉引自，胡經之主編《西方文藝理論名著教程》，北京：北京大學出版社，1988：532；545。

但恩格斯和列寧所讚揚的都是百科全書式的小說。我們知道唐宋詩歌在中國悠久「詩言志」的源流之下培育出的，多是西方文類中所謂的抒情詩（lyric）。詩歌，特別是抒情詩是否具有反映社會思想現實的整體性功能？這個問題，西方馬克思主義者阿多諾（1903～69）已經給出充分的論證。他把詩歌稱爲指示歷史時代性本質的日晷——詩並不是追隨它的時代，而是那些社會的材料自發地存在於詩歌裏。社會性觀念並不是從外部強安上去的，而是在對作品的考察中自然提取出來的。〔註23〕徐復觀在《〈歷代詩論〉序》中分析「（詩）發乎情，止乎義」，「義並不是外鑠，而是情與意在表現時的自律作用」。〔註24〕和阿多諾對詩歌的功能的見解合轍。

何況，我們傳統上對詩歌的社會功能、認識作用也非常重視。羅根澤（1900～1960）指出孔子對詩採取的「都是很鮮明的功用的觀點」；〔註25〕這是孔子詩教的一貫作風。《論語・陽貨》：「子曰：『小子何莫學夫《詩》？《詩》可以興，可以觀，可以群，可以怨；邇之事父，遠之事君；多識於鳥獸草木之名。』」「『觀』，是指作者通過作品中客觀地再現社會生活，反映生活眞實，從而幫助讀者瞭解和認識風俗的盛衰、社會的得失和歷史風貌的本質。……『可以觀』，說明了詩歌可以考見得失，觀風俗之盛衰，具有認識作用。」〔註26〕僅《左傳》就載有「賦詩58首69次」。〔註27〕

〔註23〕On lyric poetry and society,T.W.Adorno:Notes to literature,volume Ⅰ.Columbia University Press,1991:39；43；46：the peom as a philosophical sundial telling the time of history.Its social substance is precisely what is spontaneous in it,what does not simply follow from the existing conditions at the time.Social concepts should not be applied to the works from without but rather drawn from an exacting examination of the works themselves.

〔註24〕徐復觀《中國學術精神》（陳克艱編），上海：華東師範大學出版社，2007：279。

〔註25〕羅根澤著《中國文學批評史》，上海：上海書店出版社，2003：37。

〔註26〕張鵬《試論孔子的「興觀群怨」說》，《青年文學家》2009年第9期：15。

〔註27〕俞志慧著《君子儒與詩教：先秦儒家文學思想考論》，北京：生活・

特別是文化研究興起以後，文學這方面的功能進一步被強調，並得到廣泛的卓有成效的應用。「理查德・霍加特說，文化研究中心這項事業中，文學構成了最重要的因素。……在文學中，人們能夠透過表面超越浮淺而進入到生活豐富的本質之中，就像眞實發生的一樣。」〔註 28〕一個最近的重要的例子是美國學者黃運特（Yunte Huang）對天使島（AngelIsland）題壁詩的研究。〔註 29〕由此可見，通過文學作品（詩歌）去研究一個特定時段的文化現象、社會事件、思潮起伏，向來都是行之有效，而且頗有成果的。具體到本文，就是說，唐宋詩在理論上是可以作爲應用材料，由此考察孔子及其相關事件——它是社會思想、觀念動向、現實內容的組成部份——在唐宋的起伏變化。

從時間跨度上看，唐宋詩涵蓋唐、宋兩個朝代，五代亦收攝在內，從 618 年唐朝建立，到 1279 年南宋滅亡，共 661 年。從數量上看，唐宋詩都是空前的。逯欽立編的《先秦漢魏晉南北朝詩》，時間跨度兩千多年，取材廣博，隋代以前的作品，除《詩經》、《楚辭》外，凡歌詩謠諺，悉數編入，共有 135 卷，中華書局版正文占 2,844 頁。而康熙時纂成的《全唐詩》，900 卷，收詩 48,900 餘首，作者二千二百多人。後人續有補入，逸詩四千六百多首，其中新見作者八百多人。

讀書・新知三聯書店，2005：142。

〔註 28〕弗蘭克・韋伯斯特《社會學、文化研究和學科邊界》，《文化研究精粹讀本》（陶東風編），北京：人民大學出版社，2006：100。所謂文化研究中心，就是 Center for Contemporary Cultural Studies，成立於 1964 年。（Stephen Greenblatt，by Mark Robson.Routledge,2008:25.）

〔註 29〕天使島，在太平洋上，臨近舊金山。在 1910～40 年期間，要進入美國的中國人被安置在這個島上接受審查，決定去留。這些中國人在惡劣的環境下，長時間的留滯於此，只好通過傳統的題壁詩來宣泄自己的抑鬱苦悶。黃運特即以這些詩歌爲切入口，研究意圖成爲美國公民的中國人的心態與美國這個西方文化的典型對落後的中國的態度、觀念與作爲。Angel Island and the Poetics of Error ,〔Transpacific Imaginations:History,Literature,Counterpoetics（Cambridge ,Mass.:Harvard University Press,2007）〕by Yunte Huang,Poetry and Cultural Studies,a Reader,edited by Maria Damon and Ira Livingston：University of Illinois Press,2009:301～9.

中華書局 1997 年版《全唐詩》（增訂本）把補逸合刊，正文占 11,942 頁。北京大學古文獻研究所編纂的《全宋詩》，是最大的一部斷代詩歌總集，72 冊，3,786 卷，收詩約 27,000 首，超過《全唐詩》5 倍，正文占 45,697 頁。唐詩數量超過前代詩歌的總和，而宋詩數量又超過唐詩，顯示出波浪式的推進。

《〈唐詩選〉前言》:「唐代詩歌標誌著我國古代文學發展的極其重要的階段，呈現出空前繁榮的景象，代表了我國古代詩歌的最高成就。……是我國文學遺產中最燦爛、最珍貴的部份之一。」〔註 30〕劉大杰更是把唐代稱作「中國詩歌史上的黃金時代」，並說「自帝王、貴族、文士、官僚，以至和尚、道士、尼姑、歌妓，都有作品」。「唐詩的主要特色，是其內容包含的豐富，反映社會生活的廣闊，而在詩歌藝術上，得到了高度的成就。……無論大地山河、戰場邊塞、農村商市，以及社會各階層人民的生活，政治的現狀，歷史的題材，階級的對立，婦女的遭遇等，無不加以描寫。因此擴大了詩的境界，豐富了詩的內容，加強了詩的生命，提高了詩的地位。」〔註 31〕可見唐詩的質量和反映現實的深度和廣度，都是得到充分肯定的。那麼宋詩呢？

我們看錢鍾書的論斷：「整個說來，宋詩的成就在元詩、明詩之上，也超過了清詩。……有唐詩作榜樣，是宋人的大幸，也是宋人的大不幸。……憑藉了唐詩，宋代作者在詩歌的『小結裹』方面有了很多發明和成功的嘗試……然而在『大判斷』上或者藝術的整個方向上沒有什麼特別顯著的轉變。」〔註 32〕可見宋詩質量和反映現實的深度與廣度，可與唐詩頡頏；在某些方面比唐人更進一步，錢鍾書所謂的「前人除不盡的數目」，宋人「在小數點後多除幾位」。唐宋詩在數量和質量上的這些特色，爲我們的研究提供了文獻材料、物質上

〔註 30〕余冠英、王水照《〈唐詩選〉前言》，中國社會科學院文學研究所編注《唐詩選》，北京：人民文學出版社，2009：1。

〔註 31〕劉大杰著《中國文學發展史》，上海：上海古籍出版社，1998：397～8。

〔註 32〕《〈宋詩選注〉序》，錢鍾書《宋詩選注》，北京：生活·讀書·新知三聯書店，2010：10～1。

（material）的保證。

總之，通過文學作品去研究社會現象的方法，在古今中外都是行之有效，成果累累的；這爲我們的研究提供了理論證明和成功的鮮活實例。而唐宋詩歌在數量上的豐富、質量上的精粹、內容上的廣泛，爲我們的研究提供了物質的保障。可見，本研究具有可行性。

二、本研究採取的路徑

唐宋詩歌中的孔子與歷史中的孔子不同。歷史的孔子是基礎，是一個具有整體性、有機性的人物。唐宋詩中的孔子，不但在不同時期不一樣，有微妙的差別，就是在不同詩人筆下往往也打上詩人各自的烙印，而且孔子多是面式的，甚至是點式的。就是同一個詩人，不同創作階段，筆下的孔子也會有變化，呈現不同的面相（façade）。個體詩人筆下的孔子和不同時代的孔子，形成原因何在？一般地，孔子實質上是一種表意實踐的工具，借助孔子，去表達詩人在現實的遭際中的感受、願欲。詩人現實存在的社會的、心理的狀況，是呈現獨特孔子形象的根本原因，也是背景、底色。詩人是開啓奧秘的鑰匙——但對詩人的剖析並不是我們的終極目標。本文力圖闡明孔子背後的詩人潛在的無意識狀態與特定社會狀況及其互動。就詩人對孔子採取的價值傾向而言，可劃歸兩個類別：認同、肯定、讚揚/反對、否定、批評；借用文化社會學的形象化說法，就是意識形態與烏托邦。〔註33〕保羅・利科說：「實際的過去是不連貫的，分裂爲細小的碎片；聯繫在一起的敘述通過其連續性獲得了意義。歷史的合理性本身取決於缺乏可靠標準的這種價值判斷。」〔註34〕本研究的情況也是這樣。唐宋

〔註33〕比如：王維受佛教影響很深。自言，「不能師孔墨」，「求仁笑孔丘」。基本上不贊同孔子入世的進取精神。杜甫有濃厚的純粹的儒家思想，早年抱著踐孔子之仁的理想；但在殘酷的現實面前屢屢碰壁，以致轉而對孔子感到莫大的幻滅。李白受道教思想影響很深，又追求神仙長生。對孔子多是嘲笑態度，「鳳歌笑孔丘」，但他也不時以孔子自居。

〔註34〕保羅・利科著《歷史與眞理》，上海：上海譯文出版社，2006：9。

詩歌好比是作爲材料的石頭，我們所做的工作類似於雕塑家用鑿子、錘子敲敲打打，最終使一副雕像從石頭裏呈現出來。

就廣義的詩學而言，我們從事的是一種個案式研究。以唐宋詩歌爲主要材料——當然也不排斥其他文類（genre）如唐宋古文，甚至其他媒質（medium）如雕塑繪畫的可資利用的材料，梳理出孔子及其相關事件在唐宋時代的變化軌跡。把孔子作爲一個特殊的充分展開的典範，考察歷史人物在傳統詩歌中是如何被表徵（representation）的；以及表徵者與被表徵者的關係。在對現象進行如實客觀的描述的基礎上，進一步去分析其原因；用合乎邏輯的方式，開掘這一現象所蘊藏的理論內核。此研究的完成，也將給傳統詠史詩提供一個新的研究視角。我們擬採取的路徑如下：

「引言」主要勾畫孔子自漢代以來到唐宋爲止這一時段在國家意識形態中的地位變化。共有三節。第一節，兩漢時候，是孔子聖人地位在國家意識形態中得到正式確立。第二節，六朝時候，在這一朝代更換頻繁的時代，國家意識形態的虛僞性，於孔子有關的祭儀中展示得最爲露骨。第三節，唐宋時候，祭孔詩大量出現，孔子有被偶像化的傾向，雖然崇拜主體是被限定了的。「引言」和正文的其他部份聯繫似乎不很緊密。但它對本文的論述與展開具有路線圖（mapping）的作用。

第一章「唐宋詩對孔子生時厄困的深描」，共分四節。第一節是方法論上的一個簡單說明；隨後三節，考察的是孔子生活史中一些挫折和難堪遭遇。分別爲「周遊列國」，「問津」，「『東家丘』小箋」。唐宋詩人對孔子厄困表現出的態度是有區別的，唐人會嘲笑孔子的迂執不通；宋人對孔子的顛沛流離，更多的是同情的理解、道義上的支持與感情上的尊重。

第二章「孔子與六經關係在唐宋詩裏的表徵」，共分四節。第一節「孔子與易經」；第二節「孔子與詩」；第三節「孔子與春秋、六經」；第四節「孔子與六經關係的否定表徵」。唐宋人大都相信六經（按：實爲五經）是經過孔子定正的；雖然也有一些人懷疑，但基本上不在詩歌中表達，而多是用文去辯正。唐人對六經多取一種功利態度，宋人則多抱著求知的純知識態度。宋人與唐人的本質差異在於宋人強調孔子與六經的關係，意在由此保證六經的神聖性、合法性：此點我們在本章最後進行了闡發。

第三章「孔子的誤讀及其在唐宋詩裏的表徵影響」，共分三節。第一節，「道教對孔子的誤讀：神仙」；第二節「佛教對孔子的誤讀：儒童菩薩」；第三節「孔子：被限定的偶像化」。本章其實是孔子與道釋儒三教關係研究。對孔子的誤讀，實質是道佛二教對無法打倒的儒教教主採取的一種鬥爭策略——力圖將其吞併，使之歸在旗下，爲本教服務。

第四章「杜甫對孔子的幻滅感和認同」，分兩節。第一節「杜甫對孔子的幻滅感」；第二節「杜甫對孔子的認同」。本章屬個案研究；描畫大詩人杜甫在詩歌中對孔子態度變化的心路歷程。

第五章「孔子的遺澤」，分兩節。第一節「孔子的遺物」；第二節「孔子畫像」。本章探討到不同媒質（medium）的藝術，即詩與畫在表現同一客體時，顯示出的不同特點。

「結語」，總結了唐宋詩歌對孔子進行表徵時表現出的特點：多樣性、多元性、同一性和自由性。

三、本研究採用的方法

傳統的文學、詩歌研究，很大程度上是作家、詩人研究。《幽閒鼓吹》載：「宣宗坐朝。次對官趨至，必待氣息平均，然後問事。令狐相進李遠爲杭州，宣宗曰：『比聞李遠詩云「長日唯銷一局棋！」，豈可以臨郡哉？』」〔註 35〕《石林詩話》云：時相舉蘇軾《檜詩》，「根到九泉無曲處，世間唯有蟄龍知！」，對宋神宗說：「陛下飛龍在天，軾以爲不知己而求之地下之蟄龍。非不臣而何！」〔註 36〕這是唐宋時

〔註 35〕周勳初主編《唐人軼事彙編》，上海：上海古籍出版社，2006：卷三，171～2。《北夢瑣言》卷六引李遠詩作「人事三杯酒，流年一局棋。」蓋是同一件事的異說。

〔註 36〕胡仔纂集《苕溪漁隱叢話前集》，北京：人民文學出版社，1981：卷

兩個有名的例子，從中可以清晰地看出傳統觀念對詩人的定位、期求。就是，要求詩人對自己的詩作無條件地負擔全部責任。它混淆了詩人所處的現象世界、現實的、政治領域，與非功利的，或者說功利氣息淡泊的審美領域的界限，相互闌入。在這兩個例子中，他們都堅持詩的意義（meaning）、意旨（significance），就是詩人的意旨（signified）。詩人統領其作品；詩人和其作品的關係，就像帝王與其臣民的關係，不容置疑；詩人和帝王是完全的主體，有絕對領導的功能；文本和臣民只有服從，聽任擺佈。羅蘭・巴特稱之爲上帝——作者（Author-God）。

實際上，這種極權式作者的觀念、慣習（convention）似乎是天經地義、熟視無睹的長期存在。唐宋文學史上《本事詩》、《續本事詩》、《唐詩紀事》、《宋詩紀事》等，層出不窮，卷帙浩繁，都是文學、詩歌研究的重心在於作家、詩人的表現；其實，對李商隱無題詩的眾說紛紜，表明作者中心說的影響非常深廣，在今天仍然發揮著作用。〔註37〕西方文學研究，在作者問題上所取態度和傾向與我們的古代文學研究極爲類似。羅蘭・巴特總結說：作者生成、養育作品，其關係猶如父親和兒子一樣。〔註38〕直到 1940 年代，西方學者提出意圖謬誤

四十六，314。據王定國《聞見近錄》，「時相」是王禹玉。

〔註37〕錢鍾書在《談藝錄》中曾專門談到《錦瑟》詩的作者意旨，列舉了五種有代表性的說法；表示同意程湘衡的「自序說」，並不惜詞費地證成之。（錢鍾書著《談藝錄》，北京：中華書局，1993：433～8。）徐復觀在 1963 年著長文《環繞李義山〈錦瑟〉詩的諸問題》，認爲它是詩人對「青年時期的深刻回憶」，「把婚姻問題和知遇問題凝結成爲一片感傷的情緒，因而寫出來的。」（徐復觀著《中國文學精神》，上海：上海書店出版社，2006：335～94。）可算近期最著名的兩個例子。高陽批評錢鍾書的說法，「錯得最離譜」。（高陽《〈錦瑟〉詳解》，《高陽說詩》，瀋陽：遼寧教育出版社，1998：25～39。）另外，高步瀛在《唐宋詩舉要》卷五（高步瀛《唐宋詩舉要》，北京：中國書店，2011：615～6。）對此也有討論。

〔註38〕The author nourishes the book,which is to say that he exists before it,thinks,suffers,lives for it,is in the same relation of antecedence to his work as a father to his son.（Richard Harland:Literary Theory from Plato

的說法（intentional fallacy），居於文學研究中心的作者地位，才開始動搖起來。尤其是英美新批評、德國的詮釋學（hermeneutics）隨後興起，作者的地位和重要性不斷下降，終於被邊緣化。海德格爾在1935\6年發表的《藝術作品的本源》中，已帶著先知似的口吻說：「藝術家和作品相比，才是某種無關緊要的東西，他就像一條爲了作品的產生而在創作中自我消亡的通道。」〔註39〕羅蘭·巴特可能由此得到啓發，更是把作者明確限定爲一個場所（space）、地點（site），只是文本生成的地方，再無其他作用；所以，巴特宣佈，作者已死！後結構主義、解構主義在作者問題上，採取的立場未免矯枉過正；而且作者也並不是在宣判之後，就眞地服服帖帖地去接受或實行死亡了。實際上，他仍然頑固地不時地從文本裏、文本批評裏冒出來。

鑒於此，在本文研究中，我們有意識地避免陷入詩人爲惟一中心的陷阱，抵制那種在文本中具有作者暴力傾向的專制。但詩人意圖仍然是一個客觀的存在，也是文學研究的一個重要組成部份，我們不能拒不承認，或像人們所說的那樣，爲倒掉洗澡的髒水，不惜把孩子也倒掉！在本研究中，須明確的是，詩人雖然重要，不居於中心地位，但仍然不時進入我們的研究視野，成爲考察的對象。詩人服務於文本，而且服從整體的研究任務。

作者既然被取消了特權地位，他和文本的關係也就自然地發生了變化。海德格爾的學生加達默爾（1900～2002）強調，「作者的思想決不是衡量一部藝術作品的意義的可能尺度」；說：「藝術家作爲解釋者，並不比普通的接受者有更大的權威性。就他反思他自己的作品而言，他就是他自己的讀者。他作爲反思者所具有的看法並不具有權威性。」認爲「現代那種以作者的自我解釋作爲解釋規則的看法，乃是

to Barthes.Palgrave Macmillan Limited,2005:235.） Roland Barthes:The Death of the Author.（Critical Theory Since Plato,3th edition.edited by Hazard Adams and Leroy Searle,by Thomson Wadsworth,2005:1257.）

〔註39〕海德格爾著《林中路》（修訂本），上海：上海譯文出版社，2007：26。

一種錯誤的心理主義的產物。」〔註40〕比加達默爾更早的闡釋學家施萊爾馬赫已經提出：「理解一本書的標準，決不是知道它的作者的意思。因爲既然人們不能知道任何東西，他們的言辭、講話和著作便可能意味著某種他們自己未曾想去說或寫的東西；因而，如果我們試圖去理解他們的著作，我們可以有理由地去想那些作者自己未曾想到的東西。」〔註41〕艾柯（Umberto Eco）說：「作者的回答並不能用來爲其本文詮釋的有效性提供根據，而只能用來表明作者意圖與本文意圖之間的差異。」〔註42〕也就是說，作者意圖不再被文學研究所取信，最多能爲我們的研究提供有限的參考，不具絕對權威性。

羅蘭·巴特說：「作者之死，意味著讀者之生。」〔註43〕作者空出的位置，迅速地被讀者所填補。施萊爾馬赫主張，「必須比作者理解他自己還要好地理解作者」。如何能做到這一點？因爲「天才藝術家的創造方式是無意識的創造和必然有意識的再創造這一理論得以建立的模式」；「在那裡（詩歌中），我們對詩人的理解，必然比詩人對自己的理解更好，因爲當詩人塑造他的文本創造物時，他就根本不『理解自己』。」〔註44〕施萊爾馬赫的這個觀點，後來也被讀者接受理論（reception theory）所吸納。除了心理學就文本生成所提供的理由之外，我們認爲還有一個原因，就是讀者在時間上是必然地後於作者和文本，有後發制人的優勢；「我們比他們（蘇格拉底、笛卡爾、

〔註40〕加達默爾著《眞理與方法》，上海：上海譯文出版社，2005：6，250～1。

〔註41〕Ibid:250.

〔註42〕艾柯《在作者與文本之間》，《詮釋與過度詮釋》，北京：生活·讀書·新知三聯書店，1997：89。

〔註43〕The birth of the reader must be required by the death of the Author.（ Critical Theory Since Plato,3th edition.edited by Hazard Adams and Leroy Searle,by Thomson Wadsworth,2005:1257.）

〔註44〕加達默爾著《眞理與方法》，上海：上海譯文出版社，2005：249～50.加達默爾稱道施萊爾馬赫的名言：「語文學家對講話人和詩人的理解比講話人和詩人對他們自己的理解更好，比他們同時代人的理解更好。因爲語文學家清楚地知道那些人實際上有的，但他們自己卻未曾意識的東西。」（ibid:251.）

達·芬奇）知道得更多；我們有一種比他們的記憶更豐富的人類記憶，即更廣和更精細的人類記憶。」〔註45〕批評家、文學研究者當然在讀者範圍之內。就是說，闡釋學和解構主義對讀者的強調，其實在很大程度上是給自己的文學研究爭得更大的自主權。但讀者並不能絕對自由，天馬行空，他還必須接受一個因素的牽制，就是文本。

這樣，文學研究的重心自然地轉向文本（text）。福柯在《何謂作者？》中明確指出，批評的任務不是再建作者與作品的聯繫，不是通過作品重現作者的思想和經驗；而是關注作品的結構，作品的內部關係。〔註46〕於是，爲改變作者中心的傳統，批評家煞費苦心，甚至做出一些明確的強制性規定。加達默爾把「對文本的閱讀」規定爲「理解的最高任務；」並說：「通過文字固定下來的東西，已經同它的起源和原作者的關聯相脫離，並向新的關係積極開放，像作者的意見或原來讀者的理解這樣的規範概念，實際上代表一種空位，而這種空位需要不斷地由具體理解場合所填補。」〔註47〕對於詮釋學來說，「閱讀文字和解釋文字的工作，遠離這些文字的作者——遠離他的心境、意圖以及未曾表達出的傾向——使得對本文意義的把握在某種程度上具有一種獨立創造活動的特點；它更類似於演講者的藝術而不僅僅是一種傾聽過程」。所謂演講者的藝術，我們認爲是說讀者在閱讀文本的過程中，生成一些作者未必意識到的觀念、思想。從作者的束縛下解放出來的文本，加達默爾認爲有這樣一些特點：「它（文本）總是對向它詢問的人給出新的答案，並向回答它問題的人提出新問題。

〔註45〕保羅·利科著《歷史與眞理》，上海：上海譯文出版社，2006：68.

〔註46〕Michel Foucault:What Is an Author?:The task of criticism is not to reestablish the ties between an author and his work,or to reconstitute an author's thought and experience through his work and,further,that criticism should concern itself with structures of a work,its architectonic forms,which are studied for their intrinsic and internal relationships.（Critical Theory Since Plato,3th edition.edited by Hazard Adams and Leroy Searle,by Thomson Wadsworth,2005:1260～9.）

〔註47〕加達默爾著《眞理與方法》，上海：上海譯文出版社，2005：505，511。其實這一思想，施萊爾馬赫已有明確的表述。（ibid:250.）

理解一個文本，就是使自己（讀者）在某種對話中理解自己。在具體處理一個文本時，只有文本所說的東西在解釋者自己的語言中找到表達，才開始產生理解。」理解「很可能必然地並且總是超越作者主觀的意義活動」。〔註 48〕「藝術作品是一種眞理的表現，此表現不可能被還原爲它的創作者在其藝術作品中實際所想的東西。」「這些東西（文本）所包含的內容，總是多於公開宣佈的和已經被理解的意義。」「藝術語言意味著在作品自身中所呈現的意義過剩。」〔註 49〕「對一個本文或一部藝術作品裏的眞正意義的汲舀，是永無止境的，它實際上是一種無限的過程。」〔註 50〕

我們基本上接受以加達默爾爲代表的詮釋學對文本的看法。不論是作者、讀者，不論是創作還是閱讀、批評，一切都始終是圍繞著文本這個中心來開展的智性活動。這種明確的認識，卻是晚近的事兒。本研究的中心文本，也就是唐宋詩歌。那麼，文本的崇高地位既然確立，我們又如何獲取這種常新的文本意義呢？詮釋學所給出的策略，最重要的就是，詮釋循環的方法；這也是本研究的有效工具。下面就是本研究有意遵循的幾個原則：

（一）傳統的社會歷史批評的方法，在考察文學與社會、歷史背景關係及其相互作用時，是非常有效的。本文在考察唐宋詩中孔子時，有一個前提，就是要把研究的客體——詩人、詩歌放在具體歷史、文化背景中去考察。在文化研究的視角下，歷史與社會也未嘗不可視爲文本；對應於文學文本，歷史和社會可以說是一個總文本，超大文本。〔註 51〕這二者的關係，

〔註 48〕加達默爾著《哲學闡釋學》，上海：上海譯文出版社，2004：24，58，123。

〔註 49〕加達默爾著《美學與闡釋學》，《伽（加）達默爾集》，上海：上海遠東出版社，2003：473，478，479。

〔註 50〕加達默爾著《眞理與方法》，上海：上海譯文出版社，2005：386。

〔註 51〕早在 1958 年，羅蘭・巴特已將摔跤、脱衣舞等社會現象當作文本來研究了。〔In Mythologies（1958）,he applied structuralist and semiological methods to a wide array of non-literary cultural texts,from

猶如句段之於整篇、全書。錢鍾書在總結乾嘉考證學派時曾將其方法概括爲：由字義定句義，由句義定篇章之義；由篇章之義定句之義，由句之義定字之義。這其實和加達默爾所代表的現代的西方闡釋學不謀而合，就是一種闡釋循環（hermeneutic circle）〔註52〕。

（二）宏觀研究和個案研究相結合的方法，力求深度與廣度的結合。對一個時代的孔子的研究，是建立在對個體詩人的孔子研究基礎上的。而一個時代的孔子，對個體詩人的孔子的形成，也有不可避免的影響。邏輯研究與歷史研究相結合的方法。孔子形象在歷史的進程中，是一個不停地流變的體系。

---

wrestling,and food to fashion and stripe tease.（The Blackwell Guide to Literary Theory, by Gregory Castle.Blackwell Publishing Ltd, 2007: 198.)〕德里達曾說，「文本之外無物」。

〔註52〕錢鍾書著《管錐編》，北京：生活·讀書·新知三聯書店，2007：281。就是，文本的部份和全體只有在相互參照的情況下，才能得到正確充分的瞭解。Since the part cannot be understood without comprehending its parts,our understanding of a work must involve an anticipation of the whole that informs our view of the parts while simultaneously being modified by them.（Chris Baldick：Oxford Concise Dictionary of Literary Terms.Oxford University Press,1996:97.）徐復觀在《中國思想史的若干問題》中也說到這種積字句以定章節、全書之義，再由「由全體來確定局部的意義」。更重要的是，在此基礎上再前進一步，進入「以概念爲對象的思維活動」；「其人其書將重新活躍於我們的心目之上」。（徐復觀著《中國思想史論》，上海：上海書店出版社，2005：91～5。）這些概念性思辨，古人未必意識到，但確是從其原始字句中自然流出的，是合理的推論，而非從外邊硬黏貼上的。阿多諾也說，詩義固然蘊含於詩中，但決定詩義，不單是需要對作品的知識，還需要對社會背景的知識的把握。〔Nothing that is not in the works,not part of their own form,can legitimate a determination of what their substance,that which has entered into their poetry,represents in social terms.To determine that ,of course ,requires both knowledge of the interior of the works of art and knowledge of the society outside.（On lyric poetry and society,T.W.Adorno:Notes to literature,volume Ⅰ.Columbia University Press,1991:39.）〕所以，我們在本研究中引用相關詩句時，也力圖做到避免牽強附會，讓意義從詩中流出。

在進行現象的如實的描述的同時，探討其規律性的內在聯繫。對一些重要概念，予以辨析，界定其在本文中的含義。

（三）因爲是文學論文，所以我們行文力求生動活潑，避免學術論文的枯燥乏味的老毛病。有意識地在文中運用一些比喻性句子，並徵用一些經典小說相關文字作證。錢鍾書說：「東海西海，心理攸同；南學北學，道術未裂。」（《〈談藝錄〉序》）我們雖然本錢小，能力薄，但也心嚮往之。所以，在力所能及的情況下，也徵用一點英文著述。不是圖好看，趕時髦；實是想使思路開豁一些，放進來更多的空氣與陽光，對營養、煉就我們學術人格，不無益處吧。

（四）漆俠在談他撰寫《宋代經濟史》的經驗時，說：「任何研究工作必須依靠大量的資料。對前人研究成果，固然要善於借鑒，更重要的是，要直接佔有大量的第一手的資料。越能佔有第一手的資料，就越能發現問題，瞭解問題，最終地解決問題。對材料的佔有，是從事研究的不可缺少的物質條件。」〔註 53〕這也是本研究意識到的一個前提條件，我們以前賢爲榜樣，抱著嚴肅的學術態度，盡力而爲！

〔註 53〕漆俠著《宋代經濟史》，上海：上海人民出版社，1987：37。漆俠還說：爲寫經濟史，專門用了七八年時間，讀宋代文獻達七百多種，「積累了一百四十多萬字的資料，才開始撰寫」。（ibid:1216.）

引　言

第一節　孔子聖人地位在兩漢國家意識形態中之確立

錢鍾書在《談藝錄》中說：「英人 Arthur Waley 以譯漢詩得名。余見其 170 Chinese Poems 一書，有文弁首，論吾國風雅正變，上下千載，妄欲別裁，多暗中摸索語，可入《群盲評古圖》者也。所最推崇者爲白香山，尤分明泄漏。……西人好之，當是樂其淺近易解，凡近易譯，足以自便耳。」〔註 1〕1945 年，錢鍾書發表在 Chinese Year Book 上的 Chinese Literature 一文，對西方漢學家熱衷翻譯、推崇白居易詩，表達了類似的看法；倒是沒有提 Arthur Waley 的名字，只是用蕭伯納式的幽默，調侃這些對中國詩歌之深美缺乏眞知的漢學家是，「老婦的後代」（poor progeny of the old woman）〔註 2〕！——因爲，白居易的詩，據說是老嫗能解。錢鍾書半個多世紀前批評的這個現象，在今天恐怕也仍然存在：《不列顚百科全書》在「孔子」詞條下寫道：「西漢以來，孔子學說成爲二千餘年中中國傳統思想文化正統，歷代王朝

〔註 1〕錢鍾書著《談藝錄》，北京：中華書局，1993：195。

〔註 2〕錢鍾書著《錢鍾書英文文集》，北京：外語教學與研究出版社，2006：286：Western translators have recently made a fetish of him（Po Chü-i）, because one suspects, he is easy to read and translate and therefore keeps them in conceit with themselves.

一直奉爲聖人。」〔註3〕中國歷代王朝一直把孔子奉爲聖人的論點，未免武斷，有些不合歷史眞實；實際上，孔子被統治王朝奉爲聖人，要經歷一個緩慢的歷史過程。

一、馬上得天下

《史記》卷九十七，記載有儒生陸賈和平定天下不久的漢高祖的一段對話：

> 陸生時時前說稱詩書。高帝罵之曰：「乃公居馬上而得之，安事詩書！」陸生曰：「居馬上得之，寧可以馬上治之乎？昔者吳王夫差、智伯極武而亡；秦任刑法不變，卒滅趙氏。鄉使秦已併天下，行仁義，法先聖，陛下安得而有之？」（《陸賈傳》）

二人爭論的焦點是，天下是否可以馬上治之；陸賈明確地認爲天下是不能馬上治之的。用今天的話說，實質上是，意識形態國家機器（ideological state apparatuses）和國家暴力機關統治的有效性及二者如何協調運作的問題。〔註4〕陸賈把亡秦，作爲一個反面的典型，證

〔註3〕《不列顛百科全書》（國際中文版），北京：中國大百科全書出版社，2001（第四冊）：403。可參見拙文《不列顛百科全書眞的很權威？》（2002.8.23《文匯讀書周報》）。

〔註4〕大衛・麥克里蘭說：「意識形態這個詞的歷史，不足二百年。它產生於與工業革命相伴隨的社會、政治和思想大變革。」〔大衛・麥克里蘭《意識形態》（第二版），長春：吉林人民出版社，2005：3。〕又說：伯納德・克里克和漢娜・阿倫特等人把意識形態和極權主義（totalitarianism）聯繫起來，甚至將意識形態等同於極權主義。（ibid:70.）劉子健也說：「傳統中國並不存在『意識形態』這樣一個現代詞語，卻有一個與之相近的經典詞語——『政教』。」（劉子健著《中國轉向內在：兩宋之際的文化內向》，南京：江蘇人民出版社，2002：33。）我們認爲意識形態這個概念，對中國封建社會的政治的、觀念的領域具有表達上的便捷與闡釋上的有效性。所以，在本文採用了相關的意識形態的說法。馬克思所謂的意識形態是指和統治階級相關的觀念與信仰，它對上層建築中與文化、社會諸門類，具有導向和組織的功能。（Ideas and beliefs that guide and organize the social and cultural elements of superstructure.Ideology is typically associated with the ideas and beliefs of the ruling class,which controls

明純粹使用強制性的國家暴力機關，只能落到必然敗亡；提醒最高統治者，必須開動意識形態國家機器，調動和發揮意識形態對人民進行有效的統治與管理。西方馬克思主義者路易・阿爾都塞（1918～90）在《意識形態和意識形態國家機器（研究筆記）》中，強調的正是這一點：「就我所知，任何一個階級如果不在掌握政權的同時對意識形態國家機器並在這套國家機器中行使其領導權的話，那麼它的政權就不會持久。」〔註5〕用意大利馬克思主義者葛蘭西（1891～1937）意識形態霸權（hegemony）的理論來闡釋和引申一下，也許更具普遍性，也更平和一些：「權力並不是簡單地由經濟和政治的統治所支撐。實際上，它是靠勸說附屬的社會集團接受由統治階級所褒揚的文化和道德體系——這些似乎是普遍有效的和根植於人性的價值觀——而發展的。如果僅僅靠財富與強制，權力必將是脆弱的東西。」〔註6〕

劉邦被陸賈提醒之後，再加上其他因素，就比較能夠接受儒生們提出的一些治國策略，這主要是從穩固自己的統治考慮的。另一方面，劉邦也發現那些經過叔孫通之類的儒家「大師」改造過的禮儀，非常有利於維護乃至助長專制皇帝的尊嚴；以致於劉邦在接受群臣朝賀的典禮之後，感喟：「吾乃今日知爲皇帝之貴也！」（《資治通鑒》卷十一）〔註7〕這就使他更樂意聽取、接受儒家的一些見解，而採取

---

the means of production.)（The Blackwell Guide to Literary Theory，by Gregory Castle.Blackwell Publishing Ltd,2007:110.）我們本章所謂的國家意識形態正是在這一意義上使用的。

〔註5〕陳越編《哲學與政治——阿爾都塞讀本》，長春：吉林人民出版社，2005：343。

〔註6〕〔英〕丹尼・卡瓦拉羅《文化理論關鍵詞》（張衛東等譯），南京：江蘇人民出版社，2006：78。

〔註7〕司馬光編著《資治通鑒》，北京：中華書局，1976：375。柏楊（1920～2008）在《柏楊曰》（中國友誼出版公司，1998年：105。）中評論此事說：「對專制政體而言，叔孫通制定的朝儀，是一種屈辱劑；嚴重地使人權、民主，受到踐踏。」又在該書第126頁評論劉邦說：「他是個優秀的統御人才，能作正確判斷，能承認錯誤，能寬容別人的過失，能用度外之人；胸襟坦蕩，不拘小節，具備一個理想領袖的

相應的舉措。《漢書》卷一下，記載有劉邦在十一年（前 196 年）二月下的詔書云：「蓋聞王者莫高於周文，伯者莫高於齊桓，皆待賢人而成名。今天下賢者智慧，豈特古之人乎？患在人主不交故也。——士奚由進！今吾以天之靈：賢士大夫定有天下，以爲一家；欲其長久，世世奉宗廟亡絕也。賢人已與我共平之矣，而不與吾共安利之，可乎？賢士大夫有肯從我遊者，吾能尊顯之。布告天下，使明知朕意。」十二年（前 195 年）冬十月，劉邦擊破黥布軍，令別將追之。「上還，過沛，留，置酒沛宮，悉召故人父老子弟佐酒。」就是在這次聚會中，劉邦，這個以前遊弋於流氓無產者邊緣的人，擊筑自歌：「大風起兮雲飛揚，威加海內兮歸故鄉，安得猛士兮守四方！」三月，又下詔書云：「吾立爲天子，帝有天下，十二年於今矣。與天下之豪士賢大夫共定天下，同安輯之。」（《高祖本紀》）

其中的時間似乎有些混亂，我們先解釋一下：當時西漢初年，是以十月爲歲首，然後是十一月、十二月和一月、二月；就是說，一月是一年中的第四個月份。另一個問題是，陸賈和劉邦關於馬上治天下的對話，並沒有給出明確的時間。它只是在陸賈順利完成說服南越王趙佗的使命之後——這次出使自是陸賈一生中一件大事——，連帶敘出，順便又把陸賈著《新語》的事兒一嘟嚕地交待清楚，說：「陸生乃粗述存亡之徵，凡著十二篇。每奏一篇，高帝未嘗不稱善，左右呼萬歲，號其書曰《新語》。」（《史記》卷九十七）按照常識來說，二人的那段對話發生在劉邦擊敗項羽，剛當上皇帝不久。〔註 8〕

我們注意到上引的兩則詔書是在兩年內，——準確地說其相隔時間正好一年——發出的，劉邦希望有賢士大夫來輔佐他，共享富貴尊榮。而他所說的周文王、齊桓公，都是孔子和儒家所推崇的——文王是不可動搖的帝王表率，齊桓公也被孔子贊爲「正而不譎」（《論語·

條件。」

〔註 8〕《資治通鑒》卷十二，將此事繫於高帝十一年（前 196 年）。（司馬光編著《資治通鑒》，北京：中華書局，1976：396。）

憲問》）——說明當上皇帝的劉邦對於儒家、儒生的認識已有本質性改變。至於他「安得猛士守四方」的感慨，實因黥布叛亂，尚要他親自出征，又慮及北方匈奴壓境而觸發感喟，所謂將思良材！這種觀念上的轉變，在他給太子劉盈的手書中，表現得更為清晰，充滿身世的感慨：一云：「吾遭亂世，當秦禁學，自喜，謂讀書無益。洎踐阼以來，時方省書，乃使人知作者之意，追思昔所行，多不是。」一云：「吾生不學書，但讀書問字而遂知耳。以此故不大工，然亦足自辭解。今視汝書，猶不如吾。汝可勤學習。每上疏，宜自書，勿使人也。」（《全漢文》卷一，嚴可均輯《全上古三代秦漢三國六朝文》）〔註9〕

所以，劉邦前往曲阜祀孔，自是順理成章了。《漢書》卷一下記載：十二年（前195年）十一月，劉邦「行自淮南還，過魯，以太牢祀孔子。」（《高祖本紀》）這是一個耀眼的標誌性的事件，是前所未有的。但這一事件，——像安徒生童話裏那隻弄錯時令的燕子，過早地來到北方，不免孤單地忍受春天到來前的冷峭，——在一段歷史時期內沒有類似事件去回應它。

二、漢武帝詔書徵引孔子

馮友蘭在《中國哲學史新編》中說：到漢武帝的時候，「封建社會的經濟基礎穩定下來了，它就需要一種與之相適應的上層建築。這是歷史發展的必然趨勢。」〔註10〕認為漢武帝正是《中庸》中所說的有德有位的人：「漢武帝有其位，因為他是皇帝；他又有德，因為他能感覺到上面所說的時代要求。」所以就產生了歷史上影響深遠的「罷黜百家」的政策。這和牟宗三在《歷史哲學》中的觀點基本一致：只

〔註9〕嚴可均注明此二敕均出自《古文苑》，標目為《手敕太子》。（嚴可均輯《全上古三代秦漢三國六朝文》，北京：中華書局，1985：130～1。

〔註10〕馮友蘭著《三松堂全集》（第九卷），鄭州：河南人民出版社，2001：41～44：馮氏把他所謂的上層建築，大致分為三個部份：議禮，就是社會規範及道德範疇；制度，就是章程法律；考文，就是文藝創作、學術研究等。

是馮氏強調儒家思想上升爲官方意識形態是出於客觀的必然性；牟氏則強調能動的主體性，認爲這一基礎的奠定，實由於武帝的性格使然，並稱之爲「發揚的理性人格」。因爲武帝的獨特人格，使他能「進一步欣賞儒家思想（或文化系統）之富貴性、理想性及構造性」。〔註 11〕

準確地說，高祖時候統治者和智識之士所考慮與試圖採用的國家意識形態，漢武帝時，逐漸明確。但它是一個非常緩慢的過程，並不像基督教裏的上帝那樣說要有光，於是就有了光！所以有學者指出，漢武帝的政策只是「進一步提高了孔子的地位，但並不意味著國家對儒學的崇奉已成定局」〔註 12〕。余英時對此有更爲鮮明的論斷：「我們不能輕率地斷定漢武帝『獨尊儒術』以後，中國已變成了一個『儒教國家』（Confucian state）。儒教對漢代國家體制，尤其是中央政府的影響是比較表面的；」認爲，從制度的淵源而言，「法家的影響仍然是主要的。」〔註 13〕不過，孔子的地位的確比以前有所提高。也就是在漢武帝時候，孔子的話語第一次在皇帝的詔書裏被明確地徵引。

《漢書》卷二十三，有漢文帝《除肉刑詔》，云：「今人有過，教未施而刑加焉。」（《刑法志》）〔註 14〕這和孔子所說的「四惡」之首：「不教而殺謂之虐。」（《論語・堯曰》）意思完全一樣。但文帝從來沒有在官方文誥中提到過孔子。漢文帝的孫子——武帝則不然。《全漢文》卷三武帝《議不舉孝廉者罪詔》云：「夫十室之邑，必有忠信；三人並行，厥有我師。」《賜卜式爵詔》云：「朕聞報德以德，報怨以直」。都是直接引用孔子的話，〔註 15〕但都沒有提到孔子的名字。也是在《全漢文》卷三，有武帝《議置武功弛賞官詔》：

〔註 11〕牟宗三著《歷史哲學》・桂林：廣西師範大學出版社，2007：235。

〔註 12〕這是 John K. Shryock 的話，轉引自，葛兆光著《中國思想史》，上海：復旦大學出版社，2007：272。

〔註 13〕余英時著《士與中國文化》，上海：上海人民出版社，2003：125。

〔註 14〕班固著《漢書》，北京：中華書局，1975：1098。

〔註 15〕分別見於《論語・公冶長》：「子曰：十室之邑，必有忠信如丘者焉」；《論語・述而》：「子曰：三人行，必有我師焉」；《論語・憲問》：「子曰：以直報怨，以德報德。」

> 朕聞五帝不相復禮，三代不同法，所由殊路而建德一也。蓋孔子對定公以徠遠，哀公以論臣，景公以節用，非期不同，所急異務也。

《漢書》卷六亦載此詔，又有臣瓚於「徠遠」下注：「《論語》及《韓子》，皆言葉公問政於孔子，孔子答以悅近徠遠。今云定公，與二書異。」（《武帝本紀》）「選賢」與「節用」下有如淳注，謂孔子對哀公與景公問，分別見於《韓非》。可見武帝對法家著作也很熟悉，在實際的政治運作中，並不純用儒術。這一點，後來的宣帝看得很清楚，在教訓太子時說：「漢家自有制度，本以霸王道雜之，奈何純任德教，用周政乎！且俗儒不達時宜，好是古非今，使人眩於名實，不知所守，何足委任？」（《漢書》卷九）

武帝提倡儒家，表彰儒術，帶著意識形態的欺騙性；熊十力在《原儒》中說：「及至漢武董生，定孔子於一尊，罷黜百家之說，勿使並進，實則竄亂六經。假託孔子，以護帝制，不獨諸子百家並廢，而儒學亦變其質，絕其傳矣。」〔註 16〕在武帝 57 年的統治期間（前 140-前 87 年），曾登封泰山，東臨大海〔註 17〕，但從來沒有到距他很近的曲阜去祀孔！這足可覘見他對孔子的眞實態度。《全漢文》卷三還有武帝元光元年（前 134 年）和五年的《策賢良制》，共有三處提到「先聖」，又有「聖主已沒」；《封公孫弘爲平津侯詔》云：「朕嘉先聖之道」。《全漢文》卷四武帝《報齊人延年》云：「聖人作事，爲萬世功。」這裡的先聖、聖人、聖主，統統是指《元光元年策賢良制》中所謂的「五帝三王」；和孔子毫不相干。孔子要獲得官方意識形態所授予的聖人身份，還有許多歲月需要穿越，雖然他在生前已經被自己的弟子看作聖人了；子貢就曾說：「固天縱之將聖，又多能也。」（《論語・子罕》）

〔註 16〕王守常編《中國現代學術經典・熊十力卷》，石家莊：河北教育出版社，1996：214。

〔註 17〕《資治通鑑》卷二十二載：天漢三年（公元前 98 年）三月，「上行幸泰山」。征和四年（公元前 89 年），正月，「上行幸東萊，臨大海，欲赴海求神山」；在海邊逗留了十多天。

皇帝詔書，可看作國家意識形態的表白。漢武帝在詔書中，多次引用孔子的話，作爲詔書的理論依據。雖然還沒有明確孔子的聖人地位，但其在國家意識形態中的權威性已大爲提升。

三、褒成君祀孔

夏曾佑在《中國古代史》中，揭發漢武帝：「其尊儒術者，非有契於仁義恭儉，實視儒術爲最便於專制之教耳！」〔註18〕雖然有點武斷，卻也沒有冤枉武帝。但像漢元帝這樣的就不太一樣了。《漢書・元帝本紀》載：漢元帝爲太子時，「柔仁好儒。見宣帝所用多文法吏，以刑名繩下，大臣楊惲、蓋寬饒等坐刺譏辭語爲罪而誅，嘗侍燕從容言：『陛下持刑太深，宜用儒生。』」（《漢書》卷九）結果受了一頓斥責！元帝好儒，實出眞心，尤其好在詔書中徵引《論語》和孔子的話。《全漢文》卷七，元帝《議罷郡國廟詔》：「傳不云乎：吾不與祭如不祭」。《赦詔》：「傳不云乎：百姓有過，在予一人。」《敕諭東平王宇璽書》：「孔子曰：過而不改，是謂過矣。」《賜東平王太后璽書》：「傳曰：父爲子隱，子爲父隱，直在其中矣。」《報貢禹》：「傳曰：亡懷土」；〔註19〕同時元帝稱讚貢禹：「生有伯夷之廉，史魚之直。」本諸《論語・衛靈公》：「子曰：直哉史魚！」

劉知幾《史通・補注》：「昔詩書既成而毛鄭立傳……傳者，轉也，轉授於無窮。」〔註20〕趙翼《二十二史札記》卷一《各史例目異同》：「古書凡記事，立論，及解經者，皆謂之傳。」〔註21〕《中華大字典》之《子集・人部・傳》釋義云：「賢人之書曰傳。」〔註22〕由此，我

〔註18〕夏曾佑著《中國古代史》，石家莊：河北教育出版社，2003：238。

〔註19〕此四條，分別見《論語》之《八佾》、《堯曰》、《衛靈公》和《子路》；其中除「百姓有過，在予一人」亦見《周書・太誓》之辭，另外三句都是孔子的話。

〔註20〕劉知幾著、浦起龍釋《史通通釋》，上海：上海書店（影印），1988：85。

〔註21〕趙翼著《二十二史札記》，北京：中國書店（影印）1990：4。

〔註22〕《中華大字典》，北京：中華書局（影印），1985：77。

們斷定，元帝所謂「傳」，就是指《論語》。《漢書・武帝本紀》載：漢武帝在建元五年（前 136 年）設五經博士。五經自然成爲國家意識形態的經典，而對經典的詮釋，都可稱傳。而大家普遍認爲，五經是經過孔子編纂的。比如武帝時的孔安國在《尙書序》中說：

> 先君孔子，生於周末，睹史籍之煩文，懼覽之者不一，遂乃定禮樂，明舊章，刪《詩》爲三百篇，約史記而修《春秋》，贊《易》道以黜《八索》，述《職方》以除《九丘》。討論墳典，斷自唐虞以下訖於周。芟夷煩亂，剪截浮辭，舉其宏綱，撮其機要，足以垂世立教。典謨訓誥誓命之文，凡百篇，所以恢弘至道，示人主以軌範也。帝王之制，坦然明白，可舉而行。三千之徒，並受其義。（《全漢文》卷十三）

就是說，連孔安國也認爲，孔子只是個典籍的整理保存和傳授者；〔註 23〕所以記錄孔子言論的《論語》，被稱爲傳，以其有助於對五經的解讀罷了。由此可見，元帝雖然好儒，卻也沒有認爲孔子是堯舜禹湯周似的聖人。當匡衡向他提出，因爲商湯之祀久絕，而「《禮記》：孔子曰：『丘，殷人也。』先師所共傳，宜以孔子世爲湯後。」元帝以其語爲不經！（《漢書》卷六十七）元帝雖沒有封孔子後人以祀商湯，但在即位之初，初元元年（前 48 年），就封作太子時向他授經的孔子後人——孔霸，爲關內侯，食邑八百戶，號褒成君。隨後，孔霸上書，求奉孔子祭祀。於是元帝下詔：「其令師褒成君關內侯霸，以所食邑八百戶祀孔子焉。」文中有如淳注：「爲帝師教令成就，故曰褒成君。」（《漢書》卷八十一）這裡說得很明白，孔霸祀孔子是元帝應他老師的請求，而他老師所以號褒成君，主要是出於元帝的尊師！漢元帝雖號稱好儒，但對孔子在國家意識形態中的地位提升，他並無太大的貢獻。孔子地位和武帝時比，並沒有明顯的變化。孔子在一般人眼裏，只是經典的編纂者與保存者。

〔註 23〕孔安國此文宋以後雖斷定爲僞作，但它反映的仍是漢代關於孔子與六經關係的普遍看法；這一看法並不因其是僞作而失效。

四、孔子之處

漢成帝在寫給趙飛燕的信中，引「詩云：鼓鐘于宮，聲聞于天」；又說「夫君子貴素，文足通殷勤而已，亦何必華辭哉！」(《全漢文》卷八)〔註24〕另外，成帝的詔書中還有六處徵引孔子和孔子的話。《全漢文》卷八成帝《閔楚王被疾詔》:「今乃遭命，離於惡疾，夫子所痛，曰：蔑之，命矣夫。斯人也，而有斯疾也。」〔註25〕《舉博士詔》:「儒林之官，四海淵原，宜皆明於古今，溫故知新，通達國體，故謂之博士。否則學者無述焉，爲下所輕，非所以尊道德也。工欲善其事，必先利其器。」〔註26〕《罷昌陵詔》:「過而不改，是謂過矣。」成帝用孔子的話，顯得比前代更靈活多樣一些。《舉博士詔》中說「學者無述焉，爲下所輕」。不光有《論語・憲問》中，孔子罵原壤：「幼而不孫弟，長而無述焉，老而不死，是爲賊。」而且還有《論語・陽貨》中，子曰：「予欲無言。」子貢曰：「子如不言，則小子何述焉？」這樣的故事在裏面。所以，在修辭學上，它應該算「用事」了。《報許皇后》:「傳不云乎，以約失之者鮮。……君子之道，樂因循而重改作。昔魯人爲長府，閔子騫曰：仍舊貫如之何？何必改作！蓋惡之也。」〔註27〕

成帝詔書中也有「傳」，上引《報許皇后》中「傳不云乎」即指《論語》，這和漢元帝詔書中的「傳」一樣〔註28〕。《賜翟方進冊》:「君

〔註24〕這說明儒家經典，漢成帝不但熟悉，而且喜愛，以致於要在愛得死去活來的趙婕妤面前賣弄一下——伶玄《飛燕外傳》說他爲媚美人，服愼恤膠過量，死在石榴裙下！

〔註25〕《論語・雍也》：伯牛有疾，子問之，自牖執其手，曰：「亡之，命矣夫！斯人也而有斯疾也！斯人也而有斯疾也！」

〔註26〕「溫故知新」見《論語・學而》;「工欲善其事，必先利其器」和下面說的「過而不改，是謂過矣」見《論語・衛靈公》，都是孔子的話。

〔註27〕「以約失之者鮮」，見《論語・里仁》，是孔子的話；閔子騫事見《論語・先進》，後有孔子對此事的評論：「夫人不言，言必有中。」

〔註28〕而《全漢文》卷十三孔安國《古文孝經訓傳序》云：「漢先帝發詔稱其詞者，皆言『傳曰』，其實，今文孝經也。」孔安國是武帝時人，所以他所謂先帝自是指高祖、惠帝、文帝、景帝，而由上面的考察

有孔子之慮，孟賁之勇。……傳曰，高而不危，所以常守貴也。」雖是孔子的話，卻出自《孝經》。《日食求言大赦詔》:「傳曰：教不修，陽事不得，則日爲之蝕。」此句出自《禮記・昏儀》。《詔有司復東平削縣》:「傳不云乎，朝以過夕改，君子與之。」《報翟方進》:「傳不云乎，朝過夕改，君子與之。」不知何出。《論語・里仁》:「子曰：朝聞道，夕死可矣。」《論語・子張》:「子貢曰：君子之過也，如日月之食焉——過也，人皆見之，更也，人皆仰之。」可能由此生發出來。

以前的詔書，都沒有給予孔子明確的身份，——當然孔子就其本意而言，也是夫子之意，但久已被時間打磨得沒了棱角，成了專名（particular）——成帝稱孔子爲「夫子」，雖沒有什麼本質性的變化，卻有點和孔門弟子把臂入林的親近和認同感。上引文有稱「孔子之慮」。《漢書》卷八十四載：綏和二年（前 7 年）春，熒惑守心。當時都相信天人感應之說，包括漢成帝在內的朝廷上下，憂心忡忡，惶惶不安，以爲是天譴，想要加以消弭。適有方士上言大臣宜當之。翟方進當時任宰相，漢成帝想拿他作替罪羊。於是，在《賜翟方進冊》中說他有「孔子之慮」。(《翟方進傳》) 這是就政治層面而言，孔子仁民而能遠慮，舉措得當。成帝意思是：我本以爲你像孔子一樣愛民遠慮，舉措得當。結果卻弄出這樣亂糟糟的局面——你看怎麼辦吧！於是，翟方進只好抱著欽賜的「孔子之慮」自殺以塞天變！這其實是專制政治移禍於下的醜劇。但從此我們可以看出國家意識形態賦予孔子更加豐富的色彩，這些色彩無論多麼變幻紛呈，都像圍繞著原子核的眾多電子一樣，有個穩定的核心，就是維護著最高統治者的利益。徐復觀在《中國經學史的基礎》中即力主此說；並說「宣帝雖本『以霸王道雜之』，而實以霸（法家）爲主，但經學在朝廷政治中的氣氛一天濃

我們知道，武帝詔書才開始徵引孔子的話，詔書中有「傳曰」，則要到元帝時，而且也並不都是——而是大都不是！——出於孝經。朱子嘗疑孔安國《書大序》爲僞。而此《古文孝經訓傳序》直可斷定爲後人假託。

厚一天，經元帝、成帝、哀帝而極盛。」〔註 29〕總之，成帝「孔子之慮」的說法，在公認的孔子經師身份之外，增加了新的色彩，有仁民愛物的內涵，是政治家的榜樣。

五、殷紹嘉侯

儒家思想越來越不可動搖，孔子地位在意識形態中越來越崇高。這在一個牟宗三所謂的「有治權的民主而無政權的民主」的專制政體下，最高統治者具有舉足輕重的作用。〔註 30〕所以，最高統治者對儒家與孔子採取何種姿態，就顯得非常重要。最高統治者，牟宗三所謂的「精神主體」，何以會與儒家和孔子保持著一種越來越濃厚的親和關係？固然有統治者維護專制的功利性考慮，儒家自身的強大涵容性和普適性，等等；但我們在這裡想要探討的是小環境對皇帝思想意識的影響問題。

雖然國家意識形態不曾明確孔子的聖人身份，但在小傳統內，或者說儒家體系內，他早就被看成聖人了。親聆其教誨的子貢，說：「他人之賢者，丘陵也，猶可踰也；仲尼，日月也，無得而踰焉。人雖欲自絕，其何傷於日月乎？多見其不知量也！」（《論語．子張》）發憤著書的司馬遷說：「余讀孔氏書，想見其爲人。……天下君王至於賢人眾矣，當時則榮，沒則已焉。孔子布衣，傳十餘世，學者宗之。自天子王侯，中國言六藝者折中於夫子，可謂至聖矣！」（《史記．孔子世家》）子貢和司馬遷這類人，出類拔萃，所發言論必然會造成不小影響，甚至形成、推動社會思潮。班固說：「自孝武興學，公孫弘以儒相，其後蔡義、韋賢、（韋）玄成、匡衡、張禹、翟方進、孔光、

〔註 29〕徐復觀著《徐復觀論經學史二種》，上海：上海書店出版社，2006：176。

〔註 30〕牟宗三著《歷史哲學》，桂林：廣西師範大學出版社，2007：311：按牟宗三的論斷：「精神主體（皇帝個人）能立得住而不散亂，則各部門即得以協調而共成其用。然此精神主體立得住否，乃無保證者，而其本身及其所私屬之集團乃非理性者：理性中有非理性成分，則此共成其用之各部門即不能永維持其協調。」

平當、馬宮及（平）當子晏，咸以儒宗居宰相位，服儒衣冠，傳先王語。」（《漢書》卷八十一）大儒出任朝廷高官，在西漢中期已成風氣。錢穆說：「蓋自宣帝後，儒者漸當路。元、成、哀三朝，爲相者皆一時大儒。其不通經而相者，如薛宣以經術淺而見輕，卒策免。朱博以武吏而得罪，自殺，皆不得安其位。」〔註31〕

人類學家芮斐德提出大傳統和小傳統的觀點，李亦園對這一說法予以改造，大傳統類似於精英文化，小傳統類似於民間文化。〔註32〕比較而言，我們認爲，這裡所說的國家意識形態類似於所謂的大傳統。兩個系統，就是國家意識形態和儒家傳統，之間不斷地交流，相互影響。結果，進入國家意識形態中的孔子，雖然最終和儒家系統中的孔子一樣，都被稱爲聖人，但「猶昔人而非昔人」——已經不是原來的聖人了！

漢代皇帝在即位前做太子時，要接受儒家經典教育。徐復觀說：「自武帝以後，多以經傳爲教材，由出色儒生擔任教授。」認爲，漢元帝所受經學最深。〔註33〕這從我們前面所引元帝詔書中所稱「傳」，也可看出。《漢書》卷八十一稱，「上（元帝）好儒術文辭」；（《匡張孔馬列傳》）卷八十八稱，「元帝好儒」。（《儒林列傳》）太子的老師在太子即皇帝位後，往往在朝廷任職顯要，時時拿儒家義理來規諫皇帝。比如，匡衡，在成帝即位不久，上疏云：「臣聞六經者，聖人所以統天地之心，著善惡之歸，明吉凶之分，通人道之正，使不悖於其本性者也。」（《漢書》卷八十一）張禹曾是成帝爲太子時的老師，傳授《論語》，後來曾給成帝上疏，云：「聖人罕言命，不語怪神。性與天道，自子贛之屬不得聞。」有顏師古注，曰：「罕，稀也。《論語》

〔註31〕錢穆著《國史大綱》，北京：商務印書館，2008：148。

〔註32〕王元化著《思辨錄》，上海：上海古籍出版社，2004：6：「曾舉小傳統把儒者心目中的非人格化的天和俗世的皇帝融合在一起，轉變成人格化的玉皇大帝。」

〔註33〕徐復觀著《徐復觀論經學史二種》，上海：上海書店出版社，2006：179。

云『子罕言利與命與仁』，又曰『子不語怪力亂神』。」可見，匡衡、張禹這樣一些能夠給皇帝以直接影響的大臣，都已經毫不含糊、直截了當地指認孔子是聖人。這都有力地推動了孔子地位在意識形態內的攀升。所以，梅福上書成帝，重提匡衡在元帝時提出的封孔子後代以承殷祀的建議，得到批准，也並不意外：

> 今仲尼之廟不出闕里，（師古曰：「闕里，孔子舊里也。言除此之外，更無祭祀孔子者。」）孔氏子孫不免編户，（師古曰：「列爲庶人也。」）以聖人而歆匹夫之祀，非皇天之意也。今陛下誠能據仲尼之素功，以封其子孫，則國家必獲其福，又陛下之名與天亡極。何者？追聖人素功，封其子孫，未有法也，後聖必以爲則。不滅之名，可不勉哉！（《漢書》卷六十七）

《漢書·世系表》有殷紹嘉侯孔何齊。師古注，言其爲孔吉嫡子。「元始二年（公元 2 年），更爲宋公」。這完全是王莽的意思，這一更改，使得成帝沒有言明的內容更清晰起來。《左傳·昭公七年》云：「其（孔子）祖弗父何，以有宋而授厲公。」所以，《史記·孔子世家》云：「其先宋人也。」宋人高斯得《讀梅福傳有感》：「……南昌梅子眞。書言願蚤建三統，以孔子後上繼殷。存人自立乃周武，壅人自塞爲亡秦。」（《全宋詩》〔註 34〕卷三二二九）即此也。

但梅福的上疏有一個矛盾：要求以孔子後代繼祀商湯，因爲，孔子是殷人；商湯有功烈及乎後世才是關鍵。但梅福談論的卻是孔子是聖人，有素功，當封其後。就是說，梅福的提議雖然承襲元帝時的匡

〔註 34〕北大古文獻研究所的《全宋詩》，共 72 冊，爲宋詩研究提供了便利，但也有不少錯誤：我們認爲最嚴重的錯誤是：第 36 冊的最後是卷二〇四四，而第 37 冊的開頭仍是卷二〇四四！就是說，第 37 冊開卷應是二〇四五才正確；結果卻失於銜接。這樣，《全宋詩》就有兩個二〇四四卷；《全宋詩》按標目共有三七八五卷，加上重的二〇四四卷，實際共有三七八六卷。本文所標《全宋詩》卷數仍以紙質文本爲依據，仍舊貫而不改作——特發凡於此。

衡，但其重心隨時代而遷移了：孔子在此居於主體地位。成帝在綏和元年（前 8 年）二月下詔：「蓋聞王者必存二王之後，所以通三統也。昔成湯受命，列爲三代，而祭祀廢絕。考求其後，莫正孔吉。其封吉爲殷紹嘉侯。」三月，進爵爲公，地百里。（《漢書》卷十）這個詔書根本沒提孔子！表面上看，詔書封孔子後人是本於商湯聖帝的功烈，但由上面的分析，我們知道孔子的「素功」才是這一舉措的背後的決定性因素。所以在梅福和元帝詔書中存在這樣一種邏輯上的坑陷，就是因爲孔子此時在意識形態內的地位，正如地質學上的始祖鳥，尙處於爬行動物與鳥之間，是過渡階段。

可見，孔子地位上升，和士人、精英階層的推崇大有關係。在封孔子後人爲「殷紹嘉侯」的事件中，我們看到其中有一無法彌合的斷裂。其實質是國家意識形態雖接受孔子是聖人的觀點，但在名義上尙未予以承認造成的。

六、宣尼公

西漢末年，最終在國家意識形態中，把孔子提升到聖人地位的，是王莽和他的姑母，即元王皇后。成帝以後，哀帝不壽，平帝早死〔註35〕，於是，皇權落入元帝皇后手中，她在當時的政壇舉足輕重，實際上受她侄兒王莽操縱。元皇后以未亡人自居，秉承元帝好儒。

《全漢文》卷十元王皇后《廢趙皇后詔》：「夫小不忍亂大謀，恩之所不能已者，義之所割也。」「小不忍亂大謀」，見《論語・衛靈公》，是孔子的話。《令王莽平決奏事詔》：「孔子曰：巍巍乎，舜禹之有天下而不與焉！」見《論語・泰伯》。《報傅喜詔》：「傳不云乎？歲寒然後知松柏之後凋也。」和元帝詔書中的「傳」一樣，特指《論語》；孔子的這句話見《論語・子罕》。《賜公孫弘子孫當爲後者爵詔》：「《孝經》曰：安上治民，莫善於禮。禮，與奢也，寧儉。昔者管仲相齊桓，

〔註35〕《漢書》卷十一：臣瓚曰：「（哀）帝年二十即位，即位六年，壽二十五。」《漢書》卷十二：平帝九歲即位，十四歲去世。

霸諸侯，有九合一匡之功，而仲尼謂之不知禮，以其奢泰侈擬於君故也。……未有樹直表而得曲影者也。孔子不云乎：子率以正，孰敢不正？」此詔，除徵引《孝經》外，一連三處徵引《論語》中孔子的話。〔註36〕《詔群臣》:「孔子見南子，周公居攝，蓋權時也。」在元始四年（公元4年）褒揚孔光的詔書中稱：「太師光，聖人之後，先師之子」。(《全漢文》卷十）稱孔光爲「先師之子」，是因爲孔光的父親孔霸是元帝的老師。我們前面說過，元帝曾封孔霸爲褒成侯，滿足孔霸祀其先祖孔子的請求。所以，她詔書中的「聖人之後」，聖人毫無疑問，就是指孔子。這是國家意識形態，第一次明確地把孔子升到聖人的高度。

雖然孔子在使後人獲得殷嘉侯稱號時，起著重要作用，但孔吉、孔何齊並不奉孔子祀；而是孔霸在奉孔子祀。《漢書・世系表》載：元始元年（公元1年），「以孔子世褒成君霸魯孫（均）奉孔子祀，侯二千戶。」這時孔霸已死，是孔光的哥哥、住在闕里的孔均在奉孔子祀。所謂祀孔子，就是定期到孔子廟主持舉行一些祭拜典禮。按梅福的說法，當時只有孔子家鄉有一所孔廟。〔註37〕同時，「追謚孔子曰褒成宣尼公。」(《漢書》卷十二）這是孔子在大一統的國家意識形態下獲得的第一個封號。〔註38〕

〔註36〕《論語・八佾》：子曰：「禮，與其奢也寧儉。」詔書中無「其」字。《論語・八佾》:「或問管氏知禮乎？曰：君樹塞門，管氏亦樹塞門。管氏而知禮，孰不知禮！」《論語・顏淵》:「季康子問政於孔子；孔子對曰：政者，正也。子帥以正，孰敢不正！」

〔註37〕黃進興引《闕里文獻考》云：「先聖之沒世，弟子葬於魯城北泗上。既葬，後世子孫即所居之堂爲廟，世世祀之。然塋不過百畝，封不過三版，祠宇不過三間。」(《權力與信仰：孔廟祭祀制度的形成》，黃進興著《優入聖域：權力、信仰與正當性》，北京：中華書局，2010：145。）

〔註38〕《十三經注疏》(下)，杭州：浙江古籍出版社，(影印本) 1998：2177:《春秋左傳正義》孔穎達疏云：「至漢王莽輔政，尊尚儒術，封孔子後爲褒成侯；追謚孔子爲褒成宣尼君。」正是指此，只是他把「宣尼公」誤作「宣尼君」。當孔子去世時，魯哀公在誄文中稱之爲「尼父」。鄭玄以爲「尼父」是哀公給孔子的謚號。孔穎達對此予以駁斥：

當時是平帝在位，王莽輔政，尊孔自然是王莽的意思。王莽師古不化，政治上的失敗，不免眾惡歸之；大家都認爲王莽是個儒家的狂熱信仰者。〔註 39〕王莽在元始三年（公元 3 年）《奏請爲平帝納后》中說：「請考論《五經》，定取禮，正十二女之義，以廣繼嗣。博採二王后及周公孔子世列侯在長安者適（嫡）子女。」（《全漢文》卷五十八）要求皇帝選納夏禹、商湯、周公、孔子的嫡系孫女，按《五經》上說的天子一取十二女的儀式，將之納入後宮，以廣繼嗣。這固然是他食古不化的表現，於此，我們也看到他有意識地把孔子列入主要由聖王組成的聖人行列。

王莽在他的奏章中有九次直接提到孔子，其中一次已見上引。《全漢文》卷五十八王莽《奏復長安南北郊》：「孔子曰：人之行莫大於孝，孝莫大於嚴父，嚴父莫大於配天。」見《孝經・聖治章》。《奏請諸將帥封爵》：「孔子著《孝經》；曰：不敢遺小國之臣，而況於公侯伯子男乎？故得萬國之歡心以事其先王。」見《孝經・孝治章》。王莽此奏下文又說：「孔子曰：周監於二代，郁郁乎文哉！吾從周。」見《論語・八佾》。《上奏符命》：「此二經（按：指《尚書》與《春秋》）周公、孔子所定，蓋爲後法。孔子曰：畏天命，畏大人，畏聖人之言。」「三畏」本《論語・季氏》。《全漢文》卷五十九《去剛卯除刀錢》：「孔子作春秋，以爲後王法。」這是王莽當皇帝後，在建國元年（公元 9 年）發布的詔令。表示自己的執政方略要完全按五百年前的孔子的意思辦理！食古不化是一個方面，另外，也說明王莽對日漸盛行的讖緯

「鄭玄《禮》注云：尼父，因其字以爲之諡。謂諡孔子爲尼父。鄭玄錯讀《左傳》，云以字爲諡，遂復妄爲此解。」

〔註 39〕牟宗三斥王莽爲「理性之超越表現下之怪物也，希古不化，迂固不堪」。（牟宗三著《歷史哲學》，桂林：廣西師範大學出版社，2007：290。）蕭公權謂「新莽政治爲二千年中儒家理想最大規模之嘗試，與最不光榮之失敗，殆非厚誣」。（蕭公權著《中國政治思想史》，北京：新星出版社，2005：207。）錢穆說：「王莽的政治，完全是一種書生的政治；」「復古傾向太濃厚……有太過迂闊者。」（錢穆著《國史大綱》，北京：商務印書館，2008：153。）

非常迷信。《全漢文》卷六十《大風毀王路堂下書》:「宣尼公曰：名不正，則言不順，至於刑罰不中，民無所錯（措）手足。惟即位以來，陰陽未和，風雨不時，數遇枯旱蝗螟爲災，穀稼鮮耗，百姓苦饑，蠻夷猾夏，寇賊奸宄，人民正營，無所錯（措）手足。深惟厥咎，在名不正焉。」孔子的話見《論語・子路》。這是王莽在地皇元年（20年）發的詔書：把即位以來的天災人禍，歸咎於名之不正！乞靈於宣尼公，態度堅決地要把正名工作，不只在全國鋪展開，而且要推廣到四夷！

由此，我們可以看出，王莽和元王皇后對孔子的徵引，和漢代的其他帝王一樣，主要集中在《論語》，其次是《孝經》。〔註40〕另外，王莽和元王皇后有一個前代皇帝在詔書中未彰顯的特點，就是孔子往往與周公連稱、並舉。可見，孔子在國家意識形態中獲得聖人地位，與王莽的推崇密不可分。「宣尼公」，是孔子獲得的第一個謚號。這距孔子去世已經480年了。孔子不是在歷史的塵埃中被埋沒，忘卻，而是越來越輝煌，越來越尊貴。歷史進入公元紀年，這只是孔子在中國歷史上全面開展其聖人征程的起步！

七、東漢皇帝祠孔

東漢不光皇帝們〔註41〕自認是承襲西漢血統；它整個建制和國家意識形態機器也是盡量地仍舊貫。牟宗三在比較光武帝和漢高祖的異同時說，「光武之時代爲一理性時代也。」〔註42〕尤其是和西漢的

〔註40〕《論語》、《孝經》很受重視，是皇家教育的主要教材。《漢書》卷八，言宣帝即位前，「年十八師受《詩》、《論語》、《孝經》」。《漢書》卷五十三，言「(劉)去，繆王齊太子也，師受《易》、《論語》、《孝經》」。《漢書》卷七十一，言「皇太子(元帝)年十二通《論語》、《孝經》。」

〔註41〕范曄《後漢書》卷一上，言劉秀是劉邦的九世孫，「出自景帝生長沙定王發」。但細按所列譜系，則當是高帝的七世孫！光武之父欽，曾爲南頓令，光武九歲而孤。「性勤於稼穡」。可見，光武即使眞有高祖血統，則已世系難明矣；辛苦力田，則與平民無別，猶老杜所謂「於今爲庶爲清門」。

〔註42〕牟宗三著《歷史哲學》，桂林：廣西師範大學出版社，2007：292：「光

對照中，這一特性更爲明顯。東漢的祀孔活動，更加頻繁，也相應地制度化。

《後漢書》卷一上：「建武五年（公元29年），正月壬申，「封殷後孔安爲殷紹嘉公。」十月，光武帝「還幸魯，使大司空祠孔子。」（《光武帝紀》第一上）當時天下尚未平定。光武帝祠孔，和高祖祠孔，形式上有點類似。但光武帝微時，曾在長安受尚書，「略通大義」。（《後漢書》卷一上）〔註43〕所以，他對儒家經典和孔子的理解，恐怕不是漢高祖所能及的。光武帝起兵反對王莽，舉措務與新朝相反。王莽掌權時曾封孔子後人爲褒成侯，以祀孔子；所以劉秀寧可採用成帝封孔子後爲殷紹嘉侯的做法，以避步王莽後塵的嫌疑。《後漢書》卷七十九上：

> 初，平帝時王莽秉政，乃封孔子後孔均爲褒成侯，追謚孔子爲褒成宣尼。及莽敗，失國。建武十三年（37年），世祖復封均子志爲褒成侯。志卒，子損嗣。永元四年（92年），徙封褒亭侯。損卒，子曜嗣。曜卒，子完嗣。世世相傳，至獻帝初，國絕。」（《儒林列傳》上）

《後漢書》卷一下：建武十三年（37 年），「二月，庚午，以殷紹嘉公孔安爲宋公。」（《光武帝紀》第一下）《後漢書·志》第二十八：宋公和周公後衛公，「以爲漢賓，在三公上」。（《百官》五）〔註44〕但

武早年學於長安，涵泳於西漢經學長流之中，彼固亦有經義教養之人也。其二十八將功名之士，大部份亦是儒生也。彼所團聚者，實爲一群執禮有文之秀士，固有田間之樸誠，而無草莽之野氣；有學問理性之凝斂，而無原始生命之燦爛。故以理性勝，而不以天資顯。天資涵泳於理性之中而運道於實際。天資雖不必特顯，而能受理性之函攝，則其心靈亦不死。心活而運禮，則天資雖稍差，而理之流澤足以補其短，心之戒慎足以延其慶。有能運理之心，有能受理之資，則亦天資之美也。」

〔註43〕范曄著《後漢書》，北京：中華書局，1973：40；1.

〔註44〕四部備要本《後漢書》，三十志在本紀之後，列傳之前；百衲本《後漢書》則三十志在列傳後；故卷次有異。中華書局標點本的志不計入總卷數；我們徵引時即以此爲準。

祀孔子的褒成侯史不絕書，傳承明白；承殷的宋公，此後就不見於歷史記載了。這也是孔子地位日漸上升和獨立出來的一個表徵。

《後漢書・志》第四：明帝永平二年（59年），「上始帥群臣，躬養三老五更於辟雍，行大射之禮。郡縣道行鄉飲酒禮於學校，皆祀聖師周公孔子；牲以犬。」（《禮儀》上）學校被阿爾都塞看成意識形態國家機器的重要形式，主要是以資本主義社會爲考察對象。〔註45〕但中國封建社會，作爲階級社會，〔註46〕學校的本質，與此大同小異。國家明確要求各地學校要祀孔；既然要舉行此類典禮，自然要有相應的場所與陳設；這大概是孔廟開始在各地出現的直接推動力。孔子雖然在西漢末王莽主持下，獲得國家意識形態中的聖人身份，但王莽所建立的政權既爲東漢所顛覆，覆巢之下無完卵！所以，孔子的身份在國家意識形態中，又顯得曖昧起來。《後漢書》卷二：「十五年（72年），三月幸孔子宅，祠仲尼及七十二弟子；親御講堂，命皇太子諸王說經。」（《明帝紀》第二）《藝文類聚》卷十二言明帝爲皇太子時，「治尚書，備師法，兼通四經，略舉大義，博觀群書，以助術學。」又言明帝，「專信俗儒，非禮之經」。「庠序陳設，禮樂宣佈。」〔註47〕

可見，明帝對儒家和孔子，有點卑之無甚高論的意思，多求其實用。對孔子，老師宿儒的成分更重一些，聖，主要是指周公。周公是

〔註45〕陳越編《哲學與政治——阿爾都塞讀本》，長春：吉林人民出版社，2005：330：「學校給人傳授『本領』，無非是以保障人們對占統治地位的意識形態的臣服或者保障他們掌握這種『實踐』的進行的。」

〔註46〕梁漱溟說：「我們當然不能說舊日中國是平等無階級的社會，但卻不妨說它階級不存在。」（梁漱溟著《中國文化要義》，上海：上海人民出版社，2003：181。）；牟宗三從梁漱溟說中國社會是「倫理本位，職業殊途」得到啓發，力主：「中國自古即無固定階級，它無階級的問題」。（牟宗三著《歷史哲學》，桂林：廣西師範大學出版社，2007：164。）不免陳義太高。

〔註47〕《藝文類聚》中的這三處文字分別引自《東觀漢記》，傅玄《漢明帝贊》，傅毅《明帝誄》。（《藝文類聚》，上海：上海古籍出版社，2007：238～9。）

作者，孔子是述者。但這不是說明帝否認孔子已普遍被整個社會接受的孔子是聖人的觀點，而是在這方面按照所見文獻，明帝沒有太多地涉及到；好比舞臺上聚光燈（spotlight）之外的區域，給人以黑暗的錯覺，實際未必如此。

八、既聖且師

《後漢書》卷七十九上：「章帝元和二年（85 年），春，帝東巡狩還，過魯，幸闕里，以太牢祠孔子及七十二人。作六代之樂大會孔氏男子二十以上者六十三人，命儒者講《論語》。」另外，章帝和孔子後人孔僖有一段對話：

> 帝謂孔僖曰：「今日之會於卿宗有光榮乎？」對曰：「臣聞明王聖主莫不尊師貴道。今陛下親屈萬乘，辱臨敝里——此乃崇禮先師，增輝聖德。至於光榮，非所敢承。」帝笑曰：「非聖者子孫，焉有斯言乎？」遂拜僖郎中，賜褒成侯損及孔氏男女錢帛。（《儒林列傳》上）

章帝認為自己以帝王之尊，親往孔子故里祠孔，作為孔子後人的孔僖等，應該感到非常榮幸，感激涕零才是；確實這麼隆重的祠孔典禮，前代是沒有的。但孔僖的對答不亢不卑，非常得體〔註 48〕。黃進興一針見血地說：「孔僖的對話十足表現了聖裔的超越精神，孔門並不因聖駕光臨而增添光輝；反之，章帝卻需借蒞臨孔門以增輝聖德。」〔註 49〕我們注意到，他強調孔子是「先師」；章帝說孔僖是「聖者子

〔註 48〕孔僖是一個少見的有主體意識（subjectivity）的讀書人：和崔駰是好友；二人曾被誣告「誹謗先帝（漢武帝）」。孔僖被迫上書給肅宗，說，「凡言誹謗者，謂實無此事而虛加誣之也。至如孝武皇帝，政之美惡，顯在漢史，坦如日月。是爲直說書傳實事，非虛謗也。夫帝者爲善，則天下之善咸歸焉；其不善，則天下之惡亦萃焉。斯皆有以致之，故不可以誅於人也。」肅宗本也沒有要治他誹謗的意思；看了孔僖的辯詞，「立詔勿問」。又不信卜筮，認爲吉凶由己；這在當時讖緯成風的社會背景下，非常可貴！

〔註 49〕《清初政權意識形態之探索：政治化的道統觀》，黃進興著《優入聖

孫」。明確認爲孔子是聖，也是師，既聖且師。《全後漢文》卷四章帝《令選高材生受古學詔》：「《五經》剖判，去聖彌遠，章句遺辭，乖疑難正，恐先師微言將遂廢絕，非所以重稽古、求道眞也。」《全後漢文》卷五章帝《改行四分曆詔》：「今改行《四分》，以遵於堯，以順孔聖奉天之文。」又，《賜東平王蒼及琅邪王京書》：「今魯國孔氏，尚有仲尼車輿冠履，明德盛者，光靈遠也。」此書嚴可均將之繫在建初三年（78 年），文中說的可能是章帝當年爲太子時，隨從明帝前往祠孔的觀感；認爲孔子車輿冠履留存至今，是孔子德盛的結果。由此，可以說，孔子聖、師合一身份（identity），在國家意識形態中的明確化，主要要歸功於漢章帝。

《後漢書》卷五：安帝延光三年（124 年），三月，幸泰山後，「祀孔子及七十二弟子於闕里。自魯相令丞尉及孔氏親屬婦女諸生悉會」。（《安帝紀》第五）馬端臨《文獻通考》卷四十三引歐陽修《集古錄》中《漢魯相置孔子廟卒史碑》云：「魯前相瑛書言：『詔書崇聖道，孔子作春秋，制孝經，演易繫辭，經緯天地，故特立廟。褒成侯四時來祠，事已即去。廟有禮器，無常人掌領。請置百石卒史一人，典主守廟。謹問太常祠曹掾馮牟史郭元辭對故事：「辟雍祠先聖，太宰太祝各一人，備爵；太常丞監祠；河南尹給牛羊豕；大司農給米。」臣愚以爲如瑛言可許，臣雄等稽首以聞。制曰：「可。」』讀此可見漢祠孔子其禮如此。」〔註 50〕辟雍既如此祠孔，曲阜和全國各地學校祀典，大概與此類似。

東漢雖是對王莽革命的產物，但它在國家意識形態中並不反對王莽所確認的孔子是聖人的提法。東漢不但承認孔子是聖人，而且祭孔活動在全國開展，制度化，經常化，這是西漢所沒有的。

域：權力、信仰與正當性》，北京：中華書局，2010：98。在《權力與信仰：孔廟祭祀制度的形成》一文中，黃進興又說，「孔僖以『崇禮先師，增輝聖德』一語道破章帝祀孔的潛在用心。」（ibid:151.）

〔註 50〕馬端臨《文獻通考》，杭州：浙江古籍出版社（影印本），2007：405。

第二節　六朝〔註51〕國家祀孔典禮

一、無聲的辯白

曹丕代漢獻帝而自立，用隆重的禪讓儀式，完成政權的和平交接，雍容肅穆。裴松之注引《魏氏春秋》：「帝升壇禮畢，顧謂群臣曰：『舜、禹之事，吾知之矣。』」（《三國志》卷二）在絕對權力的陶然沉醉中，這句脫口而出的話，顯示出曹丕對孔子和儒家眾口一詞高度稱許的堯舜等古先聖王讓賢、尚賢政治眞相的恍然大悟與不信任！但他並沒有因此而鄙棄孔子，反而在黃初二年（221年）正月——曹丕接受漢獻帝的禪讓儀式是在黃初元年十月舉行的——下詔：

> 昔仲尼資大聖之才，懷帝王之器，當衰周之末，無受命之運。在魯、衛之朝，教化乎洙、泗之上，悽悽焉，遑遑焉，欲屈己以存道，貶身以救世。於時王公終莫能用之，乃退考五代之禮，修素王之事，因魯史而制《春秋》，就太師而正《雅》、《頌》，俾千載之後，莫不宗其文以述作，仰其聖以成謀咨！可謂命世之大聖，億載之師表者也。遭天下大亂，百祀墮壞，舊居之廟，毀而不修，褒成之後，絕而莫繼，闕里不聞講頌之聲，四時不睹蒸嘗之位，斯豈所謂崇禮報功，盛德百世必祀者哉！其以議郎孔羨爲宗聖侯，邑百戶，奉孔子祀。〔註52〕

並且，「令魯郡修起舊廟，置百戶吏卒以守衛之，又於其外廣爲室屋以居學者。」（《魏書》：《文帝紀》第二）認爲孔子是「命世之大

〔註51〕狹義的六朝指三國的吳、東晉、南朝即宋齊梁陳，都在建康建都。羅隱《甘露寺火後》：「六朝勝事已塵埃，猶有閒人悵望來。」即此南方六朝。而三國的魏、西晉、後魏、北齊、北周、隋，與南方六朝相對，稱爲北方六朝。後來，將南方六朝和北方六朝合稱六朝，是爲廣義的六朝。本文的六朝，即是廣義的六朝。參看《詞源》和《漢語大詞典》中「六朝」詞條〔《詞源》，北京：商務印書館（合訂本），1989：166。《漢語大詞典》，上海：上海辭書出版社（第二冊），2007：24。〕。

〔註52〕陳壽著《三國志》，北京：中華書局，1982：77。

聖，億載之師表」，肯定孔子在國家意識形態中的高度，前所未有。實際上，這一詔書是曹丕對禪讓事件中自己所作所爲進行的無聲的辯解：言「仲尼資大聖之才，懷帝王之器」，卻「無受命之運」，就是說，以孔子那樣的才與器，本應該像舜禹那樣，受禪讓而有天下；無奈生於衰周之末，棲棲惶惶，不受禮遇，只能退而著述。而他曹丕則不然，既有其才，又有其器，在其父曹操挾天子令諸侯二十五年之後，取代傀儡皇帝漢獻帝〔註 53〕，自是理所當然！

曹丕雖不像他父親那樣，在政治上有雄才大略，但也是一個「傑出的文學家」〔註 54〕，舉措比較含蓄，每有言外之意。〔註 55〕所以，我們說曹丕推崇孔子，實際上是一種自我辯白，決非無稽之談。因此，曹丕此詔一頒佈，也就完事大吉；不再和孔子有瓜葛了。不像他的父親曹操，對孔子倒是眞心地推崇。〔註 56〕曹丕詩，從未直接提到孔子；倒也有一處徵引孔子的話，但卻是駁詰的口吻：《短歌行》：「懷我聖

〔註 53〕柏楊在《柏楊曰》中說：「沒有曹操，劉協（漢獻帝）可能餓死洛陽，即令落入任何一個割據軍閥，諸如袁紹、孫權、劉表、劉備之手，命運不可能比現在更好；劉協應該是中國亡國之君中最幸運的一位。」（柏楊著《柏楊曰》，北京：中國友誼出版公司，1998：477。）我們認爲這一說法合乎歷史實際狀況。《三國演義》未免太受忠君思想影響，對於曹操父子過於醜化。

〔註 54〕柏楊著《中國人史綱》（上冊），長春：時代文藝出版社，1987：350。

〔註 55〕比如，曹魏大將于禁和龐德在和關羽作戰時，大敗：龐德不屈而死，于禁卻投降關羽。關羽被孫權殺死之後，于禁，轉手的俘虜，又被東吳送回曹魏。「帝（曹丕）引見禁，鬚髮皓白，形容憔悴，泣涕頓首。帝慰諭以荀林父、孟明視故事，拜爲安遠將軍。」裴松之注引曹丕《制》曰：「昔荀林父敗績於邲，孟明喪師於殽，秦、晉不替，使復其位。其後晉獲狄土，秦霸西戎，區區小國，猶尚若斯，而況萬乘乎？樊城之敗，水災暴至，非戰之咎，其復禁等官。」對降敵的于禁的處置，可謂合情合理。但這並非曹丕本心！不久，「欲遣使吳，先令北詣鄴謁高陵。帝使豫於陵屋畫關羽戰克、龐德憤怒、禁降服之狀。禁見，慚恚發病，薨。」（《三國志》卷十七）

〔註 56〕曹操詩中有四處稱引孔子，喜歡拿孔子的話來裁定是非：如《短歌行》說周文王，「爲仲尼所稱，達及德行，猶奉事殷，論敘其美」；管仲，「孔子所歎，並稱夷吾，民受其恩賜」。（逯欽立輯校《先秦漢魏晉南北朝詩》，北京：中華書局，1998：348；389。）

考，曰仁者壽〔註 57〕，胡不是保！」（《魏詩》卷四，《先秦漢魏晉南北朝詩》）曹丕意思是說，既然仁者壽，那像我父親曹操這樣的人，爲什麼就早早去世了呢？！〔註 58〕有點兒上門罵人！所以，他對孔子並非眞心信從；但作爲推崇孔子的詔書，猶如後現代文論所謂作品的脫離作者自行其是——進入意識形態體系後，自然會有影響。

通過分析，我們發現，曹丕對孔子的推崇，爲自己的政治舉措進行辯解的意圖十分明顯。但在客觀上，對孔子在國家意識形態中已取得的地位有鞏固與強調作用。

二、通經祠孔

曹丕的孫子，就是後來被司馬懿廢掉的曹芳，倒是對孔子滿懷溫情，對儒家經典能夠主動地去學習。《三國志》卷四云：

> 正始二年（241 年），春，二月，帝（曹芳）初通《論語》，使太常以太牢祭孔子於辟雍，以顏淵配。

正始五年，五月，癸巳，講《尚書》經通，使太常以太牢祠孔子於辟雍，以顏淵配；賜太傅（司馬懿）、大將軍（曹爽）及侍講者各有差。

> 正始七年，冬，十二月，講《禮記》通，使太常以太牢祀孔子於辟雍，以顏淵配。〔註 59〕

史言曹芳八歲即位，二十三歲被司馬懿所廢；所以他通《論語》的時候，也就十來歲。眞是所謂天道好還！司馬氏掌權之後，立即把曹魏政權對待漢獻帝的手法，照本宣科地施展開來：其不同之處只是更加血腥與兇殘。齊王曹芳讀通一經，即遣太常官員以太牢往辟雍祀孔子這樣一個小小的具有自發性的細節，也被司馬氏不折不扣地加以

〔註 57〕「仁者壽」，是孔子的話，見《論語・雍也》。

〔註 58〕黃節在《魏文帝詩注》中說：「史言，武帝崩才數月，而文帝設伎樂百戲，縱樂。乃知此詩非哀切，而全屬僞飾也！」（黃節注《漢魏六朝詩六種》，北京：人民出版社，2008：272。）

〔註 59〕陳壽著《三國志》，北京：中華書局，1982：119；120～1。

複製：

> 武帝太始七年（271 年），皇太子講《孝經》通。咸寧三年（277 年），講《詩》通，太康三年（282 年），講《禮記》通。……太子並親釋奠，以太牢祠孔子，以顏回配。(《晉書》卷十九)

這裡的皇太子是指後來的晉惠帝司馬衷。他是歷史上有名的白癡皇帝。〔註 60〕這樣腦子是一盆漿糊似的人，如何講得通五經——須知半部論語尚可治天下！所以，因通經而太牢祠孔子，在晉代完全成爲意識形態的一種姿態，空洞，沒有內容，沒有實質。《晉書》卷十九又云：「武帝太始三年（267 年），十一月，改宗聖侯孔震爲奉聖亭侯。又詔太學及魯國，四時備三牲以祀孔子。明帝太寧三年（325 年），詔給奉聖亭侯孔亭四時祠孔子祭直，如太始故事。」(《志》第九：《禮》上）這兩個詔書之間，是五十八年的時間之川；大一統的西晉，也演化成割據江南的東晉，這時候，孔子的故鄉曲阜已在十六國的前秦掌握之下。——「如太始故事」，談何容易！「四時以三牲」祀孔，多數情況下，也就是白紙黑字罷了。但南朝又承晉故事，仍有此儀，成爲釋奠，場面似乎頗爲盛大，規格很高：

> 晉惠帝、明帝之爲太子，及愍懷太子講經竟，並親釋奠於太學，太子進爵於先師，中庶子進爵於顏淵。……成、穆、孝武三帝，亦皆親釋奠。孝武時，以太學在水南縣（懸）遠，有司議依升平元年（357 年，升平是晉穆帝年號），於中堂權立行太學。於時無復國子生，有司奏：「應須二學生百二十人。太學生取見人六十，國子生權銓大臣子孫六十人，事訖罷。」奏可。釋奠禮畢，會百官六品以上。元嘉二十二年（445 年），太子釋奠，採晉故事，官有其注。祭

〔註 60〕被立爲皇太子時，大臣衛瓘覺得司馬衷將來難負重任，面對皇帝專制的淫威，又不敢直諫，只能在一次酒醉後，撫著皇帝的寶座，對晉武帝說：「此座可惜！」(《晉書》卷三十六)《晉書》卷四言惠帝，又嘗在華林園，聞蝦蟆聲，謂左右曰：「此鳴者爲官乎，私乎？」聽見鬧饑荒，百姓餓死，他說：「何不食肉糜？」

畢，太祖（宋文帝）親臨學，宴會，太子以下悉豫。(《宋書》卷十四)

三、最早的祀孔歌

錢鍾書說：「神道設教，乃秉政者以民間原有信忌之或足以佐其治也，因而損益依傍，俗成約定，俾用之倘有效者，而言之差成理，所謂『文之也』」；「吾國古人每借天變以諫誡帝王，……然君主復即以此道還治臣工，有災異即譴咎公卿。」〔註61〕國家意識形態中，孔子的地位變化與神道設教有著微妙的相似：如果統治者給予孔子的地位太低，則不足以號召群眾，尊信教條，藉以達到維護統治者利益的目的；如果給予孔子的地位太高，群眾，主要是儒家知識分子，會要求最高統治者，一體尊信教條，即使算不上作繭自縛，也會使統治者感到縛手縛腳，不能隨心所欲。

余英時在《現代儒學的回顧與展望》中，爲說明「儒學與君主專制的微妙關係」，曾舉明代一個叫何文鼎的太監爲例：何文鼎因國舅張鶴齡屢違法入禁宮，仗劍欲誅之。孝宗知道後，收縛文鼎，問受何人主使。文鼎說：「主使二人，皇上亦無如之何。」並說，這二人就是孔子和孟子——「孔孟著書，教人爲忠爲孝；臣自幼讀孔孟之書，乃敢盡忠！」余英時分析說：「稍稍讀過孔孟之書的太監也知道儒家的道理是皇帝也不敢違抗的。但事實上，如果專制君主把心一橫，孔孟的道路對他便發生不了拘束的作用。」所以，理直氣壯的何文鼎免不了遭惱羞成怒的皇帝的毒手，飽受杖笞，最終病瘡而死。〔註62〕它

〔註61〕錢鍾書著《管錐編》，北京：中華書局，1991：20。

〔註62〕余英時著《現代儒學的回顧與展望》，北京：生活・讀書・新知三聯書店，2005：175。何文鼎事亦見於沈德符《萬曆野獲編》卷六。清代李調元《淡墨錄》卷十：「謝濟世……康熙壬辰庶吉士，改御史三日即奏劾河東總督田文鏡。世宗（即雍正皇帝）疑有指示，交刑部嚴訊。濟世稱指使有人。問爲誰，曰『孔子、孟子』。問何爲指使，曰：『讀孔孟書，便應盡忠直諫！』上憐其直，謫軍前效力。時雍正丙午（1726 年）十二月初七日也。」（李調元《淡墨錄》，瀋陽：遼

生動地說明了統治者意圖用尊信的孔孟之道，規訓臣民，順理成章地，也為臣民如法炮製，以之裁量君上！所以，給孔子以什麼程度的崇祀，對統治者來說，是非常微妙，也非常棘手的；這也是歷來在崇祀孔子的禮儀上吵鬧不休、意見不一的根本原因所在。

《南齊書》卷九：永明三年（485 年），正月，詔立學，創立堂宇，召公卿子弟下及員外郎之胤，凡置生二百人。其年秋中悉集。有司奏：「宋元嘉舊事，學生到，先釋奠先聖先師，禮又有釋菜，未詳今當行何禮？用何樂及禮器？」尚書令王儉議：「《周禮》：『春入學，舍菜合舞』。《（禮）記》云：『始教，皮弁祭菜，示敬道也』。又云『始入學，必祭先聖先師』。中朝以來，釋菜禮廢，今之所行，釋奠而已。金石俎豆，皆無明文。方之七廟則輕，比之五禮則重。陸納、車胤謂宣尼廟宜依亭侯之爵；范甯欲依周公之廟，用王者儀，范宣謂當其為師則不臣之，釋奠日，備帝王禮樂。此則車、陸失於過輕，二范傷於太重。喻希云：『若至王者自設禮樂，則肆賞於至敬之所；若欲嘉美先師，則所況非備』。尋其此說，守附情理。皇朝屈尊弘教，待以師資，引同上公，即事惟允。元嘉立學，裴松之議應儛六佾，以郊樂未具，故權奏登歌。今金石已備，宜設軒縣（懸）之樂，六佾之舞，牲牢器用，悉依上公。」其冬，皇太子講孝經，親臨釋奠，車駕幸聽。（《志》第一：《禮》上）〔註 63〕

范宣在這裡提出，最高統治者也應該把孔子當作老師來致敬，不該拿君主的威嚴來凌駕其上。這當然不是一般專制君主所能容忍的，所以，最後只好用上公之禮，屈服在君主的威嚴之下。比較而言，北朝君主對孔子似乎更禮遇一些。《北史》卷三：後魏孝文帝太和十六年（492 年），「改諡宣尼曰文聖尼父，告諡孔廟」。〔註 64〕《北史》

寧教育出版社，2001：152。）倒未必是謝濟世效法二百多年前的何文鼎。實在是理有必然，事所固至！

〔註 63〕蕭子顯《南齊書》，北京：中華書局，1974：143～4。

〔註 64〕黃進興引《魏書》云，北魏孝文帝太和十三年（489 年）立孔廟於京師。（《道統與治統之間：從明嘉靖九年孔廟改制論皇權與祭祀禮

卷十：北周武帝（按：當爲周宣帝）大象二年（580年），「詔進封孔子爲鄒國公，邑數準舊，並立後承襲，別於京師置廟，以時祭享」。《隋書》卷九：「後齊制，新立學，必釋奠禮先聖先師，每歲春秋二仲，常行其禮。每月旦，祭酒領博士已下及國子諸學生已上，太學、四門博士升堂，助教已下、太學諸生階下，拜孔揖顏。日出行事而不至者，記之爲一負。雨沾服則止。郡學則於坊內立孔、顏廟，博士已下，亦每月朝云。」（《志》第四：《禮儀》四）可見，北齊時，學校的釋奠之禮，致敬先聖先師，已制度化了。

而隋朝制度，基本上是沿襲北齊（後齊）。《隋書》卷九：「隋制，國子寺，每歲以四仲月上丁，釋奠於先聖先師。年別一行鄉飲酒禮。州郡學則以春秋仲月釋奠。州郡縣亦每年於學一行鄉飲酒禮。學生皆乙日試書，丙日給假焉。」〔註65〕而且它有《先聖先師歌》，配合祀孔儀式。《隋書》卷十五云：先聖先師，奏《誠夏》辭：

> 經國立訓，學重教先。《三墳》肇冊，《五典》留篇。開鑿理著，陶鑄功宣。東膠西序，春誦夏弦。芳塵載仰，祀典無騫。（《志》第十：《音樂》下）

這裡的先聖先師，已經是孔子和顏回了。這時期，孔子在國家意識形態中的地位變化不大，已經相對穩定。而在這個改朝換代頻繁的時代，祭孔儀式中，如，通經祀孔，表露出的虛僞性，最爲明顯。朝廷上對祭孔禮儀，爭論不休，其實質是後世所謂的道統與政統的衝突。

第三節　唐宋國家祀孔詩

海外漢學家對中國文化的瞭解，有種種困難和障礙，不像我們那樣涵泳在自己文化裏似的便利；他們考察中國文化，就像一個人用望遠鏡瞭望目標，易於不見木而見林，缺少顯微鏡的顯微方面。同時，

儀》，黃進興著《優入聖域：權力、信仰與正當性》，北京：中華書局，2010：111。）

〔註65〕魏徵等《隋書》，北京：中華書局，1982：181～2；366。

也可以說是個優勢，就是不拘泥於考察對象的細節瑣屑，能夠把握總體、大趨勢，有點呂端大事不糊塗的味道。威爾斯在 1920 年面世的《世界史綱》中比較唐代和同時期的歐洲時，說：唐人過著有序、閒雅、快樂的生活（orderly, graceful and kindly），「西方因神學的禁錮，心靈一片黑暗，唐人在精神上則是開放，寬容而且樂於求知的。」〔註66〕L.S.Stavrianos 在二十世紀末出版的《全球通史》中，有著類似的看法，唐代比其他朝代更加開放〔註67〕；意識形態方面，「唐朝實行儒家學說和佛、道兩教並重政策」。〔註68〕佛教乘六朝積威，在初唐發展迅速，影響極大，甚至被史家稱作「佛徒時代」（Buddhist period）〔註69〕；而道教，因爲老子李耳被看作創始人，李耳與唐皇室同姓，被追認爲先祖，一再予以表彰。所以，孔子在唐代國家意識形態中的處境，與以前的時代又有不同。

一、先聖先師

《舊唐書》卷一：高祖武德二年（619 年），六月戊戌，「令國子學立周公、孔子廟，四時致祭」。（《高祖本紀》）卷二十四：武德七年（624 年），「幸國子學，親臨釋奠。引道士、沙門有學業者，與博士雜相駁難，久之乃罷。」（《志》第四：《禮儀》四）〔註70〕但高祖李淵對孔子與儒家，並沒有什麼興趣與知解；他實際上是個虔誠的佛教

〔註66〕H.G.Wells:The Outline of History:42 The Dynasties of Suy and Tang in China:190:While the mind of the west was black with theological obsessions,the mind of China was open and tolerant and enquiring.

〔註67〕L.S.Stavrianos:A Global History from Prehistory to the 21st Century（7th edition）, Peking University Press,2007: Traditional Confucian Civilization, Sui and T'ang Dynasties: 215:China under the T'ang,was more open to foreigners than at any other time except for the short-lived Mongol Yüan interlude.

〔註68〕《不列顛百科全書》（國際中文版），北京：中國大百科全書出版社，2001（第 16 冊）：434。

〔註69〕Buddhism gained rapidly and reached the height of its influence during the early T'ang. L.S.Stavrianos:A Global History from Prehistory to the 21st Century（7th edition），Peking University Press,2007 :215.

〔註70〕劉昫《舊唐書》，北京：中華書局，1975：9：916。

徒，《全唐文》卷三收有《草堂寺爲子祈疾疏》；這是李淵微時向佛許願造像，求佛早愈子疾的通誠文書。〔註 71〕卷一高祖《令國子學立周公孔子廟詔》：「盛德必祀，義在方冊。達人命世，流慶後昆。爰始姬旦，主翊周邦：創設禮經，大明典憲。啓生民之耳目，窮法度之本源。粵若宣尼，天資睿哲：四科之教，歷代不刊。三千之徒，風流無歇。惟茲二聖，道著生民。」它也承認孔子是聖人；這是西漢末年以來，國家意識形態中的共識。但祭儀卻有缺陷，所以太宗一上臺，就有大臣對武德中的做法提出異議：

《文獻通考》卷四十三：貞觀二年（628 年），左僕射房玄齡等建議：「武德中，詔釋奠於太學，以周公爲先聖，孔子配享。臣以爲周公、尼父俱稱聖人，庠序置奠，本緣夫子，故晉、宋、梁、陳及隋大業故事，皆以孔子爲先聖，顏回爲先師，歷代所行，古今通允。伏請停祭周公，升孔子爲先聖，以顏回配。」詔從之。（《學校考》四）要求把孔子和周公分開，學校釋奠，當以祀孔爲主；武德中的祭儀卻把孔子作爲周公的配角來一體祭祀，措置不當。何焯《義門讀書記》卷二十五《後漢書・志》：「『皆祀聖師周公孔子』。周孔並祭，至唐始改其制。」〔註 72〕指的正是此事。何焯認爲唐代以前學校祀孔，都是把周公和孔子放在一起的說法，有些一刀切；比如六朝時候，釋奠中的先聖先師，基本上就是指孔子和顏回，我們上文曾徵引；房玄齡等的奏議中說得很明白：「晉、宋、梁、陳及隋大業故事，皆以孔子爲先聖，顏回爲先師」。但以前確實存在過，學校釋奠周孔並祀，而且以周公爲主的情況。所以，武德中的做法，也只是沿襲舊制罷了。

蕭公權說，唐初隋末，「衣冠淪喪，聲教摧傷」，「孔氏之教，遠

〔註 71〕《全唐文》，北京：中華書局，1982：45；25。洪邁著《容齋隨筆》卷七云：唐太宗夢見去世的虞世南，有若平生，第二天下制，「於其家爲設五百僧齋，並爲造天尊像一軀。」唐皇室禮佛，可謂源遠流長！

〔註 72〕何焯著《義門讀書記》，北京：中華書局，2006：415。

則見損於魏晉之清談，近亦未受朝廷之維護」！〔註 73〕隋文帝，「不悅詩書，廢除學校」，〔註 74〕（《隋書》卷二）處於這樣一個「儒學尊嚴大損，淪於諸子之列，尚不足與釋道爭長！」的社會大背景下，對孔子祀儀無從談起。直接地說，這一現象是因爲，在很長的一個歷史時段內，孔子的先聖地位及祭儀沒有在國家意識形態中給以明確的規定，不受關注，而造成了混淆與混亂。實質上，孔子在國家意識形態中所處的地位，是各種利益集團，尤其是儒家和道家、佛教勢力消長，相互調濟協和的結果；而統治階級上層，尤其是專制帝王的好惡與傾向，更是具有直接的影響。

太宗在位期間，孔子的先聖地位沒有變化；只是在貞觀二十一年（647 年），「詔以左丘明、卜子夏、公羊高、穀梁赤、伏勝、高堂生、戴聖、毛萇、孔安國、劉向、鄭眾、杜子春、馬融、盧植、鄭康成、服子慎、何休、王肅、王輔嗣、杜元凱、范甯等二十一人，代用其書，垂於國胄，自今有事於太學，並命配享宣尼廟堂」。（《舊唐書》卷三）但誠所謂人亡政息；太宗去世，高宗即位，也不顧什麼三年無改於父志的古訓；無緣無故地取消了孔子先聖資格。《文獻通考》卷四十三：「高宗永徽中，制改周公爲先聖，孔子爲先師，顏回、左邱（丘）明從祀。」顯慶二年（657 年），高宗的舅父長孫無忌等議：

今據永徽令文，改用周公爲先聖。遂黜孔子爲先師，顏回左邱（丘）明，並爲從祀。謹按禮記云：凡學，春官釋奠於其先師。鄭玄注曰，官謂詩書禮樂之官也；先師者，若禮有高堂生，樂有制氏，詩有毛公，書有伏生，可以爲

〔註 73〕蕭公權著《中國政治思想史》，北京：新星出版社，2005：267。

〔註 74〕《全隋文》卷二，有文帝仁壽元年（601 年）《簡勵學徒詔》：「國學胄子，垂將千數，州縣諸生，咸亦不少。徒有名錄，空度歲時，未有德爲代範，才任國用。良由設學之理，多而未精。今宜簡省，明加獎勵。」蓋隋承北朝割據之後，完成國家統一，學校於時，弊病亦甚多。史家言其「廢除學校」，不免過甚其詞；封演《封氏聞見記》卷一「儒教」亦載此事：「……以諸生多不精勵，遂廢州縣學，京師惟留國子生七十二人。」——但文帝確是祐佛而抑儒！

> 師者。又，禮記曰，始立學，釋奠於先聖。鄭玄注曰，若周公孔子也。據禮爲定，昭然自別：聖則非周即孔，師則偏善一經。漢魏以來，取捨各異。顏回孔子，互作先師。宣父周公，迭爲先聖。求其節文，遞有得失。所以貞觀之末，親降綸言。依禮記之明文，酌康成之奧說：正孔子爲先聖，加眾儒爲先師。永垂制於後昆，革往代之紕繆。而今新令，不詳制旨，輒事刊改，遂違明詔。但成王幼年，周公踐極，制禮作樂，功比帝王。所以禹湯文武成王周公爲六君子。又說明王孝道，乃述周公嚴配。此即姬旦鴻業，合同王者。祀之儒官就享，實貶其功！仲尼生衰周之末，拯文喪之弊，祖述堯舜，憲章文武。宏聖教於六經，闡儒風於千世。故孟軻稱生民以來，一人而已。自漢已降，奕葉封侯，崇奉其聖，迄於今日。胡可降茲上哲，俯入先師？且左邱（丘）明之徒，見行其學，貶爲從祀，亦無故事。今請改令從詔。於義爲允。其周公仍依別禮配享武王。從之。(《學校考》四)

長孫無忌等的奏議，和房玄齡等人的奏議，在本質上沒有什麼區別：房玄齡和長孫無忌都是儒家出身：《舊唐書》稱房玄齡之父在隋就是著名儒家學者，「通涉五經」，玄齡更是「博覽經史，善屬文」；(卷六十六）長孫無忌也「該博文史」。(卷六十五）他們身居高位，功績卓著，——房玄齡被太宗比作漢代的蕭何，「有籌謀帷幄，定社稷之功」；長孫無忌在高宗即位時，「進拜太尉，兼揚州都督，知尚書門下二省事並如故」——信奉儒教，自然要爲孔子在國家意識形態領域謀求更高的禮遇。所以，他們的奏議，都內容充實，論據堅強，懇切合理，無懈可擊。經過這樣一個黑格爾式的否定之否定後，孔子的先聖地位，終於在唐初確立起來。〔註 75〕

〔註 75〕黃進興說：「漢魏以來，『聖』則非周（公）即孔（子），『師』則偏善一經，高下之分，昭然若判。依此『永徽令』對孔子以下之貶抑，至爲顯然。」「顯慶二年，長孫氏的建言終獲得人君的首肯。於是孔子復升『先聖』……至此，孔子穩居文廟享主之首的地位，明列國

二、祀孔樂章

《全唐詩》卷十二，收錄有《皇太子親釋奠樂章五首》，實際就是歌詞；也見於《舊唐書》卷三十：

迎神，用承和〔註 76〕，亦曰宣和：聖道日用，神機不測。金石以陳，絃歌載陟。爰釋其菜，匪馨於稷。來顧來享，是宗是極。

皇太子行，用承和：萬國以貞光上嗣，三善茂德表重輪。視膳寢門遵要道，高闢崇賢引正人。

登歌奠幣，用肅和：粵惟上聖，有縱自天。旁周萬物，俯應千年。舊章允著，嘉贄孔虔。王化茲首，儒風是宣。

迎俎，用雍和：堂獻瑤篚，庭敷璆縣（懸）。禮備其容，樂和其變。肅肅親享，雍雍執奠。明禮惟馨，蘋蘩可薦。

送文舞出，迎武舞入，用舒和：隼集龜開昭聖列，龍蹲鳳跱肅神儀。尊儒敬業宏圖闡，緯武經文盛德施。

又享孔廟樂章二首：

迎神：通吳表聖，問老探貞。三千弟子，五百賢人。億齡規法，萬載祠禋。潔誠以祭，奏樂迎神。

送神：醴溢犧象，羞陳俎豆。魯壁類聞，泗川如覲。里校覃福，胄筵承祐。雅樂清音，送神其奏。（《志》第十：《音樂》三）

國家意識形態在祀孔時，歌舞娛神，馨香祠神，要孔子之神「來顧來享」。既娛既樂之後，要求神賜予「覃福」，給予「承祐」！和唐代相比，後來的宋代祀孔詩這種求神賜福的心情，表現得更爲迫切，也更爲顯明。這和淳于髡所稱：「見道傍有禳田者，操一豚蹄，酒一盂，祝曰：『甌窶滿篝，污邪滿車，五穀蕃熟，穰穰滿家。』」（《史記》卷

家祀典之中，未曾動搖。」（《權力與信仰：孔廟祭祀制度的形成》，黃進興著《優入聖域：權力、信仰與正當性》，北京：中華書局，2010：176～8。）

〔註 76〕《舊唐書》作「承和」，這就使它和第二首用樂重複。當以《全唐詩》「誠和」爲是，而「誠和」則可能是隋代的「諴和」，形近致誤。

一百二十六）〔註 77〕實爲五十步之於百步；朝廷與民間，二者並無本質差別。所以，錢鍾書說：「群學家考論初民禮俗，謂贈者必望受者答酬，與物乃所以取物，尙往來而較錙銖，且小往而責大來，號曰投貽，實交易貿遷之一道，事同貨殖……祭賽鬼神，心同此理。」〔註 78〕

三、文宣王

孔子在唐代的最大榮耀，應該說是玄宗給他帶來的。《舊唐書》卷二十四：開元二十七年（739 年）八月，玄宗下制曰：

> 弘我王化，在乎儒術。孰能發揮此道，啓迪含靈，則生人已來，未有如夫子者也。所謂自天攸縱，將聖多能，德配乾坤，身揭日月。故能立天下之大本，成天下之大經，美政教，移風俗，君君臣臣，父父子子，人到於今受其賜。不其猗歟！於戲！楚王莫封，魯公不用，俾夫大聖，才列陪臣，棲遲旅人，固可知矣。年祀浸遠，光靈益彰，雖代有褒稱，而未爲崇峻，不副於實，人其謂何？……既行其教，合旌厥德。爰申盛禮，載表徽猷。夫子既稱先聖，可追諡爲文宣王。宜令三公持節册命，應緣册及祭，所司速擇日，並撰儀注進。其文宣陵並舊宅立廟，量加人灑掃，用展誠敬。其後嗣可謂文宣公。至如辨方正位，著自禮經，苟非得所，何以示則？昔緣周公南面，夫子西坐，今位既有殊，坐豈如舊，宜補其墜典，永作成式。自今已後，兩京國子監，夫子皆南面而坐，十哲等東西列侍。天下諸州亦准此。……〔註 79〕於是正宣父坐於南面，内出王者衮冕

〔註 77〕《史記》，《二十四史》（縮印本），北京：中華書局，1997（第 1 册）：809。

〔註 78〕錢鍾書著《管錐編》，北京：中華書局，1991：100。

〔註 79〕玄宗文中，還有封贈「十哲」的內容：「且門人三千，見稱十哲，包夫眾美，實越等夷。暢玄聖之風規，發人倫之耳目，並宜褒贈，以寵賢明。顏子淵既云亞聖，須優其秩，可贈兖公。閔子騫可贈費侯，冉伯牛可贈鄆侯，冉仲弓可贈薛侯，冉子有可贈徐侯，仲子路可贈衛侯，宰子我可贈齊侯，端木子貢可贈黎侯，言子游可贈吳侯，卜子夏可贈魏侯。又夫子格言，參也稱魯，雖居七十之數，不載四科

> 之服以衣之。遣尚書左丞相裴耀卿就國子廟冊贈文宣王。〔註 80〕冊畢，所司奠祭，亦如釋奠之儀，公卿已下預觀禮。又遣太子少保崔琳就東都廟以行冊禮，自是始用宮懸之樂。春秋二仲上，令三公攝行事。(《志》第四:《禮儀》四)

在這以前，高宗曾在乾封元年（666 年），追贈孔子爲太師。這是高宗登封泰山後，路過孔子宅，「瞻望幽墓，思承格言，雖宴寢荒蕪，餘基尚在，靈廟空寂，徽烈猶存。」發思古之幽情，願與孔子爲「師友」，於是追贈孔子爲太師。「其廟宇制度，卑陋非宜，更加修造。仍令三品一人，以少牢致祭。」(《全唐文》卷十三高宗《贈孔子爲太師詔》)《春明夢餘錄》卷二十一，就此事引尹起莘的意見：贈孔子「以三公之官，是卑之也。《綱目》（按：指依朱子理學觀念加以道德評判的《通鑒綱目》）於贈太師削，不書，爲先聖諱也。」其實，不須遠征，只看高宗在 25 天後〔註 81〕，幸老君廟時，「追號曰太上玄元皇帝」。孔子的太師，相形見絀！武則天在天授元年（690 年），封孔子爲隆道公。孔子的爵位，自王莽掌權時，被封爲宣尼公以來，一直居於尹起莘所謂的「三公之官」。

唐代有兩個皇帝登封泰山，並順路前往祀孔，一個是高宗，另一個就是玄宗。玄宗是在開元十三年（725 年），十一月，丙申，「幸孔子宅，親設奠祭」。(《舊唐書》卷八）他同時寫了一首《經鄒魯祭孔子而歎之》：

之目。頃雖異於十哲，終或殊於等倫，允稽先旨，俾循舊位。庶乎禮得其序，人焉式瞻，宗洙泗之丕烈，重膠庠之雅範。又贈曾參、顓孫師等六十七人皆爲伯。」

〔註 80〕明代嘉靖皇帝曾專門撰文解釋：「孔子王號（文宣王）之『王』，非周制『王天下之王』(天王)，而是後世『封王者之王』(諸侯王)」。(《道統與治統之間：從明嘉靖九年孔廟改制論皇權與祭祀禮儀》，黃進興著《優入聖域：權力、信仰與正當性》，北京：中華書局，2010：123。）嘉靖皇帝有意貶損孔子，故作此辯解；要之，此義之出，亦非空穴來風。比如，唐代孔子封王，老子卻是「玄元皇帝」，顯有軒輊。

〔註 81〕《舊唐書》卷五載高宗，乾封元年正月甲午，幸孔子廟；二月己未，幸老君廟。甲午與己未，相距 25 日也。

夫子何爲者，棲棲一代中。地猶鄹氏邑，宅即魯王宮。歎鳳嗟身否，傷麟怨道窮。今看兩楹奠，當與夢時同。(《全唐詩》卷三)

玄宗在詩中稱孔子爲夫子，十四年後，在追封孔子爲文宣王的制中，爵位雖尊爲王，南面受祭，但仍然稱之爲夫子，這和高宗在追贈孔子爲太師的詔中，要師友孔子是一個意思。就是孔子雖然是聖人，但必須在最高統治者的意識形態掌握之下，所謂的「素王」，實質上是「素臣」！孔子在意識形態中的素臣地位表明，在權與理的衝突中，理總是處於劣勢。何況有不少熊十力所斥的「奴儒」，爲討好皇帝，分一杯羹，在對待文宣王的禮儀上，呶呶不休！《文獻通考》卷四十三：唐德宗貞元十五年（799 年），四月，歸崇敬爲膳部郎中，奏時議：「每年春秋二時，釋奠祝版，御署訖，北面而揖。臣以爲其禮太重！按大戴禮：師尚父授周武王丹書，武王東面受之。請參酌輕重，庶得其宜。」(《學校考》四）因爲皇帝在祭孔儀式中，象徵性地對著文宣王像作了個揖，損害了天子尊嚴！《舊五代史》卷一百一十二：廣順二年（952 年），六月乙酉朔，後周皇帝征兗州，順便往祀孔子。「帝幸曲阜縣，謁孔子祠。」

既奠，將致拜，左右曰：「仲尼，人臣也，無致拜。」帝曰：「文宣王，百代帝王師也，得無敬乎！」即拜奠於祠前。其所奠酒器、銀爐並留於祠所。遂幸孔林，拜孔子墓。〔註 82〕……仍敕兗州修葺孔子祠宇，墓側禁樵採。(《周書》：《太祖紀》三）

〔註 82〕同時，郭威又問孔子與顏回後人；稱顏回爲亞聖。帝謂近臣曰：「仲尼、亞聖之後，今有何人？」對曰：「前曲阜令、襲文宣公孔仁玉，是仲尼四十三代孫，有鄉貢三禮顏涉，是顏淵之後。」即召見。仁玉賜緋，口授曲阜令，顏涉授主簿，便令視事。黃進興引孔尚任記康熙皇帝在 1684 年謁曲阜孔廟的《出山異數錄》：「皇帝步行升殿，跪讀祝文，行三獻禮。對孔子行三跪九叩之禮，實爲歷代帝王所不曾有。」(《清初政權意識形態之探索：政治化的道統觀》，黃進興著《優入聖域：權力、信仰與正當性》，北京：中華書局，2010：89。)

皇帝左右，自是前呼後擁的一群親信。和鄒陽《獄中上梁王書》所慨歎的「桀犬可使吠堯」一樣，除獻媚自家主子，「以享其利爲有德」外，一切不管不顧！好在郭威出身貧寒，尙未脫質樸本色，向孔子致敬，難能可貴。被《宋元學案》列爲宋代道學「祖師」〔註 83〕的胡瑗，就此事指責郭威左右那些諂媚者，說：「人爲諂諛趨利而不顧義者也——孔子大聖，途之人猶知之。豈以位云乎？如以位，固異代之陪臣也；如以道，則配乎天地；如以功，則賢乎堯舜。卒伍一旦爲帝王，而以異代陪臣臨天下之大聖！豈特趨利導諛，又無是非之心矣。斯臣也，當周太祖時，以拜孔子爲不可。則當石高祖時，必以拜契丹爲可者！是故君子有言：天下國家所患，莫甚於在位者不知學。在位者不知學，則其君不得聞大道。則淺俗之論易入，理義之言難進。人主功德高下，一繫於此。然則學乎學乎，豈非君臣之急務哉！」（《文獻通考》卷四十三）義正詞嚴地對如脂如韋的小人予以揭發；但他也止於義憤塡膺，拿不出解決問題的措施。

四、至聖

錢穆曾指出，和唐代相比，宋代相權低落，君權提升；舉宰相在宋代和皇帝論事，不像在唐代可以「坐而論道」，而是只能站著。〔註 84〕陳登原在《中國文化史》中，拈出「近古文化史中之陰霾」有四個方面：婦女地位之降落，臣子地位之降落，平民地位之降落，民族地位之降落。〔註 85〕這些廣泛存在於社會各個方面，令人哀歎的現象，正好可以說明蕭公權在《中國政治思想史》中「專制政體之發展

〔註 83〕這是梁啓超《儒家哲學》中的說法（梁啓超著《儒家哲學》，上海：上海人民出版社，2009：68。）全望祖在《安定學案序錄》中說：「宋世學術之盛，安定（胡瑗）、泰山爲之先河，程朱二先生皆以爲然。」（《宋元學案》卷一）

〔註 84〕錢穆著《中國歷代政治得失》，北京：生活・讀書・新知三聯書店，2008：69～70：「（宋代）君權之侵攬」。

〔註 85〕陳登原著《中國文化史》，瀋陽：遼寧教育出版社，1998：420～38。

至宋近於完成」這一斬截的論斷。〔註 86〕可以說，專制君主政權，從漢唐以來，像擰得越來越緊的螺絲（screw up），除了黑格爾所說的「一個人」是自由的，〔註 87〕其他人都像穿上了緊身衣；而且這衣服還非同一般，又像《西遊記》裏的金角大王和銀角大王家的幌金繩，隨著主子的意思，把人套得越來越緊，連齊天大聖都走不脫！在這樣一種氛圍（milieu）下，孔子在意識形態中的地位，卻繼續攀升！

《宋史》卷七：宋眞宗在大中祥符元年（1008 年）封禪泰山後，「十一月戊午，幸曲阜縣，謁文宣王廟，靴袍再拜。」《文獻通考》卷四十三，亦載此事，並云：「有司定儀止肅揖，上特再拜。」「先是，詔有司檢討漢、唐褒崇宣聖故事。初，欲追謚爲帝，或〔註 88〕言宣父，周之陪臣，周止稱王，不當加帝號，故第增美名。」（《學校考》四）

〔註 86〕蕭公權著《中國政治思想史》，北京：新星出版社，2005：316，338。

〔註 87〕黑格爾說「一個人是自由的」，並不是專指中國的君主專制政體而言，它是泛指「東方各國」；當然，中國的君主專制政體更是其中的顯著例子。所以，黑格爾所謂的「一個人」，具體到中國，就是皇帝。〔黑格爾著《歷史哲學》（王造時譯），上海：上海書店出版社，1999：19。〕

〔註 88〕王明清《揮麈前錄》卷一，亦記有此事，直著「或人」爲「禮官李邦直」。〔《四庫全書精品文存》（第 20 冊），北京：團結出版社，1997：8〕李邦直，即李清臣，所謂小知閒閒者也。朱熹《宋名臣言行錄》後集卷九言李邦直媒孽蘇轍，致出知潁州。則其人品本不足齒者。〔《四庫全書精品文存》（第 3 冊），北京：團結出版社，1997：543.〕明人言及此事，尚猶憤憤：「清臣得罪聖門，至今人心不能無筆誅之忿！」（何孟春《何文簡疏議》卷二）蘇軾《臺頭寺雨中送李邦直赴史館分韻得憶字人字兼寄孫巨源二首》之二：「看君兩眼明如鏡，休把春秋坐素臣。」馮應榴注引《隨隱漫錄》：「夫子沒，至明皇始封文宣王。神宗欲加尊崇，禮臣定議爲『至神玄聖帝』而李邦直者，獨曰：周室稱王，陪臣不當爲帝！於是僅加『玄聖』二字——異代尊崇何預於周！果如所言，則公亦不可封矣。雖萬代帝王之師何假虛名？而邦直之罪所當筆誅；敢執筆以俟。」然後，說「先生末句似隱譏之也」。（馮應榴《蘇軾詩集合注》卷十五，上海：上海古籍出版社，2001：740。）《隨隱漫錄》所記有誤——眞宗封孔子爲玄聖，至神宗即位，有 60 年時間；李邦直神宗朝作梗事，蓋是眞宗時事的誤傳。

此外，還：「幸叔梁紇堂。近臣分奠七十二弟子。遂幸孔林，加諡孔子曰玄聖文宣王，遣官祭以太牢，給近便十戶奉塋廟，賜其家錢三十萬，帛三百匹。以四十六世孫聖祐爲奉禮郎，近屬授官、賜出身者六人。」四年後（1012 年），改諡「至聖文宣王」。（《宋史》卷八）可眞是《紅樓夢》裏領了春祭的賞後，賈珍說的「皇恩浩蕩，想得周到」；豈止周到，簡直是空前隆重！

然而，孔子的封爵，也就止於文宣王了。我們再次注意到在對孔子的禮遇問題上，總是會有一些人跳出來，及時地阻止最高統治者表現更高的崇敬，即令是表面上的。這次的理由是：孔子生時是周天子的臣民，周天子還只稱周王，孔子如何能夠稱帝？！這種似是而非的說法，證明了錢鍾書說的，「理由是最湊趣的東西，最肯與人方便，一找就到」！〔註 89〕同時，表明那些以此爲藉口的小人儒，已經在專制政權下，忘記了「天子」也無非是五等爵位之上的一級而已，〔註 90〕並非什麼神聖！顧炎武在「周室班爵祿」條中高揭此義：「爲民而立之君，故班爵之意天子與公、侯、伯、子、男，一也。而非絕世之貴，代耕而賦之祿，故班祿之意，君、卿、大夫、士與庶人在官，一也，而非無事之食。是故，知天子一位之義，則不敢肆於民上以自尊；知祿以代耕之義，則不敢厚取於民以自奉。」〔註 91〕熊十力認爲這是亭林在發揮孟子之義，又解釋說：「夫以天子爲爵稱，則天子與百官之有爵無異，不過其爵列第一，爲百官之首長而已。」〔註 92〕

而且周天子的臣民，被後世追尊爲帝的，並非無前例。《舊唐書》卷五，麟德三年（666 年），老子被封爲「太上玄元皇帝」，也就是這

〔註 89〕錢鍾書著《七綴集》，上海：上海古籍出版社，1996：32：《中國詩與中國畫》之尾註㊲。

〔註 90〕熊十力在《原儒》中說「公羊家義，以天子爲爵稱」。（王守常編《中國現代學術經典·熊十力卷》，石家莊：河北教育出版社，1996：198。）

〔註 91〕黃汝成撰《日知錄集釋》，長沙：嶽麓書社，1996（卷七）：257～8。

〔註 92〕王守常編《中國現代學術經典·熊十力卷》，石家莊：河北教育出版社，1996：308。

一年，孔子被封爲「太師」。老子在東漢班固《漢書・古今人名表》中，居第四格（中上），在第三格（上下）的「賢人」之下，〔註 93〕孔子則居於第一格（上上），是「聖人」。《全後周文》卷二十二釋僧勔《難道論》:「班固《漢書》，品人九等。孔丘之徒，爲上上類，例皆是聖。李老之儔，爲中上類，例皆是賢。何晏、王弼云:『老未及聖。』」《明史》卷五十：言及宋代「帝孔」之爭云:「自唐尊孔子爲文宣王，已用天子禮樂；宋眞宗嘗欲封孔子爲帝，或謂周止稱王，不當加帝號。而羅從彥之論，則謂加帝號亦可；至周敦頤則以爲，萬世無窮王祀孔子；邵雍則以爲，仲尼以萬世爲王。」〔註 94〕所以，孔子不能被封爲帝，並不是一個理論上的問題，而是最高統治者的皇帝，堅持權勢大於道德，勢毫不客氣地淩駕於道，對道採取一種俯視的姿態，標明他只要願意可以隨意處置道德，而道德對此束手無策，除了用話語要求統治者修德外，沒有任何實際的工具與有效的措施。〔註 95〕但孔子在元昊的西夏，確曾稱帝。《宋史》卷四百八十六：元仁孝在位第十六年（宋高宗紹興十八年，1148 年），「尊孔子爲文宣帝」。〔註 96〕這對尊孔的儒者，是一個安慰；可惜知者不多。

〔註 93〕中華書局點校本《漢書》，老子位次就是居第四格〔《二十四史》（縮印本），北京：中華書局，1997（第 2 冊）：242。〕而四部備要本《前漢書》，老子位次則是居於第一格，〔《前漢書》（影印本），北京：中華書局，1998：330〕影印乾隆四年武英殿本的《前漢書》，老子也居第一格。〔《二十五史》，上海：上海古籍出版社、上海書店，1988（第一冊）：457。〕錢大昕在《二十二史考異》卷六中，引張晏語：「老子玄默，仲尼所師，雖不在聖，要爲大賢，而在第四（格）」。錢大昕又引《舊唐書・禮儀志》:「天寶元年二月丙申，詔《史記・古今人（名）表》元（玄）元皇帝，升上聖。」（錢大昕著《二十二史考異》，南京：鳳凰出版社，2008：87。）所以，我們知道，東漢時候，孔子是上聖，而老子連賢人都不是——至少班固是這樣認爲的。

〔註 94〕《明史》，《二十四史》（縮印本），北京：中華書局，1997（第 19 冊）：363。

〔註 95〕明代「帝孔」之事又起：沈德符《萬曆野獲編・補遺》卷二:「景泰三年，國子助教劉翶乞尊孔子爲帝。」茲不及論。

〔註 96〕《宋史》，《二十四史》（縮印本），北京：中華書局，1997（第 16 冊）：

五、宋祀孔詩

宋代國家典禮中的祀孔詩，數量比前代要多。《宋史》卷一百三十七：

景祐（宋仁宗年號，1034～7年）祭文宣王廟六首

迎神，《凝安》　大哉至聖，文教之宗！紀綱王化，丕變民風。常祀有秩，備物有容。神其格思，是仰是崇。

初獻，升降，《同安》　右文興化，憲古師今。明祀有典，吉日惟丁。豐犧在俎，雅奏來庭。周旋陟降，福祉是膺。

奠幣，《明安》　一王垂法，千古作程。有儀可仰，無德而名。齋以滌志，幣以達誠。禮容合度，黍稷非馨。

酌獻，《成安》　自天生聖，垂範百王，恪恭明祀，陟降上庠。酌彼醇旨，薦此令芳。三獻成禮，率由舊章。

飲福，《綏安》　犧象在前，豆籩在列。以享以薦，既芬既潔。禮成樂備，人和神悅。祭則受福，率遵無越。

送神，《凝安》　肅肅庠序，祀事惟明。大哉宣父，將聖多能！歆馨肸蠁，回馭淩競。祭容斯畢，百福是膺。〔註97〕

大觀三年（1109年，大觀是宋徽宗年號）釋奠六首

迎神，《凝安》　仰之彌高，鑽之彌堅。於昭斯文，被於萬年。峨峨膠庠，神其來止。思款無窮，敢忘於始。

升降，《同安》　生民以來，道莫與京。溫良恭儉，惟神惟明。我潔尊罍，陳茲芹藻。言升言旋，式崇斯教。

奠幣，《明安》　於論鼓鐘，於茲西雝，粢盛肥碩，有

3566。《綱鑒易知錄》卷八四：「仁孝在位五十五年，始建學校於國中，立小學於禁中，親爲訓導，尊孔子爲文宣帝。」（吳乘權等《綱鑒易知錄》，北京：中華書局，2009：1245。）

〔註97〕又有配祭顏回的一首：兗國公配位酌獻，《成安》，哲宗朝增此一曲：無疆之祀，配侑可宗。事舉以類，與享其從。嘉栗旨酒，登薦惟恭。降此遐福，令儀肅雍。

顯其容。其容洋洋，咸瞻像設。幣以達誠，歆我明潔。

酌獻，《成安》　道德淵源，斯文之宗，功名糠粃，素王之風。碩兮斯牲，芬兮斯酒。綏我無疆，與天爲久。

配位酌獻，《成安》　儼然冠纓，崇然廟庭。百王承祀，涓辰惟丁。於牲於醑，其從予享。與聖爲徒，其德不爽。

送神，《凝安》　肅莊紳綏，吉蠲牲犧。於皇明祀，薦登惟時。神之來兮，肸蠁之隨。神之去兮，休嘉之貽。〔註98〕

我們不厭其煩地把這些枯燥的四字句——很難說它們是詩！——擺在這裡，是爲了更好地說明：唐宋所祀的孔子，已經被偶像化（idolization），國家意識形態的祀孔典禮也不例外。「神其格思，是仰是崇。」格，至也；思，語詞。〔註99〕是說，祀孔者懷著崇敬的心情，仰首張望，彷彿看見神靈（孔子）從天而降。「周旋陟降，福祉是膺。」它和前一句結構一樣，上半句言神靈，後半句言祀孔的人：神靈在空中盤旋、升降，迂迴曲折，並不一步到位；祭祀者希望能把福祉賜給自己。然後，神靈安於其位。《關尹子》卷四：「以神無我，故鬼憑物則神見。」神峰逍遙子牛道淳注：「譬如鬼附人物，則見神通。」〔註100〕這裡鬼、神互文；具體到祀孔，就是，神靈附在孔子的塑像上〔註101〕，於是獻祭者開始奠幣、酌獻：「幣以達誠」，「酌彼

〔註98〕這些祀孔詩又見於《全宋詩》卷三七三二（第七十一冊，44974～5。）。

〔註99〕劉淇《助字辨略》卷一：「凡思字……在句尾者，語已辭也，如兮、而之類。」

〔註100〕尹喜《尹文子》（諸子百家叢書），上海：上海古籍出版社，1990：63。

〔註101〕古人相信塑像是神靈的居室。朱狄在《信仰時代的文明》中說，「當一個人的木乃伊被損壞時，就由雕像來替代，使它成爲靈魂的永久性居室」。（朱狄著《信仰時代的文明》，北京：中國青年出版社，1999：112。）《西遊記》第四十四和四十五回，悟空、八戒、沙僧把「三清」（元始天尊、靈寶道君、太上老君）塑像搬開，自己變作三清模樣，坐在祭壇上，享用供物。眾道士發現後，以爲眞是神靈降落，「受用了這些供養，趁今仙從未返，鶴駕在斯，我等可拜告天尊，懇求些聖水金丹。」也是相信，神靈會託附在塑像上，並

醇醪」。《楚辭・九歌》有「奠桂酒兮椒漿」。朱子云：「奠，置也；桂酒，切桂投酒中也；漿者，周禮四飲之一。此又以椒漬其中也，四者皆取其芬芳以饗神也。」(《楚辭集注》卷二)《禮記・曾子問》中言：「君薨」，「大祝執束帛升自西階」，「奠幣於殯東几上」。就是說，其中的束帛，像修長的繩橋一樣，有著連接此岸與彼岸世界的作用；幣指祭祀用的物品，「金玉齒革泉布」，皆可名幣。(《康熙字典》卷八)祭品又有「在俎」的「豐犧」，「黍稷」，「醇旨」；祭品散發出香氣，「肸蠁」，據說神靈就是通過香氣來享用祭品的。《詩經・生民》：「卬盛於豆，於豆於登，其香始陞，上帝居歆，胡臭亶時。」王先謙引鄭箋云：「我后稷盛菹醢之屬，當於豆者於登者，其馨香始上行，上帝則安而歆饗之。」〔註 102〕《禮記・祭法》：「燔柴於泰壇祭天也。」德國漢學家佛爾克（1867～1944）在《中國人的世界觀》中，說：近代則把燔柴改爲將獻祭的犧牛用爐子焚化，取其氣息上聞於天。〔註 103〕享祭後，「神悅」，於是，就賜福給祭者，「祭則受福」，人神交際完成，雙方都很滿意；「受福」目的既然達到，當然就要送神回去，於是彷彿看見空中車駕紛紛，「回馭淩兢」，神靈要坐著馬車啓程了。〔註 104〕

且能像活人一樣大吃大喝！《子不語》卷十四《狐鬼入腹》：「李晚膳畢，忽腹中呼曰：『我附魂茄子上，汝啖茄即啖我也，我亦居汝腹中，汝復何逃！』」（袁枚著《子不語》，上海：上海古籍出版社，1998：273。）也表明魂靈需要附著在現實的客體上，才能作爲。

〔註 102〕王先謙撰《詩三家義集疏》，北京：中華書局，2009：883。

〔註 103〕The World-conception of the Chinese,by Alfred Forke:Arno Press, 1975: 79: In recent times,…instead of the wood they have substituted an ox for Heaven,which is burned in a porcelain furnace.Heaven enjoys the smell of the odours rising from the sacrifice. 《後西遊記》第十二回，豬一戒要跟隨父親豬八戒去享用各地獻祭的供品，八戒說：「各壇供獻，皆是馨香之氣，惟成佛後方知受享此味。你如今尚是凡胎，那些空香虛氣，如何得能解饞？」

〔註 104〕《儒林外史》第三十七回有虞博士等祭祀泰伯的典禮，與祭孔典禮極爲相似，可相比勘：先奏樂，樂止，然後迎神——「迎神」時，主祭要「向門外躬身迎接」；然後主祭「跪，行香，灌地，拜、興（四次），復位。」同時亦奏樂。然後，奏樂神之樂。這大概相當於宋詩祭孔中的「迎神」、「升降」、「奠幣」。然後是「初獻」和「亞

上面我們詮釋的是祭文宣王廟的整個過程；釋奠所祭的是先師，在中唐以後，多是指孔子，但也可指顏子，甚至其他人；詩歌中尤其如此。〔註105〕所以，要斷定先師是誰，還得看特定語境（context）。《禮記》卷四：「凡學，春，官釋奠於其先師；秋冬亦如之。」（《文王世子》第八）可見，釋奠地點在學校，時間是季節轉換之時，一年大概有兩次。趙升《朝野類要》卷一，記宋代釋奠，云：「二月上丁日也。凡學官並祭官、太常禮官、郎官，皆赴太學大成殿，同諸生行禮。亦分爲初、中、終三奠；用太常樂。八月同。」〔註106〕詳味大觀三年的釋奠詩，有「仰之彌高，鑽之彌堅」，「生民以來，道莫與京」，「斯文之宗」，「素王之風」，云云，非孔子莫可當者。

另外，宋代尚有大晟府〔註107〕擬撰釋奠十四首，〔註108〕大同小異，不具引。其中迎神：「神其來格，於昭盛容。」「良日惟丁，靈承不爽。揭此精虔，神其來享。」大觀三年釋奠詩，也有「涓辰惟丁」的句子；由此，我們知道，釋奠是在丁日。禮儀也更加細化，比如，有升殿，類似於前面的升降：「肅肅降登，歆茲秩祀。」有奉俎：「既

獻」，相當於宋詩中的「酌獻」、「配位酌獻」。最後，「飲福受胙」，「焚帛」。相當於宋詩中的「送神」。

〔註105〕比如陸游，《兀坐久散步野舍》：「先師有遺訓，萬事忌安排。」我們知道，陶潛《榮木》：「先師遺訓，余豈云墜；」《癸卯歲始春懷古田舍詩二首》：「先師有遺訓，憂道不憂貧。」先師，都是指孔子。那麼，放翁「先師有遺訓」，從陶潛那裡搬來的；指孔子似乎沒有疑問。但此句下有一自注：「胡翼之先教徐節孝曰：『莫安排！』」（《劍南詩稿》卷五十五）又，《北齋書志示兒輩》：「百年從落魄，萬事忌安排。」也有自注：「徐仲車，聞安定先生莫安排之教，所學益進。」（《劍南詩稿》卷五十一）可見，陸游這裡的先師是指道學家胡瑗，所謂的安定先生。

〔註106〕趙升《朝野類要》（《唐宋史料筆記叢刊》本），北京：中華書局，2007：27。

〔註107〕《宋史》卷一百六十四：大晟府，崇寧（徽宗年號，1102～6年）初置局，「宣和二年（1120年），詔以大晟府近歲添置冗濫徼倖，並罷，不復再置。」

〔註108〕見《宋史》卷一百三十七；《全宋詩》卷三七三二。

潔斯牲，粢明醑旨。不懈以忱，神之來暨。」文宣王位酌獻：「清酤惟馨，嘉牲孔碩。薦羞神明，庶幾昭格。」另外，還有酌獻於「亞聖」兗國公，即顏回，酌獻於鄒國公，即孟子的詩章。亞、終獻亦有詩，就是說，祭品是分三批，有三道程序，才得完成：「登獻惟三，於嘻成禮。」「撤豆」，祭品撤去時亦有詩；最後才是送神：「歆茲惟馨，飈馭旋復。明禋斯畢，咸膺百福。」

唐宋祀孔與前代最大的不同，就是在祀儀中應用了大量的祀孔詩歌。通過分析，我們發現，孔子在這一時期已經偶像化，但從事偶像崇拜活動的只限於讀書人和統治階級；一般民眾被排斥在外。孔子在國家意識形態中的地位，完全擺脫了周公陪臣的身份，獨佔先聖的位置，而且取得至聖、文宣王的稱號。這和唐宋是專制政體的完成的結論相一致，也相輔相成。

第四節　餘　論

一、致命的循環

十八世紀的歐洲思想家，主要是法國的「百科全書派」，對於中國的觀察，完全是借助於那些在中國的傳教士的報告。這些報告，其實多數就是一些中國遊記，像錢鍾書所謂的「往往無稽失實，行使了英國老話所謂旅行家享有的憑空編造的特權（the traveller's leave to lie）。『遠來和尚會念經』，遠遊歸來者會撒謊，原是常事，也不值得大驚小怪的。」〔註 109〕總之，這些報告，往往不甚眞確，甚至扭曲，而且數量也非常有限。即使在這樣的局限下，偉大的思想家目光如炬，穿透模糊的障霧與擾亂人意的混沌，在觀察中國時發表了一些至今令人感到震撼的鞭闢入裏的洞見（insight）。比如孟

〔註 109〕錢鍾書著《錢鍾書散文》，杭州：浙江文藝出版社，1997：459：《〈走向世界叢書〉序》，該書 168 頁《遊歷者的眼睛》云：許多遊記作者，「只有一位愛爾蘭散文家所謂馬蹄似的手指，能夠筆不停揮，在又光又白的稿紙上日行千里」。也是遊記不甚可靠的意思。

德斯鳩在 1748 年出版的《論法的精神》中提出，中國改朝換代的規律：最初的三四代君王，鑒於前朝崩潰的「殷鑒不遠」，尚能小心翼翼，國家機器可以正常運轉；接下來的不肖子孫，「生於深宮，長於婦人、閹宦之手」，不知稼穡艱難，不顧民生疾苦，像《紅樓夢》中冷子興說賈珍諸人似的「一味高樂不了」；於是，大權旁落，民不聊生，權臣窺竊，終於土崩瓦解。而繼統朝代，又復如是！中國歷史，就是這樣的封閉性循環。〔註 110〕

如果我們把這種沒有本質的改進的王朝更迭，比作地球年復一年地繞日公轉，那麼相應地，孔子在意識形態中的地位的變化，就像繞地球運轉的月亮；因爲意識形態的附屬性，使祀孔的繁榮與衰落和王朝的和平與混亂直接聯繫在一起；從而使孔子在意識形態中的地位變化，表現出類似的週期性。比如：東漢時，先是光武帝劉秀順便幸魯，然而並不親祭，只使大司空祠孔子；然後是王朝處於全盛時期的明帝、章帝，他們都曾親往祀孔，處置祭祀事宜，優待孔子後嗣。安帝也曾前往祀孔，這時距東漢建立，已近百年。〔註 111〕

〔註 110〕 Montesquieu:The Spirit of the Laws:Cambridge University Press, 1989: 103: A fatal consequence of luxury in China:In general,one can say that all these dynasties began well enough.Virtue,care,and vigilance are necessary for China；they were present at the beginning of the dynasties and missing at the end.Indeed,it was natural for emperors raised on the hardship of war and successful in forcing a family inundated by delights from the throne,to preserve the virtue they had found so useful and to fear the voluptuousness they had seen to be so fatal.But after these first three or four princes, corruption, luxury, laziness, and delights master their successors；they shut themselves in the palace,their spirits grow weak,their lives are short,the family declines；the important men rise up ,the eunuchs gain credit,children only are put on the throne；the palace becomes the enemy of the empire；the lazy people living there ruin those who work；the emperor is killed or destroyed by a usurper,who founds a family,whose successor in the third or fourth generation goes into the same palace and shuts himself in again.

〔註 111〕 安帝祀孔在公元 124 年，劉秀稱帝是在公元 25 年；按我們的傳統算法，正好百年。而安帝祀孔到漢末的黃巾大起義，正好六十年。

史家對安帝頗有微詞，說當時，「權歸鄧氏，……令自房帷，威不逮遠，始失根統，歸成陵敝。遂復計金授官，移民逃寇，推咎臺衡，以答天眚。」（《後漢書》卷五）這時東漢已有點氣息奄奄。此後順帝、質帝年幼〔註 112〕，桓帝、靈帝昏庸，再也沒有人顧及孔子了。所以，曹丕後來說：孔子「百祀墮壞，舊居之廟，毀而不修，褒成之後，絕而莫繼，闕里不聞講頌之聲，四時不睹蒸嘗之位。」（《三國志》卷二）

唐代也是這樣，初唐孔子的先聖地位確定下來；貞觀開元之時，祀孔顯得光彩奪目，烜赫一時；安史之亂後，禮儀廢缺，祀孔黯然銷沉。《舊唐書》卷二十上云：大順元年（890 年），「宰臣兼國子祭酒孔緯，以孔子廟經兵火，有司釋奠無所，請內外文臣自觀察使、制使下及令佐，於本官料錢上緡抽十文，助修國學」。史稱昭宗「攻書好文，尤重儒術」。（《昭宗本紀》）《全唐文》卷九十一載有昭宗《修葺國學詔》：「國學，自朝廷喪亂以來，棟宇摧殘之後，歲月斯久，榛蕪可知。」其實，各地孔廟早就名存實亡了。柳宗元在元和九年（814年）作的《道州文宣王廟碑》中感慨：「嗚呼，夫子之道閎肆尊顯，二帝三王其無以侔大也。然其堂庭庳陋，椽棟毀墜，曾不及浮圖外說，克壯厥居；水潦仍至，歲加蕩沃。」（《柳河東集》卷五）韓愈在六年之後，即元和十五年作的《處州孔子廟碑》文中，和柳宗元遙相呼應：「郡邑皆有孔子廟，或不能修事；雖設博士弟子，或役於有司。名存實亡，失其所業。」〔註 113〕所以，昭宗的一紙詔書，——在經過黃巢大起義的衝擊之後，大唐帝國自身像摔在地上碎成一片一片的古瓷花瓶，想要復原——恐怕全無效用，更別說孔廟和祀孔！

〔註 112〕順帝，十一歲即位，死時三十歲，其子劉炳只有兩歲，八月即位，翌年正月，死（《後漢書》卷六言其崩時三歲，正是我們今天說的虛歲），稱爲沖帝。質帝八歲即位，翌年六月被梁冀鴆殺，死時九歲。

〔註 113〕閻琦校注《韓昌黎文集注釋》，西安：三秦出版社（下冊），2004：212。

二、螺旋式上升

孔子在王朝內意識形態中的興與衰，是伴隨著王朝統治的繁榮與低落，但這只是問題的一個方面。在連續的歷史背景下，孔子在國家意識形態中的地位，基本上是表現出持續上升的傾向。單看孔子在歷代王朝所給予的封爵，這一點就很清楚。孔子，於西漢末年，在國家意識形態中取得聖人地位後，元始元年（公元 1 年），被封爲褒成宣尼公；東漢明帝、章帝、安帝，都曾親到闕里祀孔。後周宣帝大象二年（580 年），下詔，封孔子爲「鄒國公」；詔書云：「朕欽承寶曆，服膺教義，眷言洙泗，懷道滋深。且褒成啓號，雖彰故實，旌崇聖績，猶有闕如。可追封爲鄒國公。邑數準舊，並立後承襲，別於京師置廟，以時祭享。」（《周書》卷七）〔註 114〕按《通典》卷三十九：後周官品，「正九命」，「王爵國公」與太師、太傅、太保和諸國大將軍、大將軍並列。（《職官》二十一）〔註 115〕就是說，國公之爵，在公這一階級中是最高的。隋文帝雖然佞佛，排斥儒學，但對孔子保持著應有的禮貌，隋文帝稱孔子爲「先師尼父」。（周嬰《卮林》卷九）。煬帝則在大業四年（608 年），詔封孔子後爲「紹聖侯」：「先師尼父，聖德在躬，誕發天縱之資，憲章文、武之道。命世膺期，蘊茲素王，而頹山之歎，忽逾於千祀，盛德之美，不存於百代。永惟懿範，宜有優崇。可立孔子後爲紹聖侯。」（《隋書》卷三）〔註 116〕紹，繼也；聖，孔子也。以紹聖命孔子後人，可謂允當。開元二十七年（739 年），

〔註 114〕令狐德棻等《周書》，北京：中華書局，1974：123。馬端臨《文獻通考》卷四十三：「後周武帝，平齊，改封孔子後爲鄒國公。」則馬端臨以鄒國公爲孔子後人封號，似誤；詳按詔書，鄒國公爲孔子封爵。按慣例，孔子後人爵位比孔子要低一階級。如：漢代封孔子後爲褒成侯，孔子爲褒成宣尼公。畢沅《續資治通鑒》卷九：宋太宗太平興國三年（978 年），「司農丞孔宜，…獻所爲文，帝召見，問以孔子世嗣，……襲封文宣公。」這時孔子則是文宣王。而且封孔子爲鄒國公的也不是周武帝！

〔註 115〕杜佑《通典》，浙江古籍出版社（影印本），1999：221。

〔註 116〕魏徵等《隋書》，北京：中華書局，1982：72。

唐玄宗封孔子爲文宣王；孔子封爵由公再升一階級，此後就穩定在王爵上。宋眞宗大中祥符五年（1012 年），改孔子諡爲至聖，稱至聖文宣王。

這種朝代內的不斷循環，縱貫的歷史中的不斷上升，合起來看，就是所謂的螺旋式上升（spiral rise）。孔子爵位的步步高升，伴隨著君主專制政體的完善與君主集權的加強。

小結

本章以歷史爲主線，考察了孔子自兩漢經六朝至唐宋在國家意識形態內的地位升遷。縱貫地看，孔子地位處於不斷地上升，尊崇日隆，這和專制政體不斷增強的趨勢相一致；在朝代內，對孔子的尊崇，比如其祭儀則有興衰起伏，這和朝代政治的興廢相吻合。合起來，我們將之稱爲「螺旋式上升」。本章共分三節。第一節指出，孔子聖人地位在國家意識形態內的確立，是在西漢末年，王莽起了決定性作用；它是一個漸進的過程。第二節指出，六朝因爲政權轉移頻繁，祭孔儀式上的虛僞性暴露得至爲明顯；祀孔禮儀中的爭論，實質上是統治階級內部的道統與政統的較量。第三節指出，唐宋祀孔的鮮明特色是，祀孔詩歌大量出現並應用。孔子在國家意識形態中的地位在此階段穩定下來，此後沒有大的攀升。祀孔儀式中，孔子很大程度上，被偶像化。但其崇拜主體只限於士人與統治階級，下層民眾被排除在祭孔活動之外。

第一章　唐宋詩對孔子生時厄困的深描〔註 1〕

在七十二（三）年的人生歷程中，孔子所遭的厄困當然很多。本章選取孔子離開魯國、周遊列國時的幾個事件，還有據說是鄰居對他輕蔑性的稱呼，考察其在唐宋詩裏是如何被表徵的。考察之前，我們還需要解決一個方法論上的問題。

第一節　一個方法論上的考察：傳喚典故

在唐宋詩歌中，我們發現對孔子及其相關事件的表徵和其他文體相比，有一個突出的特點，就是用典故去指涉。所以有必要對典故做一個簡單的考察，並說明這種表徵孔子的方式屬於本書的研究對象。

典故（allusion）並非中國文學所獨有，只是在古典詩歌裏特別發達。在修辭學上，它屬於暗喻（metaphor）的一種，用簡短的話或詞指某些相關的事件或人〔註 2〕。典故的使用，有利於建立當下文本

〔註 1〕深描（thick description）是美國人類學家格爾茨（Clifford Geertz）強調的一個概念；要求對考察對象做深入具體的分析（give attention to the particularity of an event rather than submission of it to a theory. Events are unique and have unique contexts that require interpretation not submission to abstract regularities.）（Critical Theory Since Plato,3th edition.edited by Hazard Adams and Leroy Searle,by Thomson Wadsworth, 2005: 1328.）

〔註 2〕Chris Baldick：Oxford Concise Dictionary of Literary Terms.Oxford University Press,1996:6:an indirect or passing reference to some

和文化傳統的聯繫。〔註 3〕那麼，它是如何向我們呈現的呢？K.S.古德曼在研究閱讀心理時，把閱讀描繪爲一個選擇的過程。「在讀者預期的基礎上，去運用那些可能得到的，最少的，從知覺中選擇而來的語言線索；一旦這些選擇來的信息被加工，暫時的決定就形成了，而這些暫時的決定在繼續閱讀中會被證實，拒絕或進一步地加以提煉。」「也就是說，閱讀乃是一種心理語言學的猜測遊戲，它包括思想、語言之間的相互作用。」〔註 4〕在詩歌中遭遇典故的時候，心理進程自然像心理學家顯映的那樣；但又與一般的詞語概念的加工不太一樣。因爲典故有它的獨特性；錢鍾書已經指出詩歌中的用典，不僅有生熟，而且有明暗。「明者直用其事，暗者偷渡其事；明是引用，暗是融合；各有所長，不可不辨。」〔註 5〕從弗洛伊德從心理分析的角度說，這是一種「間接表徵」，使用和發生效果的前題是對本事的熟知。〔註 6〕所以，看到使用典故的詩句時，我們首先想到的是它的本事。西方詩歌研究者，爲了有效解讀典故，歸納出這樣的閱讀步驟：首先，把一個典故從詩句中識別出來，一般說來，它和詩句前後的風格語域有些不同。〔註 7〕然後，就要追蹤這個典故，查找它原始出處，弄清它的含義，比對上下文，看它在詩句中有何關鍵作用：只有這樣我們

event,person,place,or artistic work,the nature and relevance of which is not explained by the writer but relies on the reader's familiarity with what is thus mentioned.

〔註 3〕Martin Montgomery,etc.,Ways of Reading:advanced reading skills for students of English literature.Routledge,1992:157:Allusion as a means of establishing a relation to cultural or literary tradition.

〔註 4〕張必隱著《閱讀心理學》，北京：北京師範大學出版社，2004：34。

〔註 5〕高萬雲著《錢鍾書修辭學思想演繹》，濟南：山東文藝出版社，2006：166。

〔註 6〕弗洛伊德著《詼諧及其與潛意識的關係》，《弗洛伊德文集》（第二卷）（車文博主編），長春出版社，1998：308；314。

〔註 7〕Martin Montgomery, etc., Ways of Reading:advanced reading skills for students of English literature.Routledge,1992:161:it is often possible to detect the presence of an allusion because it will usually stand out in some way from the text that surrounds it-perhaps through differences of style or register.

才能充分理解它，才能把握詩歌的意思。〔註8〕如果沒有這樣繁瑣細緻的工作，那麼只能像錢鍾書說的，「知道他詩裏確有意思，可是給他的語言像簾子般的隔住了，弄得咫尺千里，聞聲不見面」！〔註9〕

前賢向來非常重視對詩歌中的典故進行研究，眾多的歷代詩歌箋注主要做的就是這個工作。陳寅恪總結說：「自來詁釋詩章，可別爲二：一爲考證本事，一爲解釋辭句。質言之，前者乃考今典，即當時之事實。後者乃釋古典，即舊籍之出處。……抑更有可論者，解釋古典故實，自當引最初之出處，然最初之出處，實不足以盡之，更須引其他非最初，而有關者以補足之，始能通解作者遣詞用意之妙。」也可以說是陳氏對《柳如是別傳》的發凡起例，自懸標格。所以，他又說：「若錢柳因緣詩，則不僅有遠近出處之古典故實，更有兩人前後詩章之出處。若不能探河窮源，剝蕉至心，層次不紊，脈絡貫注，則兩人酬和諸作，其辭鋒針對，思旨印證之微妙，絕難通解也。」〔註10〕

所以，就閱讀心理、文本實踐而言，詩中的典故都是無法繞過去的一個存在，而且爲達到對詩歌的充分瞭解，典故必須被合理地消化掉。但，也許會產生疑問：唐宋詩中和孔子相關的用典，難道一定都在表徵孔子嗎？其實，產生這種疑問的根源在「意圖謬誤」（intentional fallacy）〔註11〕。對作者來說也許只是作爲手段的典故，在我們的研

〔註8〕Ibid:161:You should try to work out the similarities and differences between the source text and the text being read .This should help you to establish why the allusion is being made and whether there is an ironic or parallel relation between the texts.Only by such careful consideration of the source text,can we be aware of the full implications of allusion.

〔註9〕錢鍾書著《宋詩選注》，北京：生活・讀書・新知三聯書店，2010：156。

〔註10〕陳寅恪著《柳如是別傳》，上海：上海古籍出版社，1980：7；11。

〔註11〕這是W.K.Wimsatt和Monroe C.Beardsley在1946年提出的一個著名觀點，認爲不能用作者的意圖爲完全依據來詮釋作品，決定作品的價值。（A literary work,once published,belongs in the public realm of language,which gives it an objective existence distinct from the authors original idea of it: 'The poem belongs to the public.' Thus any information or surmise we may have about the author's intention cannot

究中則變成了目的——專門考察的對象。何況這些用典，未必像猛地看上去那麼簡單！（參見本文「唐詩表徵孔子與易」小節對太宗詩「韋編斷仍續」的闡釋）

有解構主義傾向的西方馬克思主義者阿爾都塞在《讀〈資本論〉》時提出一種「徵候閱讀法」。以亞當・斯密為例，指出研究者在其研究領域內，受其「總問題」（按：大概就是 questionaire 的一種譯法，又譯為問題性、問題結構）的制約，對有些擺在面前的材料視而不見：「看不見的東西就是理論總問題不看自己的非對象，看不見的東西就是黑暗，就是理論總問題自身反思的失明，因為理論總問題對自己的對象，對自己的非問題視而不見，不屑一顧。」〔註 12〕但當「總問題」轉換為別的總問題時，那些原先不能進入研究者視野的材料，由於其相關性，一下子呈現在面前。阿爾都塞指出，意識形態通過傳喚（interpellation）使個體成為主體（subject）。〔註 13〕我們也可以對唐宋詩裏有關孔子及其事件的典故進行傳喚；在我們本文研究的總問題下，它們自然進入研究的範圍，成為考察的對象。

第二節　孔子周遊列國在唐宋詩裏的點式表徵

一、「去魯遲」的原因

孔子本來好好地做著魯司寇，按照司馬遷的說法，齊國饋送當時主政的季桓子女樂，季桓子「三日不聽政，郊又不致膰於大夫」〔註 14〕；

---

in itself determine the work's meaning or value.)（Chris Baldick：Oxford Concise Dictionary of Literary Terms.Oxford University Press,1996:3.）

〔註 12〕阿爾都塞著《讀〈資本論〉》（李其慶、馮文光譯），北京：中央編譯出版社，2008：15～6。

〔註 13〕The Blackwell Guide to Literary Theory，by Gregory Castle.Blackwell Publishing Ltd,2007:195.比如，當一個人一邊沉思一邊漫步的時候，他忘了前面路口的紅燈。這時交警指著他大聲說，「喂！」這一下就把他從自然狀態中提取出來，使他重新意識到自己的社會性存在，於是就在紅燈面前停住腳步。

〔註 14〕《史記》，《二十四史》（縮印本），北京：中華書局，1997（第 1 冊）：486。

孔子也在大夫之列，別人還依然故我，孔子卻不幹了，帶著顏回、子路、子貢等離開父母之邦。這是魯定公十四年（前496年），孔子已經五十六歲了。〔註15〕孔子爲什麼要出走呢？盧仝《感古四首》之二：「仲尼魯司寇，出走爲群婢。」（《全唐詩》卷三八八）未免太膚淺而且帶著性別偏見，就像古人說，「赫赫宗周，褒姒滅之！」但盧仝也只是因襲前人。《全漢文》卷二十二司馬相如《美人賦》：「古之避色，孔墨之徒，聞齊饋女而遐逝。」〔註16〕不免厚誣聖人——孔子曾慨歎「未見好德如好色者也」；不料卻被後人請君入甕了！宋人眼光則要犀利得多。曾鞏《雜詩四首》之三：「及覺一禮亡，翩然遂違魯。」（《全宋詩》卷四五四）蘇洵《又答陳公美三首》之一：

> 仲尼魯司寇，官職亦已優。從祭肉不及，載冕奔諸侯。當時不之知，爲肉誠可羞。君子意有在，眾人但愆尤。置之待後世，皎皎無足憂。（《嘉祐集》卷十六）〔註17〕

而華岳《送倪尚書歸霅川》：「魯祭不因夫子肉，齊卿難奪孟軻心。」（《全宋詩》卷二八八四）華岳這樣說，表明他可能已意識到孔子出走的根本原因！——至少他否認祭肉不至是孔子出走的原因。確實，膰肉不及，只是孔子周遊列國的導火線；根本原因在於他感到自己所主張的道，在魯國是沒有機會推行的，出走是爲了在列國中尋找一位能行孔子之道的君主。王弼解易云：「文王明夷則主可知矣；仲

〔註15〕孔子的行爲，有點類似於毛姆《月亮與六便士》中的Charles Strickland，本來是倫敦一個股票經紀人（stock broker），結婚17年，有一兒一女，日子過得也不錯，在四十歲的時候，突然一去不返，到巴黎去追求他的藝術了！當時的許多人都說他是和情婦私奔了。這和說孔子「出走爲群婢」又非常類似！老是喜歡把責任推到活動範圍局限於後宮後院的女性身上，她們是最方便的替罪羊（scapegoat），這也是男性話語霸權之一端！

〔註16〕亦見《歷代賦彙》卷十五。陳元龍編《歷代賦彙》（影印本），南京：鳳凰出版社，2004：619。司馬相如是說，孔子自知好色，聽說齊國美女來了，趕緊出走，避開，以免一見之下，迷上了難以自拔！

〔註17〕曾棗莊、金成禮《嘉祐集箋注》，上海：上海古籍出版社，2009:465。蘇洵也說過「仲尼爲群婢，一走十四年」之類的話。這只能說明男性話語霸權非常強大。

尼旅人則國可知矣。」(《周易集解》卷一)〔註18〕正是此意。陶潛《飲酒二十首》之二十:「羲農去我久,舉世少復眞;汲汲魯中叟,彌縫使其淳。」(《晉詩》卷十七)〔註19〕已經將孔子出走的根本原因說出來了,只是明而未融。我們看在政治上遭受挫折的王安石,他因此和孔子產生共鳴,在《惜日》中,把孔子的心意表達得更清明:「棲棲孔子者,惜日此之由。不能使此邦,利澤施諸侯。豈若駕以行,使我遇者稠。」(《全宋詩》卷五四二)

在孔子出走前20年,即魯昭公二十七年(前515年),吳國公子光告訴鱄設諸說:「上國有言,不索何獲!」〔註20〕孔子從魯國出走,正是懷著對未來的美好憧憬出發的。嵇喜《答嵇康詩四首》之三:「孔父策良駟,不云世路難。出處因時資,潛躍無常端。保心守道居,睹變安能遷。」(《晉詩》卷一)〔註21〕但另一方面,孔子對自己的故鄉,又帶著眷戀,並不像曾鞏說的「翩然」那麼輕鬆。白居易《渭村退居,寄禮部崔侍郎、翰林錢舍人詩一百韻》:「去魯孔恓惶。」(《全唐詩》卷四三八)表明孔子不得不離開自己的祖國,心裏並不好受。宋詩對這種情緒,有大量的回應。比如,《全宋詩》卷三八〇邵雍《首尾吟》之六十七:「仲尼豈欲輕辭魯!」卷六八三劉摯《離汶馬上寄鄉中親舊》:「半月徘徊去魯遲。」卷四一五陳襄《程大卿書宿猿洞》:「應憐去魯遲遲意,令遍諸天國土中。」卷九四一黃裳《次陳子眞見別》之二:「行軒猶遠五雲溪,煙雨霜風去魯遲。」卷一八七四胡寅《酬任正叔見和》:「莫嗤文子動三思,我亦今來去魯遲。」卷二〇〇六黃公度《和宋永兄愛日樓見寄八首》之七:「去魯遲休怪,謀身恥自媒。」卷二四九五王質《送陶茂安知永州》:「莫生去魯遲遲想,且慰歌廉望

〔註18〕《周易注・上經》,樓宇烈《王弼集校釋》,北京:中華書局,1980:216。

〔註19〕逯欽立輯校《先秦漢魏晉南北朝詩》,北京:中華書局,1998:1001。

〔註20〕《左傳》卷二十六,《十三經》(影印四部叢刊本),上海:上海古籍出版社,1997:1156。

〔註21〕逯欽立輯校《先秦漢魏晉南北朝詩》,北京:中華書局,1998:550。

望心。」卷二六二六趙蕃《諸公皆和詩再用韻並屬湛挺之七首》:「舊作遊梁倦，今成去魯遲。」白居易說的「恓惶」，和宋人說的「去魯遲」是有區別的:「恓惶」作爲一種心情狀態，並不可見；這樣說未免誅心、粗疏。「去魯遲」是一種外在行爲，可以目擊、認知——由去魯遲可以揣知行爲者的心情是恓惶的。宋人於此可謂不（多）著一字，盡得風流！

由此，我們可以說，孔子離開魯國時，那種對故土的眷戀，悵惘情緒，在宋詩「去魯遲」程序化的字句（stylization）中，被文理纖細地給體貼出來了，這是唐詩所沒有的，或者說是沒有得到充分地開展——比較而言，唐詩更像一種寫意畫，而宋詩則是努力地用著工筆；而孔子也說過「士而懷居，不足以爲士矣」(《論語・憲問》)，何況前面有一個理想在召喚他，使他像魯迅《野草》中的過客一樣，不能安居，「我只得走」！〔註 22〕

二、孔子身份：旅人

仲尼旅人的說法，是從王弼開始的；李白在《與諸公送陳郎將歸衡陽》詩序中引用王弼的話:「仲尼旅人，文王明夷。苟非其時，聖賢低眉。」(《李太白全集》卷十八）杜甫《兩當縣吳十侍御江上宅》:「仲尼甘旅人，向子識損益。」(《杜詩詳注》卷八)《全宋詩》卷八七〇李開花《孔廟口號》:「破落三間屋，蕭條一旅人。不知負何事，生死厄於陳。」卷一六五范仲淹《滕子京魏介之二同年相訪丹陽郡》:「孔子作旅人，孟軻號迂儒。」卷三五一蘇洵《又答陳公美三首》:「君子豈必隱，孔孟皆旅人。」〔註 23〕卷四五五曾鞏《詠史二首》之一：

〔註 22〕《野草》,《魯迅全集》(第二卷），北京：人民文學出版社，1989：194。

〔註 23〕蘇洵《又答陳公美三首》亦見於《嘉祐集箋注》卷十六。又被《全宋詩》收入卷一〇五三，作呂南公詩，標題作《擬古》，字句大同，只是最後一句作:「孔子皆旅人。」孟子被去掉，則「皆」字無著落，不通！呂南公《灌園集》卷三，亦作《擬古》。蓋《全宋詩》只是照舊搬移。

「仲尼一旅人。」卷六〇五劉攽《早行》:「君不見仲尼旅人常接淅。」卷二八四三蘇泂《擬古》之一:「仲尼卒旅人，歷聘空摧車。」這些詩句給人的感覺是好像孔子一生都在道途上奔波，風塵僕僕，樂此不疲，停不下來，或不願停下來！

《淮南子·泰祖訓》:「孔子欲行王道，東西南北七十說而無所偶。」揚雄《解嘲》亦云:「或七十說而不遇。」(《文選》卷四十五)白居易《三教論衡》:「仲尼有聖人之德，無聖人之位，棲棲應聘七十餘國，與時竟不偶。」(《白居易集》卷六十七)孔子周遊七十餘國，當然是誇大之詞。[註24]但在唐詩中，卻被不置疑地接受下來。如，《全唐詩》卷一六九李白《贈崔郎中宗之》:「仲尼七十說，歷聘莫見收。」卷七一八蘇拯《頌魯》:「遊遍七十國，不令遇一君。」只是周遊七十餘國的說法，在唐詩中不如文中出現得那麼頻繁。宋詩中偶而也有，但比唐詩中卻還要稀少些。如，王奕《金餘元遺山來拜祖庭，有紀行十首，遂倚歌之先後，殊時感慨一也——和元遺山九首》之一:「廓哉鄒魯地，良足容軒車。皇皇七十國，轍跡何區區。」(《全宋詩》卷三三九二)遍遊七十國，正是孔子旅人身份的具體表現。顯示孔子對這一身份的執著，知其不可而爲之的堅韌；也顯示出當時各國政治社會環境一片晦暗，並無本質差異。那種孔子所向往的烏托邦只在遙遠的古代，在現實中即使車殆馬煩，也終難到達。而遭際不偶，免不了旅人的勞辛。《全唐詩》卷八十二劉希夷《故園置酒》:「卒卒周姬旦，棲棲魯孔丘。」[註25]卷四二九白居易《贈杓直》:「世路重祿位，棲棲者孔宣。」卷六〇三許棠《陳情獻江西李常侍五首》之二:「淅淅復棲棲，人間只自迷。終年愁遠道，到老去何蹊。」卷八五三吳筠《高

[註24] 顧立雅說孔子周遊的列國：先到衛國，又往南去了陳國，經過宋國，在楚國邊境會見過葉公，並認爲齊國在這次周遊中，孔子似乎沒有去，以前去過，晉國，孔子也沒有去。(顧立雅著《孔子與中國之道》，鄭州：大象出版社，2006：50～62。)所以，孔子周遊的「列國」屈指可數。說是七十餘國，猶如我們今天說「萬國博覽會」一樣，只能把這些數詞看作一種修辭手法，不能鑿實。

[註25] 此詩又收入《全唐詩》卷五六三，劉綺莊《置酒》。

士詠・長沮桀溺》:「賢哉彼沮溺，避世全其眞。孔父棲棲者，征途方問津。」卷三七一呂溫《偶然作二首》:「棲棲復汲汲，忽覺年四十。今朝滿衣淚，不是傷春泣。」卷一五九孟浩然《仲夏歸漢南園，寄京邑耆舊》:「予復何爲者，棲棲徒問津。中年廢丘壑，上國旅風塵。」這裡，呂溫、孟浩然字面上所說的只是自家的辛酸，但作者、讀者心目中未嘗沒有旅人孔子，影影綽綽地籠罩著。唐詩所用只是「棲棲」二字，背後掩蓋了孔子整個旅程中社會上、自然上的風霜苦寒、人情冷暖。

宋詩中，孔子行役汲汲皇皇的地方就更多了，如:《全宋詩》卷二五九梅堯臣《依韻和宋中道見寄》:「仲尼生世尚徨徨，豈能強聒爭蹌蹌。」卷四五四曾鞏《雜詩四首》之三:「皇皇謁荊人，伈伈遵陽虎。」卷六九九王令《道士王元之以詩爲贈多見哀勉，因以古詩爲答》:「周公汲汲勞，仲尼皇皇疲。」卷一一八五張耒《贈蔡彥規》:「皇皇吾夫子，憂世亦勤劬。」卷一二〇〇李廌《送霍子侔還都》:「皇皇魯聖人，道困將乘桴。」又，卷一二〇三《楊十三虞卿在希顏上人房納涼，余時在村舍，歸，和諸公韻》:「皇皇夫子猶傷鳳，碌碌蒼生尚執柯。」卷一六六四郭印《橫翠堂成，與諸公落之，蒙貺佳篇，不敢當也，謾作數語，以紀其實》:「皇皇魯眞儒，終以不合去。」卷二五二九陳傅良《送王南強赴紹興簽幕四首》之三:「永夜淚不禁，仲尼故皇皇。」卷三〇九四戴昺《上立齋先生十首，以「有官居鼎鼐無宅起樓臺」爲韻》:「尼父雖皇皇，不爲無理留。」在唐宋詩歌中，同是旅人的孔子，其表徵又有微妙的差異:「棲棲」給人一種「繞樹三匝，無枝可依」的無奈；更多地是社會客觀現實的不如人意，求一枝之安亦不能得！「皇皇」則不然，它更著重於主體性情感、行爲方面，欲罷不能，如影隨形。這一區別在唐宋社會風氣、主體意識的變遷中，可以得到解釋和證明。但「棲棲」、「皇皇」對孔子旅人身份的表徵，由於反覆徵用，都有點被鈍置了，沒有那種表意的鋒利和切膚的愜適。

在詩歌表現孔子旅人身份的行爲事件中，與去魯遲相對的就是接淅而行。它們都源於孟子的說法：「孔子之去齊，接淅而行；去魯，曰遲遲吾行也。」（《孟子・萬章》下）〔註 26〕「接淅而行」，翻成白話，就是：「不等把米淘完瀝乾就走。」〔註 27〕這樣一個很小的細節，在表現孔子周遊列國時的義無反顧，唯道之行是瞻而不及其他——尤其是和故國之思的對比中，顯示出打動人心的力量。所以，宋人喜歡在詩裏反覆吟歎。《全宋詩》卷四七一劉敞《楊彥文過》：「夫子亦何事，羈旅復伶仃。孔懷在接淅，過我不遑寧。」卷六〇九劉攽《去陳二首》之一：「近關蘧舍衛，接淅孔違齊。」卷一一二七晁補之《贈王順之歌》：「接淅去齊未敢言，退飛過宋聊堪比。」卷二〇七九洪适《送景廬》：「晚來寒雨催歸騎，酷似鄒人接淅行。」《論語・八佾》言孔子是「鄹人之子」；鄹即鄒也。〔註 28〕所以，這裡鄒人就是孔子。卷二四三六陳造《再贈澤卿商卿道舊三首》之一：「一昨西風散馬蹄，肯如接淅去東齊。」

接淅而行，行色倥偬，這和離開他的祖國所表現出的眷戀依依，去魯遲遲，截然不同，黑白分明；同時也說明，孔子在周遊列國時，旅途辛勞是常事；像唐僧師徒往西天取經，一路上「饑餐渴飲，夜住曉行」；（《西遊記》第十三、十四、三十二回）「說不盡那水宿風餐，披霜冒露」；（第三十六回）「餐風宿水，披月戴星」。（第二十、四十七回）這且不說，最令人驚奇的是，唐僧取經用了十四年時間〔註 29〕；

〔註 26〕朱熹撰《孟子集注》，《四書集注》，長沙：嶽麓書社，1995：450：朱子云：「接，猶承也；淅，漬米水也。漬米將炊，而欲去之速，故以手承水取米而行，不及炊也。」

〔註 27〕楊伯峻《孟子譯注》，北京：中華書局，2010：216。

〔註 28〕《中華大字典》，北京：中華書局（影印），1985：2481。

〔註 29〕《西遊記》第十三、三十九回，都言唐僧於貞觀十三年九月望前三日，從長安出發，西行取經；第一百回，唐太宗接見取經歸來的唐僧，自言：「今已貞觀二十七年矣。」實際上，太宗在貞觀二十三年（649 年）去世。參看拙文《西遊記裡的時間》《想不到的西遊記》，北京：北京大學出版社，2015：191。

而且一再強調這一點：《西遊記》第八十八回，唐僧師徒在天竺國玉華縣，唐僧對王子說：「貧僧在路，已經過一十四遍寒暑矣。」第九十八回，觀世音菩薩向佛祖回報唐僧取經行程，道：「弟子當年領金旨向東土尋取經之人，今已成功，共計得一十四年」，云云。第一百回，唐僧對唐太宗說：「只知經過了一十四遍寒暑。」又有詩云：「聖僧努力取經編，西宇周流十四年。」按之史實，唐僧（玄奘）取經，用了十七年時間。〔註 30〕而且，作爲《西遊記》材料（material）重要來源之一的元代楊景賢《西遊記》雜劇第二十三齣，也說「三藏國師，去西天十七年也」〔註 31〕。可見，唐僧取經十七年，本是鐵板釘釘，毫無疑義的事兒。西遊記作者卻煞費苦心地將之改爲十四年，並且一再強調這一點。〔註 32〕聯繫到三教合一的社會思潮與現實，孔子周遊列國的十四年，恐怕對唐僧取經的十四年具有強烈的暗示！而孔子風塵勞頓的「十四年」，在詩裏卻極少提及。這大概是敘事的小說與抒情的詩歌文體的規定性使然。

三、孔席：一個典故的凝固

《莊子・讓王》：「孔子窮於陳蔡之間，七日不火食，藜羹不糝，顏色甚憊，而絃歌於室……再逐於魯，削跡於衛，伐樹於宋，窮於商周，圍於陳蔡，殺夫子者無罪，藉夫子者無禁。」這正是第一個以文的形式全面表現孔子周遊列國時的厄困。如果詩歌也這樣，就可能成爲一首長長的古風，成爲中國的 Odyssey 或 Aeneid；但唐宋詩並沒有

〔註 30〕《全唐文》卷九百六玄奘《還至于闐國進表》：「遂以貞觀三年，冒越憲章，私往天竺……歷覽周遊一十七載。」又，《請御製三藏聖教序表》：「奘以貞觀三年往遊西域……以貞觀十九年方還京邑。」又卷十五高宗《述聖記》：「玄奘法師……問道往還，十有七載。」

〔註 31〕《全元曲》，鄭州：中州古籍出版社，1996：1382。

〔註 32〕張書紳《新說西遊記圖象》，北京：中國書店（影印本），1985：（此書未加標頁碼）：清人張書紳，在《西遊記》的總評中說：「往返十四年，五千零四十八日，取經即五千零四十八卷。」又說：「《大學》（朱注）五千零四十七字，尚少一字。」他意圖把《西遊記》詮釋爲《大學》衍義。恐怕難免瓜皮搭李之嫌。

這樣去表徵孔子的厄困。《莊子・天運》亦言孔子「生死相與鄰」。〔註33〕郭沫若說，「孔子在當時，至少有一個時期，任何人都可以殺他，任何人都可以侮辱他。這和亡命的暴徒有何區別呢！」〔註34〕這基本上符合孔子周遊列國的實際窘況，但像莊子說「殺夫子者無罪」，郭沫若遙相呼應「任何人都可以殺他！」，未免有些過甚其詞。

孫奕《示兒編》卷八：「班固《(答) 賓戲》曰：『孔席不暖，墨突不黔；』《淮南子・脩務訓篇》曰：『孔子無黔突，墨子無暖席。』」其實《文子》也有「孔子無黔突，墨子無暖席」(《意林》卷一) 的說法。〔註35〕但班固的《答賓戲》被選入《文選》，影響太大了，後世多是固定的孔席不暖、墨突不黔的說法。這正是修辭學上的一種手法，被錢鍾書稱作「互文相足」〔註36〕。孔墨都是遑遑救世的典型，都是席不暇暖，突未及黔。杜甫《發同谷縣》：「賢有不黔突，聖有不煖席。」(《杜詩詳注》卷九) 自然，賢、聖，分別指墨子、孔子。所以，孔席不暖在尊崇老杜的宋代詩歌中，也就定型了，是孔子在路上 (en route) 的標誌性姿態 (stance) 之一。

《全宋詩》卷二六〇梅堯臣《送曹測崇班駐泊相州》：「顏回飲一瓢，仲尼不暖席。擁徒食人肝，生莫如盜跖。」又，卷二五二《和江鄰幾詠雪二十韻》：「共是空囊客，曾非暖席儒。」錢鍾書曾下斷

〔註33〕郭慶藩《莊子集釋》，《諸子集成》(影印本)，上海：上海書店出版社，1996 (第3冊)：422；226。

〔註34〕《十批判書》，郭沫若著《中國古代社會研究》(外二種)，石家莊：河北教育出版社，2004：542。

〔註35〕王天海《意林譯注》，貴陽：貴州人民出版社，1997：146。《藝文類聚》卷二十引《淮南子》：「孔子不黔突，墨子不暖席。」(《藝文類聚》，上海：上海古籍出版社，2007：360。)

〔註36〕錢鍾書著《管錐編》，北京：中華書局，1991：27。其實，俞樾在《古書疑義舉例》卷一已涉及到，但他沒有給予明確定義，只作現象式描述，說是「參互以見義」。(俞樾等著《古書疑義舉例五種》，北京：中華書局，2006：10。) 楊樹達在《中國修辭學》中，稱之爲「互備」，列有專節，但行文中有時也稱「互文」；名猶未定。(楊樹達著《中國修辭學》，上海：上海古籍出版社，2007：99。)

語：「宋人之爲古體詩，自異於楊劉者（按：指楊億、劉筠等好撏扯李商隱的西崑體作者）——荊公始務使典用事；東坡、山谷益語語有來歷。子美、聖俞（按：指蘇舜欽和梅堯臣）則尚多太樸不雕，盤帨未繡。」〔註37〕聖俞的這兩首古體詩，卻已輕車熟路地驅使得孔子「席不暇暖」。卷七八六蘇軾《磻溪石》：「墨突不暇黔，孔席未嘗暖。」則簡直是老杜詩句的翻版和應聲，《蘇軾詩集合注》卷三亦言其「因之」〔註38〕。

《全宋詩》卷六一〇劉攽《曲阜宣聖廟夫子手植檜二首》之一：「移根信假杓關力，息蔭寧無暖席時。」卷七四三馮山《和徐之才宿孔溪亭驛早行》：「孔憂寧暖席，劉髀不禁鞍。」則用劉備的髀肉復生來作對。卷八九五彭汝礪《自西城歸》：「孔臥弗暖席，禹行尚乘檋。」卷一九三七馮時行《假守蓬州視事二十日，以臺章罷黜，行至溫湯作此，以寄同僚二十韻》：「坐席丘無暖，扁舟蠡亦肥。」卷三一五二唐士恥《時賢明鑒裁》：「然而鑒裁還合明，孔席未暖五鶚並。」卷三五一一牟巘《適安齋》：「聖賢法天運，所以長汲汲。大禹生胼胝，孔弗遑暖席。」卷三二六一趙汝騰《乙卯仲春丁奠畢，作素王頌一首，呈承祭之士頌曰》：「留不暖席，去復俄頃。」和孔席不暇暖連用最多的是墨突不黔；其次是摩頂放踵以利天下的大禹——被魯迅稱爲「中國的脊梁」！（《且介亭雜文・中國人失掉自信力了嗎》）

可以說，從北宋到南宋三百多年，詩人們對孔席不暖幾乎眾口一辭；在詩歌王國里保持著這種大一統的體面，和宋朝在地緣政治上，自始至終先後處於契丹、遼、夏、金、蒙古，甚至大理，這些少數民族政權的威脅和干擾下，國家破碎分割，君民上下焦頭爛額，形成鮮明的對比！當然也有個別例外的。《全宋詩》卷四六七劉敞《築室種樹》：「墨翟不暖席，仲尼不安居。」比劉敞晚些的陳師道有《陳留市

〔註37〕錢鍾書《錢鍾書手稿集》（容安館札記），北京：商務印書館，2003：530。

〔註38〕馮應榴《蘇軾詩集合注》，上海：上海古籍出版社，2001：117。

隱者》:「飛走不同穴，孔突不暇黔。」(《詩林廣記》後集卷六)〔註39〕則尚本於《文子》、《淮南子》，有點鐘岏《食生物議》所謂「鱣之就脯，驟於屈伸。」(《全梁文》卷五十五)不願就範！——劉敞(1019—68)和陳師道(1053～1101)都算是處於北宋中期偏前的詩人。當時，孔子和席不暇暖似乎尚未完全黏合在一起，沒有達到約定俗成的程度；所以，二人尚能自由發揮。這樣解釋未免浮淺，流於現象式的循環描述。應該有更深入的考察:《四庫全書總目》卷一五三言:劉敞談經「好與先儒立異」，又稱其「淹通典籍」;陳師道被黃庭堅稱爲「閉門覓句陳無己」，是宋代苦吟詩人的典型。蔡正孫引《朱文公語錄》說他「平時出行，覺有詩思便急歸，擁被臥而思之，呻吟如病者，或累日而後起。」(《詩林廣記》後集卷六)按照西方形式主義者什克洛夫斯基的所謂的「奇異化」(estrangement)〔註40〕，詩歌總是在韻律、用詞上標新立異；〔註41〕奇異化，正是對詩歌中存在的此類現象作出的恰如其分的總結。——劉敞的語不猶人，陳師道的以苦爲樂，一味求工，正是詩人意識的流露。但，卷四六九劉敞《入荊江》:「墨生忍黔突，孔子不暖席。聖賢亦遠遊，吾寧倦行役。」則又不免「吾從眾」了。

總之，唐宋詩對孔子周遊列國的十四年時間，極少提及，興趣不大，而是反覆表徵孔子「棲棲」、「皇皇」，是旅人，以致給人的感覺好像他一生都在路上；而且接淅而行，席不暇暖。這就是周遊列國的孔子形象，其中灌注著一種沒有言明的精神。是什麼呢？長沮、桀溺勸孔子和子路，「與其從避人之士，寧從避世之士！」(《論語·陽貨》)漢學家狄百瑞說孔子對此的回應是:不放棄，不妥協；既不退避山林，也不貪圖只有個人安逸的官職，而是懷抱眞誠的理想，顚沛流離於列

〔註39〕蔡正孫《詩林廣記》，北京：中華書局，1982：327。

〔註40〕什克洛夫斯基著《散文理論》，南昌：百花洲出版社，1994：10。

〔註41〕Wilfred L. Guerin:A Handbook of Critical Approaches to Literature, Oxford University Press, 1999:334: A particular drive toward the strange and away from the familiar in its lineation of words,its rhythmic patternings, and its choice of language.

國之間，無怨無悔。〔註 42〕這可以說是孔子周遊列國所表現出的崇高的道德勇氣，是儒家「成仁」、「行義」的現實轉化。顧立雅將孔子周遊列國和堂吉訶德的遊俠相比，認爲：「堂吉訶德依仗著滑稽的騎士精神的周遊，敲響了他所傾心的騎士時代的喪鐘；而孔子則通過他的流浪中竭力尋求將他的學說付諸實施，保證了後來踏著他的足跡前進的周遊者們徹底摧毀他所憎惡的暴虐的世襲貴族制（世卿世祿）。」〔註 43〕這正是孔子引起唐宋詩人廣泛共鳴的實質。

四、「妖人」：孔子不遇的原因

唐宋詩對孔子周遊列國的厄困有大量點式的表徵，對孔子終無所遇的原因，也有一些思考。元稹《解秋十首》之九：「適意醜爲好，及時疏亦親。衰周仲尼出，無乃爲妖人！」（《全唐詩》卷四〇二）〔註 44〕《紅樓夢》第九十四回寫十一月怡紅院一棵海棠開花，大家講究這花開得古怪；探春心內想，「草木知運，不時而發，必爲妖孽。」所以回目有「宴海棠賈母賞花妖」。想來元稹這裡的妖人，和怡紅院的妖花，有些共同點，以世俗的眼光看，就是不合時宜！元稹《秋夕堂》：「堯舜事已遠，丘道安可勝。蜉蝣不信鶴，蜩鷃肯窺鵬。當年且不偶，沒世何必稱。」（《全唐詩》卷四〇〇）元稹說：孔子所信奉、宣揚、欲推行的堯舜之道，在當時就沒有人信；一般人哪裏能瞭解先

〔註 42〕Wm.Theodore de Bary:The Trouble with Confucianism.Harvard University Press,1991:8：His response was neither to give up nor to give in,neither to retire from the scene in order fastidiously to preserve his inner integrity,nor, on the other hand,to accept whatever office might be available simply for the sake of keeping himself politically occupied and comfortably provided for.Rather, peripatetically on the political circuit of ancient China,Confucius traveled the twisting road that lay between easy accommodation and total withdrawal.

〔註 43〕顧立雅著《孔子與中國之道》，鄭州：大象出版社，2006：62～3。

〔註 44〕孔子被稱爲「妖人」，不免讓人想到《水滸傳》第五十二回，李逵被羅眞人法術所攝，從半空裏直跌到薊州府廳前——馬知府正在坐衛，廳前立著許多公吏人等，看見半天裏落下一個黑大漢，道：「必然是個妖人！」孔子雖然在歷史上曾被神化，但也不至於像《紅樓夢》裏的馬道婆似的借著紙人紙馬役使鬼神，玩弄巫術。

王之大道，簡直像朝生暮死的蜉蝣，你給他講千年長壽的仙鶴，他不會信！應該說，這就是孔子不遇於時、必然四處碰壁——即使在異國他鄉——的原因；但它還是有點現象式的描述，沒有抓住實質。唐宋詩對孔子周遊列國時不遇的實質沒有表徵出來。

馬克思說，「人體解剖對於猴體解剖是一把鑰匙」。〔註 45〕所以，現代人對孔子所做的批評，在某種程度上，會增進我們對孔子的瞭解。郭沫若在《十批判書》中認爲，「孔子的基本立場是順應著當時的社會變革的潮流的」，「大體上他是站在代表人民利益的方面的，他很想利用文化的力量來增進人民的幸福。對於過去的文化於部份地整理接受之外，也部份地批判改造，企圖建立一個新的體系以爲新來的封建社會的韌帶。廖季平、康有爲所倡導的『託古改制』的說法確實是道破了當時的事實」。〔註 46〕郭沫若在 1925 年底發表的魯迅「故事新編」式小說《馬克斯（思）進文廟》中，孔子對馬克思抱怨自己的主張不被人瞭解，說：「他們哪裏能夠實現你的理想！連我在這兒都已經吃了二千年的冷豬頭肉了！」〔註 47〕就是說，孔子走在歷史的前面了；他所處的時代落在後面！

〔註 45〕轉引自，王元化著《文心雕龍創作論》，上海：上海古籍出版社，1984：312。《馬克思恩格斯全集》第 46 卷（上），北京：人民出版社，1979：43。

〔註 46〕《十批評書》，郭沫若著《中國古代社會研究》（外二種），石家莊：河北教育出版社，2004：544。承彭鴻程學兄下告，頃見余英時《〈十批判書〉與〈先秦諸子繫年〉互校記》一文。該文指出郭氏此書實有多處抄襲錢穆《先秦諸子繫年》，「鐵案如山」，「著書之不德，彌足驚人」！（余英時著《史學、史家與時代》，桂林：廣西師範大學出版社，2004：347～69。）但我們認爲學術品格是一個方面，學術所具有的思想價值是另一個方面，不可因人廢言；所以，我們仍在必要時候徵引郭氏的有關論述。

〔註 47〕郭沫若著《郭沫若文集文學編》（第 10 卷），北京：人民文學出版社，1985：168。尼采說，天才和他的時代相比，總是更爲成熟、豐富、強壯、老到。（The relationship between a genius and his age is like that between strong and weak,or between old and young:the age is relatively always much younger,thinner,more immature,less assured,more childish. Skirmishes of an Untimely Man,44:Twilight of the Idols by Nietzsche.）

馬克思在寫於 1843 年的《〈黑格爾法哲學批判〉導言》中說：「當舊制度還是有史以來就存在的世界權力，自由反而是個別人偶然產生的理想的時候，換句話說，當舊制度本身還相信而且也應該相信自己的合理性的時候，它的歷史就是悲劇性的。」〔註 48〕後來，恩格斯對這個觀念有了更為精悍的表述：「歷史的必然要求和這個要求的實際上的不可能實現的悲劇性衝突。」（恩格斯在 1895 年 5 月 18 日致斐・拉薩爾的信）〔註 49〕這樣解釋孔子在列國周遊時的悲劇性遭際，倒是很適合。所以，孔子的不遇，是歷史必然性的結果。

孔子周遊列國由許多事件組成；唐宋詩對它的表徵，不是描述式的，不是縷敘；主要是通過典故的安插。整個地看，孔子厄困蝟集的周遊列國，在唐宋詩裏的表徵，是點式的，像海中的島嶼一樣，缺少連貫性；這和文（prose）中的線性羅列截然不同。通過考察，我們發現孔子周遊列國時在唐宋詩裏有明確的身份，旅人；唐宋詩對他去魯的原因有所闡明，對他遍謁時主而無所遇的原因，雖嘗試解釋，但未中肯綮。實際表明這些問題並不是唐宋詩所適合於處理的——它更適合於思辨的邏輯性較強的散文去加工，「刻化」。「孔席」在唐宋詩裏由流衍到固置，為我們提供了一個孔子相關事件如何典故化的例子。隨後的兩節，我們以「問津」和「東家丘」為例，對這些點式表徵在詩歌裏的運作，進行切近的考察。

第三節　問津：唐宋詩對孔子行役態度變化的透析

一、問津的由來

《論語・憲問》：「微生畝謂孔子曰：『丘何為是棲棲者與？無乃為佞乎？』孔子曰：『非敢為佞也，疾固也。』」《全宋詩》卷一七九六張九成《論語絕句》之八二：

〔註 48〕《馬克思、恩格斯選集》（第一卷），北京：人民出版社，1975：5。
〔註 49〕《馬克思、恩格斯選集》（第四卷），北京：人民出版社，1975：346。

丘何爲佞乃棲棲，此語深憐及仲尼。猶乃從容言疾固，胸中蕩浩不容窺。

正是針對微生畝之問。孔子欲行之道，不但被當時的君主所不能接受，像宋人郭印《乘桴亭》中所沉痛地說的「孔子道不行，時君目腐儒。」（《全宋詩》卷一六六四）而且那些潔身自好、隱遁山林的狷者——用今天的話說是一些完全的個人主義者（individualist），也對孔子不能理解，像微生畝認爲孔子這樣汲汲遑遑，是要表現他的口才！更有甚者，則對孔子採取一種嘲諷與敵意的態度，如長沮桀溺。《論語・微子》：「長沮桀溺耦而耕，孔子過之，使子路問津焉。」兩人都沒有給迷途的師弟們指路：長沮冷嘲熱諷地說，「是知津者！」——孔子可是導師！桀溺更是懶得搭理子路，「耰而不輟」！《論語・微子》又云：「楚狂接輿歌而過孔子曰：『鳳兮！鳳兮！何德之衰？往者不可諫，來者猶可追。已而，已而！今之從政者殆而！』」這些清醒又清高的人，缺少對孔子「瞭解的同情」，而不是「同情的瞭解」，缺少社會責任心，既沒有曾子所說的「四海之內皆兄弟也」的仁愛，也沒有宋代道學家「民吾同胞，物吾與也」的使命感，也沒有滄海橫流時顧炎武沉痛於「天下興亡，匹夫有責」的承擔——沒有一點孔子所提倡的「恕」的精神，器局狹小，沒有神氣，蒼白，貧血——這不光是時代的悲哀，也是個人的不幸；同樣是隱士，陶潛對孔子就有由衷的熱愛和溫情。《晉詩》卷十七：陶潛《癸卯歲始春懷古田舍》之二：「雖未量歲功，即事多所欣。耕種有時息，行者無問津。」《飲酒詩二十首》之二十：「如何絕世下，六籍無一親！終日馳車走，不見所問津。」〔註 50〕陶潛說自己像長沮桀溺一樣耕田，雖然也看到路上有人馳車不停，風塵僕僕，卻再也沒有見孔子似的痛瘝在體，欲拯民於水火的了；這種時無英雄，阮籍式的悵惘，彌漫字間。龔自珍《己亥雜詩》之一三〇：「陶潛酷似臥龍豪，萬古潯陽松菊高。莫信詩人竟平淡，二分梁甫一分騷！」之一三一：「陶潛磊落性情溫。」

〔註 50〕逯欽立輯校《先秦漢魏晉南北朝詩》，北京：中華書局，1998：994；1001。

〔註51〕正是指陶潛性情中有剛毅挺拔，也有含渾溫潤。所以，陶潛才能對孔子行道不遇深表同情，虔心敬禮。

二、唐人：疲於問津→認同隱逸

唐詩中，問津的詩句也不少，但都沒有陶潛這種樸茂的情緒。《全唐詩》卷一五九孟浩然《仲夏歸漢南園，寄京邑耆舊》：「嘗讀高士傳，最嘉陶徵君。日耽田園趣，自謂羲皇人。予復何爲者，棲棲徒問津。」又，卷一六〇《遊江西留別富陽裴、劉二少府》：「誰憐問津者，歲晏此中迷。」又，《久滯越中，貽謝南池、會稽賀少府》：「陳平無產業，尼父倦東西。負郭昔雲翳，問津今亦迷。」表達的全是個人仕宦不達的厭倦情緒，只是孟浩然生性醇厚，尚未發爲叫囂怒罵耳。吳師道《吳禮部詩話》言「孟浩然高抗有節，一時豪傑翕然景慕，非特以其詩也」；李東陽《麓堂詩話》言孟浩然詩「專心古澹，而悠遠深厚，自無寒簡枯寂之病」。〔註52〕前者實際上是言孟浩然亦一潔身自好的隱逸；後者言其詩風——是由其宅心寬和所致。《全唐詩》卷二一二高適《自淇涉黃河途中作十三首》之九：「我行倦風湍，輟棹將問津。」卷二一四《眞定即事，奉贈韋使君二十八韻》：「漂泊懷書客，遲回此路隅，問津驚棄置，投刺忽踟躕。」〔註53〕賀裳《載酒園詩話又編》：「唐人稱『有唐以來，詩人之達者，惟（高）適而已』。今讀其詩，豁達磊落，寒澀瑣媚之態，去之略盡。」又言其五古「勁渾樸厚」。〔註54〕但其倦於行役的情緒也像孟浩然一樣，只是更加質直。〔註55〕安史之亂以前，厭

〔註51〕劉逸生《龔自珍己亥雜詩注》，北京：中華書局，2003：183；184。

〔註52〕丁福保輯《歷代詩話續編》，北京：中華書局，1983：611；1372。

〔註53〕《自淇涉黃河途中作十三首》，劉開揚斷定爲天寶六載（747年）作，《眞定即事，奉贈韋使君二十八韻》雖無確切時間，但爲「北行干謁之作」，時間仍比前一首爲早也。（劉開揚《高適詩集編年箋注》，北京：中華書局，2008：187；24。）

〔註54〕郭紹虞《清詩話續編》，上海：上海古籍出版社，1999：323。

〔註55〕我們知道高適在安史之亂前很不得志，《舊唐書》卷一百一十一言：「（高適）解褐汴州封丘尉，非其所好，乃去，爲客遊河右。」〔劉

倦情緒就已在所謂的開寶盛世的背後，清秋的晨霧一樣彌漫著。

經歷安史之亂的大曆詩人及衰落的殘陽裏的秋蟬似的晚唐詩人，在「問津」裏，更是帶著無可奈何的憂鬱悲涼情調。《全唐詩》卷二三六錢起《寄任山人》：「行潦難朝海，散材空遇聖。豈無鳴鳳時，其如問津命。」卷二六八耿湋《酬李文》：「貧病仍爲客，艱虞更問津。」又《雨中留別》：「歲歲迷津路，生涯漸可悲。」又，卷二六九《贈興平鄭明府》：「明主知封事，長沮笑問津。」卷二七五于良史《宿藍田山口奉寄沈員外》：「去留無所適，岐（歧）路獨迷津。」卷四六九長孫佐輔《山行書事》：「性樸頗近古，其言無斗筲。憂歡世上並，歲月途中拋。誰知問津客，空作揚雄嘲。」卷四七七李涉《懷古》：「尼父未適魯，屢屢倦迷津。」卷五三一許渾《貽終南山隱者》：「獨有迷津客，東西南北愁。」卷五四八薛逢《賀楊收作相》：「立門不是趨時客，始向窮途學問津。」卷五七三賈島《送令狐綯相公》：「困阪思回顧，迷邦輒問津。」卷六四六李咸用《依韻修睦上人山居十首》之五：「漢庭謁者休言事，魯國諸生莫問津。」卷六五八羅隱《送人赴職任褒中》：「男兒只要有知己，才子何堪更問津。」卷七五二徐鉉《病題二首》：「不解養生何怪病，已能知命敢辭貧。向空咄咄煩書字，舉世滔滔莫問津。」〔註56〕卷八八二皇甫冉《田家作》：「且復冠名鷃，寧知冕戴蟬。問津夫子倦，荷蓧丈人賢。」〔註57〕可見，在這裡，問津是命中

眗《舊唐書》（標點本），北京：中華書局，2007：3328。〕這時候，高適已經五十多歲了，所以，他詩歌中那種掩飾不住的厭倦情緒和消沉迷惘十分正常。

〔註56〕按徐鉉詩又被收入《全宋詩》（第一冊），就像 T.S.艾略特，英國文選（anthology）必選，美國文選也不放過，又像襄陽和南陽爭著説諸葛亮躬耕地在他們那裡一樣，有點名氣的古人都被後人撕擄得不堪，跨於唐宋之間的徐鉉豈能例外；但我們既徵之於唐，就不再讓他在宋詩裏露面了。

〔註57〕皇甫冉，是大曆詩人；尤袤《全唐詩話》卷二：「皇甫冉……避地江外，每文章一到朝廷，作者變色；於詞場爲先輩，推錢（起）、郎（士元）爲伯仲。」（何文煥輯《歷代詩話》，北京：中華書局，2004：89。）本卷是《全唐詩》的補遺。《全唐詩》收皇甫冉詩兩卷，置於

注定的，像俄底甫斯弑父娶母一樣無法擺脫！而且這種行爲，一定孤獨，踽踽涼涼，不爲人所理解，缺乏同志的安慰與排解。進一步地，問津還受到許多人殘酷的訕笑；於是，問津者也不由的驚疑不定，生出厭倦情緒，顯得悵惘。又有人對這種勞而無功的問津，不失時機地加以點醒，阻止：「莫問津！」

和初盛唐比，在「問津」上，中晚唐詩表現出這樣一個趨勢，就是由原先的夫子之疲於問津、倦於行役，發展爲對隱逸者長沮桀溺的讚揚。在態度上，可以說是由消極轉爲積極！但就主體的情感而言，則由相對的樂觀轉爲無可挽回的悲觀。這個趨勢在安史之亂後就表現得很明顯了。上引詩中，大曆十才子之一的錢起就說「長沮笑問津」，皇甫冉也贊「荷蓧丈人賢」，可謂此唱彼吁。甚至在盛唐詩壇上，已有一些特別的人物公開地對被問津者，即隱士的禮讚，比如《全唐詩》卷五八三吳筠《高士詠・長沮桀溺》〔註 58〕：

賢哉彼沮溺，避世全其眞。孔父棲棲者，征途方問津。
行藏既異跡，語默豈同倫。耦耕長林下，甘與鳥雀群。

吳筠是個道士，曾驚動玄宗，向之詢問修煉神仙之事，又與太白過從甚密，「所著文賦深詆釋氏，亦爲通人所譏。然詞理宏通，文采煥發，每製一篇，人皆傳寫；雖李白之放蕩，杜甫之壯麗，能兼之者其唯筠乎！」（《舊唐書》卷一百九十二）〔註 59〕錢鍾書說：「在整部書（《舊唐書》）二百卷裏，不論立專傳還是入《文苑傳》的詩人，誰都沒有贏得那樣讚歎備至的評語。」「如果依據《舊唐書》爲信史，那麼，唐代最大的詩人原來是——吳筠！」〔註 60〕雖然虛頭太大，但

卷二百九十四、二百九十五。

〔註 58〕俞樾《湖樓筆談》卷一言長沮、桀溺爲「假設之名」：「曰長曰桀，美之也。曰沮曰溺，惜之也，——言其沉淪而不返也。」（俞樾《九九消夏錄》，北京：中華書局，2006：179。）

〔註 59〕《舊唐書》，《二十四史》（縮印本），北京：中華書局，1997（第 11 冊）：1310。

〔註 60〕錢鍾書著《七綴集》，上海：上海古籍出版社，1996：31：《中國詩與中國畫》之尾註㉜。

說明吳筠詩歌上也有一定成就，舉手投足，都有不小影響；而且極力反對佛教，是個虔誠的道教徒。所以，他也是反對儒家（教）的，只是沒有那麼明詔大號，像對緇流一樣老實不客氣。對孔子，很講策略，像他這種在當時統治階級上層大紅大紫的人，在這方面自然有足夠的世俗的精明。對孔子，只是腹誹，決不明說！他在詩裏大唱「賢哉沮溺！」對孔子四處問津、惶惶不可終日的不贊成，不是昭然若揭麼！

《全唐詩》卷一二八王維《皇甫岳雲溪雜題五首》之《上平田》：「朝耕上平田，暮耕上平田。借問問津者，寧知沮溺賢！」認爲汲汲皇皇的孔子、子路師弟們對長沮桀溺的賢明是不能瞭解的。這話包含著對孔子的無言的輕鄙，那種求仁無怨、知其不可而爲之的偉大的實踐精神，在今天依然令我們感動不已，敬仰有加——而在詩人王維看來，簡直是頑固不化，不可理喻。何以故？《舊唐書》卷一百九十下：「維弟兄俱奉佛，居常蔬食，不茹葷血；晚年長齋，不衣文采……在京師日飯十數名僧，以玄談爲樂。」（《列傳・文苑》下）〔註61〕張戒《歲寒堂詩話》卷上：「摩詰（王維）心淡薄，本學佛而善畫。」謝榛《四溟詩話》引空同子（李夢陽）曰：「王維詩，高者似禪，卑者似僧；奉佛之應，人心繫則難脫。」〔註62〕胡丹鳳《王輞川集序》：「（王維）篤於奉佛，晚年長齋禪誦。」〔註63〕王維正是從一個虔誠的佛教徒的立場上來批評孔子的。〔註64〕（參見本文「王維李商隱貶抑孔子：

〔註61〕《舊唐書》，《二十四史》（縮印本），北京：中華書局，1997（第11冊）：1290。王勳成《王維進士及第之年及生年考》（《華中師範大學學報》2001年第1期），考定王維生年是694年，而非過去普遍接受的701年，卒於761年，享年68歲。（轉引自賴瑞和著《唐代基層文官》，北京：中華書局，2008：4。）在當時詩人中，算得長壽。這和他佛教化的生活方式恐怕大有關係。

〔註62〕丁福保輯《歷代詩話續編》，北京：中華書局，1983：460；1173。

〔註63〕胡丹鳳輯《唐四家詩集》，瀋陽：遼寧教育出版社，2000：5。

〔註64〕錢穆在《談詩》中說：「王摩詰是釋，是禪宗。李白是道，是老莊。杜甫是儒，是孔孟。」（錢穆《中國文學論叢》，北京：生活・讀書・新知三聯書店，2002：112。）

頓漸有別」小節）

由此，我們看出，盛唐時候，一些「異教徒」，如道士吳筠、居士王維，因爲狹隘的視角，對孔子四處問津由價值上的難以認同，表現爲情緒上的反感與不滿，進一步發展爲對長沮桀溺之類隱士的讚揚與積極響應；等到中晚唐，國事日壞，統治階級顢頇無道，倒行逆施，如燕巢飛幕，不思危機將至；急管繁絃，唯恐作樂無時。統治階級其不足以與有所作爲，是具中人之智者，可得而知；於是，隱逸思想開始盛行，高蹈遠引、肥遁山林者，大有人在，相應地，在詩歌中對隱士如長沮桀溺的讚揚聲也就越來越清晰可聞了。

三、宋人：輕視隱逸→問津不成

整個說來，宋代在孔子與沮溺的價值取向上，孔子始終處於壓倒性優勢地位；但並非鐵板一塊，其間也小有曲折。熙寧元年（1068年），「宋神宗第一次召見他（按：指王安石）『越次入對』，問他說：『唐太宗何如？』他回答得很乾脆：『陛下當法堯舜，何以太宗爲哉！』」〔註65〕王安石致君堯舜上的理想，表明他信仰並且師法孔子；

〔註65〕錢鍾書《宋詩選注》，北京：生活・讀書・新知三聯書店，2010：71。見《宋史》卷三百二十七，王安石本傳載此事。錢氏同時引王夫之的觀點，認爲王安石法堯舜的話是大言唬人！余英時在《宋明理學與政治文化》中亦引此事，作爲「以『有道者』自居的士大夫（王安石）開始登上政治舞臺」，「儒家的改革思潮愈演愈烈」的標誌。（余英時著《宋明理學與政治文化》，長春：吉林出版集團有限責任公司，2008：41。）狄百瑞也在《儒家的困境》中指出，宋代士大夫傾向於以三代之制來批判後世的制度缺陷與腐敗（tended to reject existing dynastic institutions as flawed and corrupt in comparison to those of high antiquity.）（Wm. Theodore de Bary:The Trouble with Confucianism. Harvard University Press, 1991: 60.）可見，王安石「唬人」的說法頗難成立。錢鍾書的致命處就是政治意識有些欠缺。這也許可以說是個「證實」的例子。再如，1978年意大利召開的「歐洲漢學家會議」上，錢鍾書發表《古典文學研究在現代中國》，其中說：「解放前有位大學者在討論白居易《長恨歌》時，花費博學和細心來解答『楊貴妃入宮時是否處女？』的問題——一個比『濟慈喝什麼稀飯？』、『普希金抽不抽煙？』等西方研究的話柄更無謂的問題。」（《人生

所以在《還自舅家書所感》中說：「沮溺非吾意，慨嗟聊駐車。」（《全宋詩》卷五五三）李壁注：「言將濟世，不與鳥獸同群。」〔註 66〕王安石說，沮溺這些人，我也不贊同；駐車問津的孔子，對他們不問世事的潔身自好，自私，覺得可憐，可歎！這也可以說是宋代士大夫救世精神高揚之一端。王安石《鍾山絕句》：「丈夫出處非無意，猿鶴從來自不知。」（《詩林廣記》後集卷二）直接把沮溺之類的隱士比作猿鶴！又，《中牟》：「頹城百雉擁高秋，驅馬臨風想聖丘。此道門人多未悟，爾來千載判悠悠。」（《臨川文集》卷三十）。此處對孔子急於行道表示出的理解與嚮往，油然紙上。《全宋詩》卷五四四王安石《惜日》：「棲棲孔子者，惜日此之由。不能使此邦，利澤施諸侯。豈若駕以行，使我遇者稠。行雖恥強勉，閉戶非良謀。」表示要師法孔子成仁精神，積極尋找機會，救世濟民。

余英時在《我摧毀了朱熹的價值世界嗎》一文中引《惜日》詩末兩句，作爲王安石變法受孔子啓發的證據。〔註 67〕其實，不光王安石是這樣鄙視隱逸，與孔子的問津高度認同；宋代這種傾向的人很多，特別是政治比較清明，外患不是那麼不可收拾的時候。《全宋詩》卷一〇七五米芾《吳侍禁綠野亭》：「時來孰肯趣眞隱，寄語沮溺無嫌猜。」

邊上的邊上》，錢鍾書著《寫在人生邊上；人生邊上的邊上；石語》，北京：生活·讀書·新知三聯書店，2009：179～80。）我們知道這位未點名的「大學者」是陳寅恪，他曾考證朱彝尊的楊貴妃以處子入宮的說法，不可信。（陳寅恪著《元白詩箋證稿》，上海：上海古籍出版社，1982：13～20。）《管錐編》中亦譏笑此類考證是「閒人忙事」。（錢鍾書著《管錐編》，北京：生活·讀書·新知三聯書店，2007：1932。）可見，這是錢鍾書的一貫看法，而非信口開河。余英時在《我所認識的錢鍾書先生》一文中，對此指責有一個回應：陳寅恪考證楊貴妃是否處子入宮，是爲了證實朱熹「唐源出於夷狄，故閨門失禮之事不以爲異」的觀點。（湯晏著《一代才子錢鍾書》，上海：上海人民出版社，2005：322n。）錢鍾書在學術上的成就，人所共知，所有的缺陷也不需迴避，倒是值得我們尋思其深層次的原因！

〔註 66〕李壁《王荊公詩集箋注》，上海：上海古籍出版社，2010：593。

〔註 67〕余英時著《宋明理學與政治文化》，長春：吉林出版集團有限責任公司，2008：220。

這裡，米芾強調，在社會安定，政治清明的時候，應大有作爲才是。卷一五六〇李綱《山居遣興四首》之一：「蒼生未定郊多壘，敢向長沮與問津。」在靖康之變的背景下，這話糅合著宋代士大夫「先天下之憂而憂」的意思在裏面，顯得柔中帶剛，沉痛，有分量。卷二〇九五韓元吉《次韻金元鼎新年七十》之二：「莫作懸車念，滔滔且問津。」猶杜甫所謂「生逢堯舜君，不忍便永訣」（《自京赴奉先縣詠懷五百字》），韓愈所謂「明天子在上，可以出而仕矣」。（《唐宋文醇》卷四《送董邵南序》）都是持著出而行道，爭取向問津的孔子看齊，力求實現澤加於民的理想。

與對孔子得君行道理想認同相對應，就是宋詩對沮溺的貶斥，上引王安石的詩句已經顯示出這一點。又如：《全宋詩》卷二四三四陳造《客次小憩》：「譚間更笑狂沮溺，政復知津未是賢。」則認爲，沮溺算不得賢人；蓋以其無救世理想，不關心民生疾苦——猶佛教之小乘，不得與大乘比併。沮溺這樣的隱士，只算是自了漢，沒有大悲之心，未嘗發願不盡度世人，誓不成佛！卷二八四一趙師秀《謝耕道犁春圖》：「春雨年年有，良田歲歲無。野水寒初退，平林綠半敷。長謠謝沮溺，未必子知吾。」錢鍾書說趙師秀「是不得意的小官」，〔註 68〕而且詩歌有濃厚的隱逸情緒。但對沮溺，並不引爲同道！這詩可算是不以沮溺隱逸爲然的委婉批評。卷三〇五八劉克莊《田舍即事十首》之四：「僅可從沮溺，安能望賜回。」卷三四九六方回《次韻仇仁近有懷見寄十首》之八：「沮溺故難同孔子，綺園何獨避高皇。」卷三五七五蒲壽宬《和博古直五首》之五：「棲棲魯中叟，救世誠艱辛。鳥獸豈同群，由也徒問津。」蒲壽宬和王安石、李壁一樣把沮溺之類隱士看作不可與同群的鳥獸，焉能與孔子相提並論？！在劉克莊、方回看來，沮溺不但與孔子在價值輕重上，軒輊分明，一目了然，實無甚無可比性；而且連孔門的顏回、子貢也遙遙領先於沮溺。這說明在南宋道學占絕對優勢的情況下，隱逸進一步被邊緣化，在價值層級上下降。

〔註 68〕錢鍾書《宋詩選注》，北京：生活·讀書·新知三聯書店，2010：358。

宋代士大夫主體意識覺醒,「以天下爲己任」,像范仲淹所說的「先天下之憂而憂,後天下之樂而樂」,文彥博所謂皇帝「與士大夫同治天下」,所以他們對孔子的問津,常有切身感受,結果限於客觀歷史狀況,努力終付唐捐,理想無法實現,猶且對孔子有一種愧疚;而且這種自怨自艾的情緒貫穿於整個宋詩發展進程中,好像作爲背景後的旋律一樣,似無而仍有。《全宋詩》卷四四田錫《自勉》:「北叟何曾悲失馬,宣尼猶自問迷津。」卷二五六梅堯臣《送黃生》:「我本東西南北人,窮途不復淚沾巾。亦知車馬有行色,爲見長沮與問津。」卷一八七五胡寅《和單普二首》之二:「慚無用舍行藏道,有愧東西南北人。」卷二四六五虞儔《南坡牡丹今春大爲風雨所厄,遂稽勝賞,世事至於不如人意十常八九,因記得古詩有「花發多風雨人生足別離」之句,惻然有感,廣爲十詩云》之六:「讀書不知頭白早,卻是儒冠多誤身。陸沉(沈)黃綬非吾意,慚愧東西南北人。」卷三〇四五劉克莊《題江貫道山水十絕》之九:「展卷嗟丘也,東西南北人。」這裡除了梅堯臣的詩,意思都很明白。梅詩是反面著筆,回憶自己也曾經壯志慷慨,風塵僕僕,人困馬乏,窮途問津,淚下沾巾;如今不再是旅人了,請黃生代行己志吧。此詩把自己精神上的軟弱和行動上的退卻以及由此產生的對前賢的歉疚給蘊藉地暗示出來了。

有時候,這種愧疚會發展成對矻矻求索,皇皇問津的厭倦,和彌漫在唐詩中的世紀末式的情緒消沉非常相似,只是沒有那麼濃厚。《全宋詩》卷四七三劉敞《寄王子堅,時在寢丘治東皐》:「我亦問津者,滔滔遠慚君。」卷一一八六張耒《秋懷》:「問津竟何效,眞愧圃與農。」又,卷一一六六《發金陵折柳亭二首》之二:「孤舟多病客,長道未歸人。豪俗競行樂,倦遊慵問津。」卷一三八四李彭《次韻謝脁京路夜發寄六弟書,因以督其歸》:「問津實知津,阮屐穿幾兩。」又《北窗睡起有懷吳世南》:「中歲懶問津,銳意學耕稼。」卷一四二三李光《丙寅十月二十二日,孟堅理舊篋見純老送行詩,有見及語,因次其韻三首》之一:「魯叟乘桴意,他年莫問津。」卷一七六九鄧肅《謝呂友善見和》:「便欲問津從桀溺，當時折檻愧朱雲。」范成大《偶書》:「已甘搰搰勤爲圃，休向滔滔苦問津。」(《石湖詩集》卷二十八）張耒雖號稱「肥仙」〔註69〕，但我們看他在上引詩中就問津而斤斤計較，顯得庸鄙：孔子問津，表現的是士人行義精神的高揚，價值上不能以獲利多少與耕稼收成錙銖相較；問津本是個體精神對於時代和物質的超越，豈能因世人競相行樂，而見獵心喜，見利忘義，舍己從人！

四、主因：行道難！

宋詩中對孔子行役的表徵顯出這樣的軌跡：由積極認同，將以有爲，逐漸轉爲消極的敬而遠之，無可奈何；由對隱逸者的譏笑與否定，逐漸變成嚮往與肯定。這和唐詩在此問題上的表現類似。爲什麼會出現這種情況？要知道宋代士人的主體意識和唐代比顯得自覺生動，而且情緒高漲，這幾乎是大家的共識；兩者之間，似乎存在著矛盾。其實並不難解釋。首先，要明白，唐宋詩在這方面表現出類似性，只是就大的輪廓、趨勢而言。這種類似性，是由朝代興衰的循環和規律性的回復決定。但宋詩和唐詩在表徵的細節上，又大不相同。這種宋詩裏的厭倦情緒，具體到本文裏所表徵出的現象，就是對孔子問津的厭倦和對長沮、桀溺的同情認同，對隱逸生活嚮往，這些和宋詩中對孔子不倦行役、執著問津的讚揚與崇敬相比，無論在詩歌的數量上，情緒的濃厚程度上，前者都瞠乎其後，遠遠不及。上引詩句已經展示了這一點。而這種厭倦情緒的存在，自然有種種原因。比如，歷史地看，中國有長久的隱逸傳統，道家潔身自好思想和後來佛教出世思想，都有深遠影響；在傳統詩學譜系上，自詩經中「適彼樂土」的憧憬和楚辭中「遠遊」的嚮往，以及後來的遊仙詩和召隱詩，都對後世詩歌中嚮往隱逸、厭倦問津在行爲上提供了師法的榜樣，對詩人在與孔子知

〔註69〕楊萬里《誠齋集》卷四十《讀張文潛（耒）詩》:「晚愛肥仙詩自然。」錢鍾書說，「張耒是個大胖子」。(張耒《勞歌》詩注，《宋詩選注》，北京：生活・讀書・新知三聯書店，2010：130①。)

其不可而爲之的進取精神立異時，提供了精神上的支持。但這些原因尚不是宋代所獨有的。宋代所獨有的，同時也可說是最主要的原因，是現實對士人精神的不可避免的挫折與創傷。此可以王安石爲例。

> 論王荊公遇神宗，可謂千載一時。惜乎渠學術不是，後來直壞到恁地。問：「荊公初起便挾術數，爲後來如此？」曰：「渠初來只是要做事，到後面爲人所攻，便無去就。」（《朱子語類》卷一百三十）

朱熹雖然在政見上與王安石不同，但他也不能不承認王安石取得了致君行道的機會，使其抱負從紙上談兵轉成政治實踐，爲理想藍圖的實現提供了一個前題；但他說荊公後來「無去就」，不免帶些偏見。日本學者宮崎市定對王安石變法有非常中肯的見解。他說：「北宋中期，出現了不世出的英主神宗，他任用王安石爲宰相，明君賢臣相如魚水之相得，對當時因循泄沓，瀕於解體的宋朝政治〔註 70〕，進行了眾所周知的大改革，實在是東洋史上一次壯舉！……（但是）特別是像中國那樣官員無能，胥吏橫暴，腐敗污濁的社會，要毫無弊病地進行王安石的新法是完全不可能的。……王安石的新法，沒有考慮到這一點，也不顧官場的習氣，只是把桌上制訂的計劃行之實際政治，所以即使有百項良方、千條新法，如雨點似的頒佈，其結果是連像電線杆上貼的廣告那樣的效驗也沒有，而且還隱伏著難以測知的弊病。從而新法的結果無需問司馬光和蘇軾，就可預斷以徹頭徹尾的失敗而告終。……在大多數只顧一身利害，博取眾人稱譽的中國官僚中，像王安石那樣具有卓越識見，並把

〔註 70〕我們認爲這並非誇大其辭。宋代對人民的剝削是非常沉重的。《綱鑒易知錄》卷六五：太宗淳化四年（993 年），也就是宋朝建國 33 年的時候，已經爆發了大規模的王小波、李順起義，王小波說：「吾疾貧富不均，今爲汝均之！」至道元年（995 年），太宗和群臣在上元御乾元門樓觀燈，沾沾自喜，以爲天下太平，人民繁盛。呂蒙正告訴他：「乘輿所在，士庶走集，故繁盛如此。臣嘗見都城外不數里，飢寒而死者甚眾。願陛下親近以及遠，蒼生之幸也。」（吳乘權等《綱鑒易知錄》，北京：中華書局，2009：945～6；948。）這種殘酷的社會現實，也是有良心的士人對「問津」產生厭倦情緒的一個因素。

自己抱負付諸實踐的人，確是少見……可以說，王安石之不得行其志，不只是他個人的不幸，也是宋朝一代的不幸，不只是宋朝一代的不幸，也是後世億萬中國人民的不幸。」〔註71〕

宋代最有希望、最大規模的改革，結果令人失望，王安石自己也只好到鍾山隱居去了。觀於海者難爲水，宋代其他改革也就可想而知。所以，這類厭倦情緒和隱逸傾向在宋詩中也不斷地泛上來，揮之不去。也是勢所必至！

當然不是所有的人都懷抱著救世之心，許多人僕僕風塵地問津不倦，爲的只是個人私利，追求的僅是高官美祿厚爵而已。詩人看到這些人蠅營狗苟的行爲，不免又致慨於孔子那樣的人太少了！《全宋詩》卷二三七〇項安世《次韻蕭復秀才》：「俗駕日滔滔，誰爲問津者！」卷二四六二虞儔《和林卿盤隱詩》之一：「天下滔滔者，誰能此問津！」卷二三八梅堯臣《野田行》：「桑間偶耕者，誰復來問津！」卷一二〇七晁說之《憶江南贈通叟年兄》：「北客而南征，蹇產非所志。問津人尚絕，後來狂避世。」卷二五一三章甫《簡張安國》：「南北東西厭問津，四海忘形今幾人！」表達的都是這種憤慨和鬱怒。

和這種一味鑽營、沒有什麼是非和道德感的利祿之徒——《紅樓夢》中賈寶玉所謂「祿蠹」相比，沮溺之類潔身自好的隱士，又顯得非常可貴。尤其是南宋晚期，士大夫的高遠理想終歸破滅，道學被誣爲「僞學」，朱熹的性命甚至都受到威脅！〔註72〕這時候，時

〔註71〕宮崎市定《王安石的吏士合一政策》，《日本學者研究中國史論著選譯》（第五卷五代宋元）（劉俊文主編，索介然譯），北京：中華書局，1993：451～2；488～9。）

〔註72〕《綱鑒易知錄》卷八四：慶元二年（1196年），監察御史沈繼祖奏朱熹「十罪」，「剽竊張載程頤之餘論，以吃菜事魔之妖術，以簧鼓後進，張浮駕誕，私立品題，收召四方無行義之徒，以益其黨伍，潛形匿跡，如鬼如魅。乞褫熹職罷祠。」（吳乘權等《綱鑒易知錄》，北京：中華書局，2009：1254。）《宋史》卷三九四：「有餘嚞者，上書乞斬朱熹，絕僞學。」（又見余英時《朱熹的歷史世界》，北京：生活·讀書·新知三聯書店，2011：668。）

代的不可能與有作爲變得人所共知；於是，引身遠避山林成爲明智之舉，沮溺的聲價便漸漸高漲。《全宋詩》卷一七九六張九成《論語絕句》之九六：「宣尼頗意在斯人，故爾令由去問津。大是斯人能會意，知津此語亦爲眞。」長沮桀溺簡直成了孔子的意中人，要借著問津去同情親善！這種觀點，在理學家張九成的詩中說出，值得玩味。卷一八四六張祁《汪氏別墅次韻》之二：「好賦俱陪招隱士，耦耕長似問津人。」卷二一四八姜特立《中古》：「中古風俗醇，田野多賢人。沮溺識孔丘，漁父辭伍員。」卷二九三七魏了翁《山河歎送劉左史歸簡州》：「我非荷蕢不知磬，擬效執輿來問津。」卷三〇四六劉克莊《雜詠一百首》之《沮溺》：「皇皇問津者，藐藐耦耕人。不識吾夫子，寧非古逸民。」卷三一五三詹初《田居》：「南開數畝田，妻子共鋤耕。比歲頗豐稔，仰天歌治弘。憂貧本匪念，忘物自怡情。遙憶執輿者，問津來上平。」卷三五〇〇方回《寄題休寧趙氏雲屋省心翠侍問道亭有有堂五首》之四：「三叉路口駐車輪，莫訝知津更問津。何限出門向西笑，忙行不似慢行人。」理學家眞德秀的說法，很有代表性，好像是在調停長期以來的關於孔子與沮溺的賢愚紛爭，在《題隱者蘇翁事蹟》中說：「等是世間少不得，問津耦耕各其適。」（《全宋詩》卷二九二一）

本節集中考察了唐宋詩對孔子周遊列國中問津一事的表徵特點。從形式上看，它是用典。是對孔子行道的支持，還是對沮溺隱逸的認同，實際上是傳統的仕與隱的問題；大而化之地說，唐宋詩人對此顯示出不同態度，但也有一些相似的地方；即使唐、宋各自的不同時段，詩歌中表現出對問津的態度也是有變化的。社會風氣、政治清明程度等外部因素的變化，都會對此產生相應的影響。和唐代相比，宋代有一突出特點：對孔子問津持積極的支持與熱烈的響應；這和士大夫主體意識高漲，欲參與實際政治，平治天下的理想有關。

第四節　「東家丘」小箋

長期實地觀察中國社會狀況的傳教士明恩浦(1845～1932)在《中國人》中說，西方學者對儒教是否算是一種宗教，所敬的是否是惟一的神，眾說紛紜，各執一詞，莫衷一是〔註73〕。但基督教的耶穌和儒教的孔子，在空間上一西一東，在時間上相距五百多年，卻有些耐人尋味的共同性，那就是在各自的故鄉，都被他的鄉親鄰里所看不起！〔註74〕蘇洵《答二任》：

> 魯人賤夫子，嗚丘指東家。當時雖未遇，弟子已如麻。奈何鄉閭人，曾不為歎嗟。區區吳越間，問骨不憚遐。習見反不怪，海人等龍蝦。(《全宋詩》卷三五一)

孔子和耶穌，在《新約》與老蘇詩中幾可互換，眞是聖賢所遭略同！就我們俗人（layman）的眼光來看，多有神跡點綴一生的耶穌，在家鄉的遭際倒很有眞實性（authentic）；而一生卑之無甚高論的孔子，「東家丘」的綽號，卻有點蘇軾式的「想當然耳」。袁宏《漢紀》卷二十三：有宋子俊曰：「魯人謂仲尼東家丘」。裴松之注《邴原傳》

〔註73〕Arthur H. Smith:Chinese Characteristics.Chapter ⅩⅩⅥ Polytheism, Pantheism, Atheism: 300: Whether the Chinese did have a knowledge of one true God is indeed a point of considerable interest.Those who have examined most critically the classical writings of the Chinese assure us that the weight of scholarship is upon the side of the affirmative.By others who have a claim to an independent judgement,this proposition is altogether denied.

〔註74〕《馬可福音》記載：耶穌在外屢顯奇蹟，威名赫赫，門徒追隨下，回到故鄉，在教堂佈道。他的鄉親們鄙夷不屑地說，「這不就是那個木匠和瑪利亞的兒子麼？他的姐妹兄弟，我們不是老見麼？」（The New Testament:Mk 6:1～5:This is the carpenter,surely,the son of Mary,the brother of James and Joset and Jude and Simon?His sisters,too,are they not here with us? And prophet is despised only in his own country,among his own relations and in his own house.）於是耶穌只能慨歎：「故鄉無先知！」《路加福音》對耶穌在家鄉佈道，也有記載，只是鄉親反應更為激烈，把耶穌逐出城外，並要把他推下懸崖！（They sprang to their feet and hustled him out of the town；and they took him up to the brow of the hill their town was built on ,intending to throw him off the cliff.Lk4:29.）

引《(邴)原別傳》曰:「原遠遊學,詣安邱孫崧,崧辭曰:『君鄉里鄭君,誠學者之師模也,君乃捨之,所謂以鄭爲東家丘者也。』原曰:『君謂僕以鄭爲東家丘,以僕爲西家愚夫邪?』」(《三國志》卷十一)〔註75〕孔融《聖人優劣論》:「當孔子在世之時,世人不言爲聖人,以爲東家丘。」〔註76〕所以,從現存文獻看,東家丘當以邴原、孫崧對話爲較早;但詳其文義,並非自我作古者。要之,「東家丘」在東漢末已很流行。《文選》卷四十一:陳琳《爲曹洪與魏太子書》,是陳琳代曹洪寫給曹丕的信,帶有遊戲性,云:「頗奮文辭,異於他日;怪乃輕其家丘,謂爲倩人。」〔註77〕這裡東家丘的故實在東漢末年已靈活地用爲家丘。

劉叉《勿執古寄韓潮州》:「仲尼豈不聖,但爲互鄉嗤。」(《全唐詩》卷三九五)《論語・述而》稱「互鄉難與言」。《論語・八佾》言有人訾孔子云:「孰謂鄹人之子知禮乎?」說明當時鄉人不瞭解孔子,輕鄙孔子的並不少。所以,東家丘只是其中的典型罷了。但唐以前的詩歌,並沒有徵用此事;唐詩中最早出現「東家丘」的是李白。李白《送薛九被讒去魯》:「宋人不辨玉,魯賤東家丘。」〔註78〕(《李太白全集》卷十六)《全唐詩》卷二一二高適《魯西至東平》:「沙岸拍

〔註75〕《三國志》,《二十四史》(縮印本),北京:中華書局,1997(第3冊):98。關於眞實性問題,參看拙文《太宗朝廷上的辯論》,《想不到的西遊記》,北京:北京大學出版社,2015:166。

〔註76〕查屏球整理《夾註名賢十抄詩》(〔高麗〕釋子山夾註),上海:上海古籍出版社,2005:101。俞紹初輯校《建安七子集》之孔融《聖人優劣論》未將此句輯入。(《建安七子集》,北京:中華書局,1989:26。)王十朋《東坡詩集注》卷三十,云:「次公《論衡》曰:『魯人不識孔子聖人,乃曰:彼東家丘者,吾知之矣。』」蓋引次公之說。馮應榴《蘇軾詩集合注》卷十五,引施注:「《家語》云云。」與上引《論衡》文句全同。而東家丘的說法,似乎並不見今本《論衡》與《孔子家語》。

〔註77〕意思是,此信很有文采,與我曹洪以前的風格大異,這可不是請人代筆!所以,錢鍾書説,這是故作張致,「誑非見欺,詐適貢諂,莫逆相視,同聲一笑。」(錢鍾書著《管錐編》,北京:中華書局,1991:1040。)

〔註78〕王琦《李太白全集》,北京:中華書局,1999:783。

不定，石橋水橫流。問津見魯俗〔註79〕，懷古傷家丘。」又，卷二一四《別從甥萬盈》：「宅相予偏重，家丘人莫輕。」卷二六三嚴維《餘姚祗役奉簡鮑參軍》：「知己欲依何水部，鄉人今正賤東丘。」杜甫《陪鄭廣文遊何將軍山林十首》之四：「盡撚書籍賣，來問爾東家。」〔註80〕（《杜詩詳注》卷二）這大概就是唐人詩中和「東家丘」相關的全部。〔註81〕中晚唐以後詩歌中，未再道及，殊不可解。爲資比較，我們下面先把《全宋詩》中和「東家丘」相關詩句檢出：

1. 卷一一〇　劉筠《屬疾》：「職清唐內相，宅僻魯東家。」
2. 卷二〇〇　宋庠《謝齊屯田見惠詩什》：「東家華袞屢垂褒，傾耳幽蘭郢唱高。」
3. 卷二〇七　宋祁《鄭子產廟》：「語愛東家淚，論交季子心。」
4. 卷二一五　宋祁《友人書齋》：「東家屋壁韋編絕，左氏門庭伏筆多。」
5. 卷二二四　宋祁《讀韓退之集》：「東家學嗜蒲葅味，蹙額三年試敢嘗。」按：《呂氏春秋・遇合》：「文王嗜菖蒲葅，孔子聞而服之，縮頞而食之，三年，然後勝之。」
6. 卷三五七　祖無擇《泗水》：「東家遺教遠，夏后建功殊。」
7. 卷三五八　祖無擇《感事》：「東家木鐸德音遠，西竺金人相教來。」按：《論語・八佾》：儀封人云：「二三子何患於喪乎？天下之無道也久矣，天將以夫子爲木鐸。」
8. 卷四六八　劉敞《張老子出田所》：「既驚端木賜，復感東家丘。」
9. 卷四七〇　劉敞《任城道中》：「區區東家翁，乃復哀璵璠。」
10. 卷四七三　劉敞《寄阮二舉之楊十七彥文》：「知人視其友，孔聖

〔註79〕《高適詩集編年箋注》引干寶《三日記》：「徵在生孔子空桑之地，」云云；謂「魯谷」謂此。以全唐詩作「魯俗」，「恐非」。（劉開揚《高適詩集編年箋注》，北京：中華書局，2008：149。）

〔註80〕仇兆鰲《杜詩詳注》，北京：中華書局，1995：150。

〔註81〕《夾註名賢十抄詩》卷中皮日休《題石眺秀才襄陽幽居》：「里仁誰肯信家丘！」（ibid：101。）此詩，《全唐詩》等皆失收。

稱焉廋。所以梁楚間，亦聞東家丘。」

11.卷六〇〇　劉攽《古意》之一：「魯人稱家丘，會計當而已矣。」按：《孟子・萬章下》：孟子曰：「孔子嘗爲委吏矣，曰『會計當而已矣』。」

12.卷六〇三　劉攽《題卞大夫西湖所居》：「賣書問東家，此計行接踵。」按：此用杜甫《陪鄭廣文遊何將軍山林十首》之四：「盡捻書籍賣，來問爾東家。」仇注謂東家指何氏。〔註82〕第15，16，40，68諸條皆用杜詩句義。

13.卷六〇四　劉攽《在郡作》：「聞道家丘居在東，垂老才爲少司寇，殺一正卯那爲功。」

14.卷六一一　劉攽《次韻和顧直講》：「故人相語笑家丘，華髮盈簪此滯留。」

15.卷六一五　劉攽《過周修撰池》：「盡拈書籍無多子，來問東家亦漫然。」

16.卷八〇七　蘇軾《豆粥》：「我老此身無著處，賣書來問東家住。」

17.卷八一一　蘇軾《見子由與孔常父唱和詩，輒次其韻。余昔在館中，同舍出入輒相聚飲酒賦詩，近歲不復講；故終篇及之，庶幾諸公稍復其舊——亦太平盛事也》：「君先魯東家，門戶照千古。」按：孔常父，即孔武仲，是孔子四十八代孫。

18.卷八一三　蘇軾《木山》：「會將白髮對蒼巘，魯人不厭東家丘。」按：此「厭」有雙關意。錢鍾書，在論老子「夫唯不厭，是以不厭」時，指出「厭」有「饜飫」、「厭憎」二意〔註83〕；也就是「厭」字，具愛憎於一身，即錢鍾書所謂的雜糅情感、矛盾心理。這和今天的「厭」只具討厭、憎惡意大有區別。

19.卷八二二　蘇軾《和陶歸園田居六首》之一：「東家著孔丘，西家著顏淵。」

〔註82〕仇兆鰲《杜詩詳注》，北京：中華書局，1995：150。

〔註83〕錢鍾書著《管錐編》，北京：中華書局，1991：459。

20.卷八五七　蘇轍《次韻秦觀見寄》:「東家有賢人，西家苦相忽。」
21.卷九三一　孔平仲《又奉朱明叟》:「土俗相慢侮，有如東家丘。」
22.卷九三六　黃裳《寄連君佐》:「淮陰將軍跨下過，魯國至人東家丘。」
23.卷九六〇　李之儀《次韻贈答洪覺範五首》之一:「北海幸君知舉，東家未我爲丘。」
24.卷九八三　黃庭堅《柳閎展如，子瞻甥也；其才德甚美，有意於學；故以「桃李不言下自成蹊」八字，作詩贈之》之六:「聖學魯東家，恭惟同出自。」
25.卷九八六　黃庭堅《次韻子瞻和王子立風雨敗書屋有感》:「南冶從東家，不聞被嘲劇。」按：南冶指南宮适與公冶長；孔子以其子妻公冶長，以其兄之子妻南宮适。涪翁此處用字太省，斧鑿太甚，和涪翁所向往的「生新」相去太遠。魏泰《臨漢隱居詩話》:「黃庭堅喜作詩得名，好用南朝人語，專求古人未使之事，又一二奇字綴葺而成詩。自以爲工，其實所見之僻也。故句雖新奇而氣乏渾厚，吾嘗作詩題其篇後。略云:『端求古人遺，琢抉手不停；方其拾璣羽，往往失鵬鯨。』蓋謂是也。」〔註84〕正可說明此句。
26.卷一〇一〇　黃庭堅《次韻晁元忠西歸十首》之二:「聖莫如東家，長年困行路。」
27.卷一〇六〇　秦觀《和黃冕仲寄題延平冷風閣》:「誰謂發揮無妙手，賦淩楚玉有家丘。」按：黃冕仲，即黃裳，和秦觀、黃庭堅屢有唱和；《全宋詩》收其詩十三卷。《梁溪漫志》卷三，載有黃裳詩句:「不須更草玉樓記，已作仙官第六人。」《全宋詩》失收。（頃見《全宋詩訂補》已補入。〔註85〕）此處「家丘」乃是稱讚冕仲題延平冷風閣詩已經非常妙絕，不可以其詠自家臺閣而忽略也。

〔註84〕何文煥輯《歷代詩話》，北京：中華書局，2004：327。
〔註85〕陳新等《全宋詩訂補》，鄭州：大象出版社，2007：271。

28.卷一一六二　張耒《蒙恩守東魯，不意流落之餘，聖朝升之藩鎮；感而成詩，復用李文舉韻》:「應須問道東家翁，必也斯民使無訟。」按:《論語‧顏淵》:子曰:「聽訟，吾猶人也；必也使無訟乎！」

29.卷一一八五　張耒《次韻淵明飲酒詩》之一九:「皇皇東家丘，隱者笑知津。」按:《論語‧微子》:長沮、桀溺耦而耕，孔子過之，使子路問津焉……（長沮）曰:「是知津矣。」參看本章第三節。

30.卷一一八九　潘大臨《贈張聖言畫柯山圖》:「抱持日月不自獻，蒙茸塵土歸家丘。」

31.卷一二〇三　李廌《答孔榘處度見贈》:「鄙人粗亦知臧否，敢誚東家故日丘。」

32.卷一二五五　李新《冬夜有感》:「深取閭閻薄徒笑，魯人不識東家丘。」

33.卷一二七一　周行己《觀傅公濟胡志衡楚越唱和集，因成短句奉贈》:「遇合各有時，莫笑東家丘。」

34.卷一二八六　饒節《趙元達婦孕不育，後數日其猶子生一女子，二子皆有戚戚之色，戲作此詩開之》:「必欲商瞿有男子，殷勤更問東家丘。」按:《史記》卷六十七:「商瞿年長無子，其母爲取室。孔子使之齊，瞿母請之。孔子曰:『無憂，瞿年四十後當有五丈夫子。』已而果然。」又云:「昔夫子當行，使弟子持雨具，已而果雨。弟子問曰:『夫子何以知之？』夫子曰:『詩不云乎？「月離於畢，俾滂沱矣。」昨暮月不宿畢乎？』」〔註86〕第46條用此事。

35.卷一三六三　葛勝仲《硤石寺聞繫豬，明不能食》:「右軍惋烹鵝，東家嗅供雉。」按:《論語‧鄉黨》:色斯舉矣，翔而後集。曰:「山梁雌雉，時哉時哉！」子路共之，三嗅而作。錢穆言，此章異解極多，向無確說。〔註87〕此詩上云:「夜聞刺豕聲，哀號欲趨死。黎明肉入饌，念之難啓齒。口腹我可賒，性命彼所恃。」則是孟

〔註86〕《史記》,《二十四史》(縮印本)，北京:中華書局，1997（第1冊）:562。
〔註87〕錢穆《論語新解》，北京:生活‧讀書‧新知三聯書店，2002:270。

子所謂「君子之遠庖廚」之意。詳味此句，則葛勝仲以孔子爲「三嗅而作」的主語——此亦詩人解經之一例。

36.卷一三六三　葛勝仲《次吳粹老觀我齋詩》:「不見魯東家，意與我俱絕。」

37.卷一三六八　葛勝仲《從仁叔求楷笏四首》之一:「異種初從弟子栽，東家宰木郁泉臺。」按：程大昌《演繁露》卷十:「秦襲鄭，百里奚與蹇叔諫，秦伯怒曰:『若爾之年者，宰上之木拱矣。』注云：宰，冢也。」《朱子語類》卷一百三十八:「楷木只孔子墓上，當時諸弟子各以其方之木來栽後有此木。今天下皆無此木。」〔註88〕

38.卷一三九二　王安中《春懷賦得「冰雪鶯來晚春寒花較遲」十字》之八:「風流漢北海，人物魯東家。」

39.卷一四一四　程俱《仲嘉分題得詩，分韻得經字，是日仲嘉以事先歸，代作一首》:「我疑東家丘，削跡不自懲。」

40.卷一四三六　汪藻《次韻胡德輝乞予鈔書之副六首》之一:「蠅頭於我已無緣，拈問東家不値錢。」

41.卷一四八二　孫覿《吳益先攜文見過以詩爲謝》:「魯人不貴東家丘，吾髯凜凜青兩眸。」

42.卷一六三八　陳淵《看論語四首》之四:「直從堯舜以中傳，又到東丘續斷弦。」

43.卷一八一六　王之道《麗澤堂》:「焚香讀易欲何求，只恐西鄰未識丘。」

44.卷一八二〇　王之道《和富公權宗丞十首》之五:「行草應曾鬪鬥蛇，世情無識笑東家。」

45.卷一八二一　王之道《再用前韻謝潘壽卿見和二首》之一:「小人南郭綦，君子東家丘。」

〔註88〕黎靖德編《朱子語類》，北京：中華書局，1988:2287。

46.卷一八二一　王之道《和江和仲司理喜雨》:「老蟾宿畢君知否，欲煩更問東家丘。」

47.卷一八二三　潘良貴《和沈秀才》之三:「但得安貧如北阮，何妨受侮似東家。」

48.卷一八二五　釋道顏《偈》:「不敬東家孔夫子，卻向他鄉習禮樂。」

49.卷一八二九　李處權《送翁子秀歸泉》:「渴聞盛德事，仰止東家丘。」

50.卷一八三四　李處權《簡柴端叟》:「河伯未睹北海若，魯人未識東家丘。」

51.卷一九五〇　葛立方《月蝕》:「春秋不著誠非異，毋惑東家號素臣。」按:素臣，指左丘明。杜預《春秋序》:「云仲尼素王，丘明素臣，又非通論也。」〔註89〕

52.卷一九八六　李石《周公禮殿》:「想見東家中夜夢，猶與公孫同袞舄。」按:《論語・述而》:子曰:「甚矣吾衰也！久矣吾不復夢見周公！」《詩・狼跋》:「公孫碩膚，赤舄几几。」毛序云:「美周公也。」〔註90〕

53.卷一九八八　李石《再次韻計教授》:「糟丘盡醉國人狂，誰似東家禮義鄉。」

54.卷一九八八　李石《古柏二首》之一:「濡染東家雖借潤，風煙西爽亦宜秋。」

55.卷一九八九　李石《扇子詩》之二:「鼻端栩栩師南華，腳步落落丘東家。」

56.卷一九九六　晁公遡《送宋秀實罷官歸將有東南之行》:「遑遑魯東丘，結友得聃耳。」

57.卷二〇二五　王十朋《上丁釋奠備數，獻官書十二韻，呈莫子齊教授趙可大察推》:「魯人呼東家，陳蔡不火食。」

〔註89〕《十三經注疏》(下)，杭州:浙江古籍出版社，(影印本)1998:1709。
〔註90〕王先謙撰《詩三家義集疏》，北京:中華書局，2009:545。

58.卷二〇三四　王十朋《巴東之西近江有夫子洞，亦曰聖洞；巫山縣有孔子泉，說者謂旱而祈則應；泉旁之民，雖童子皆能書。夫子胡爲洞於此，且有泉耶？詩以辨之》:「魯人輕東家，秦人燔書詩。茲俗聖夫子，吾何敢夷之。」

59.卷二〇三七　王十朋《二月朔日詣學，講堂前杏花正開，呈教授》:「孔壇昔栽杏，魯人呼東家。」

60.卷二〇六〇　鄭伯熊《黃岩縣樓》:「東家有餘材，鳳衰無復夢。」

61.卷二一二一　鄭裕《一經堂》:「東家尼父，北窗羲皇。」

62.卷二一一三　李流謙《戲貽秋泉子》:「東家欲毋我，漆園強齊物。」

按：《論語・子罕》:「子絕四：毋意，毋必，毋固，毋我。」

63.卷二一三五　姜特立《和唐戶古律三首》之二:「絕憐北鄰阮，不厭東家丘。」

64.卷二三〇二　楊萬里《大兒長孺赴零陵簿，示以雜言》:「汝要作好人，東家也是橫目民。」

65.卷二三〇七　楊萬里《和余處恭，贈方士閻都幹》:「東家自有仁山訣，方士何曾悟一眞。」按:《論語・雍也》:子曰:「仁者樂山。」

66.卷二三七六　項安世《次韻呈楊秘書》:「恭惟魯東家，用大無不有。」

67.卷二三七九　項安世《楊侍郎》:「觀公尙得今人愛，始覺東家道未窮。」

68.卷二四〇九　衛博《次吳國器韻》:「便欲盡攜書策賣，東家還許問鄰不。」

69.卷二四二六　陳造《次韻楊宰》:「世賢劉係宗，芥視東家丘。」

按：劉係宗事見《南齊書》卷五六。

70.卷二四三二　陳造《閒適二首》之二:「槁木山麋眞適適，從來里舍議家丘。」

71.卷二四六三　虞儔《和鞏使君釋奠韻》:「疇昔東家一畝宮，推尊昭代比天崇。」

72.卷二四七四　薛季宣《孔子》:「蕩蕩東家丘，百世人叵識。」

73.卷二四八九　周孚《題彭氏韋經堂》之一:「棐几明窗那可負，喜君能記魯東家。」

74.卷二五二四　廖行之《和家字韻呈同社諸公》:「平生四海魯東家，貌敬誰能禮有加。」

75.卷二五五六　楊冠卿《王乾竹枕甚簡古，客有得之者，爲賦二絕》之二:「夜明已賜虢國姊，曲肱又屬東家丘。」按:《論語．述而》:子曰:「飯蔬食，飲水，曲肱而枕之，樂亦在其中矣。」

76.卷二六〇一　曾豐《王元賓之子經，紆道過我晉康，臨行贈別》:「向來相訪魯東家，今來相訪洛南涯。」

77.卷二六一九　趙蕃《答審知見貽》:「勿謂東家丘，睎顏人亦顏。」

78.卷二六六八　陳藻《送陳智叔舍人赴召》:「蕭何乃知天下信，魯人祇道東家丘。」

79.卷二八〇一　釋居簡《代人與荊襄李制帥》:「多應峨嵋月，只照東家丘。」

80.卷二八〇八　劉宰《贈江西吳定夫》:「君師魯東家，二說當舍旃。」

81.卷二八九四　洪咨夔《次韻臨安趙丞讀紹運圖》:「所嗟患失長樂老，東家淅米西家炊。」

82.卷二九一五　方信孺《題學宮壁》:「淮水原同泗水流，東家便是孔家丘。」

83.卷二九四〇　吳泳《送李雁湖大參赴遂寧》之二:「棲棲魯東家，秉筆修天常。」

84.卷三〇三四　劉克莊《滄浪館夜歸二首》之一:「而今出借東家馬，煙雨孤行小麥村。」按:《論語．衛靈公》:子曰:「吾猶及史之闕文也。有馬者，借人乘之，今亡矣夫!」第 95 條亦用此。

85.卷三〇五五　劉克莊《答上饒江濤》:「不須負笈行千里，回首東家自有師。」

86.卷三〇六二　劉克莊《田舍二首》之一:「暮年飽識西疇事，不問家丘問老農。」

87. 卷三〇八一　劉克莊《六言五首贈李相士景春》之一：「謗東家丘如狗，譽太史儋猶龍。」按：《史記》卷四十七：孔子聞鄭人擬之爲喪家之狗，「欣然笑曰：『形狀末也，而似喪家之狗。然哉，然哉！』」

88. 卷三〇七五　劉克莊《五和》〔註91〕：「東家夫子吾畏友，同時失腳青雲衢。」

89. 卷三一五〇　釋善珍《題三教三隱三仙三賢畫軸》：「瞿曇李耳東家丘，不生虞夏生衰周。」

90. 卷三四九五　方回《次韻謝遯翁吳山長孔昭三首》之二：「欲向君侯問端的，流風應謝魯東家。」

91. 卷三四九六　方回《送胡子遊學正》：「東家子朱子，述作貫百聖。」按：此將朱子比擬於孔子。朱子晚年，道學被稱爲僞學，遭明令禁止。不少人對朱子都主動劃清界限，或敬而遠之。

92. 卷三五〇五　方回《題鄭提學孔明敬齋》：「緊予幼不學，乃有東家鄭。」按：此揉合邴原與孫崧對答之意，參看上引《邴原別傳》節文。

93. 卷三五二九　方一夔《郡人有朱買臣、嚴子陵。按史傳：買臣吳人，嘗出爲會稽太守，名曰鄉郡會稽，蓋今兩浙之地。吾郡特以去州二十里，曰朱池，爲買臣昔居之地——難以考見其實。子陵晚耕於富春山中，則今釣臺是也。二公出處不同，心事亦異；姑以其同爲郡人，各賦一首，使九原有作，不悵來者之不我知也》之一：「魯不識仲尼，妄謂東家氏。」

94. 卷三六四八　陳普《乙巳邵武建寧夜坐書呈諸公》之三：「東家丘蓄緣何息，百里奚牛爲底肥。」按：《孟子・萬章》下：孔子……嘗爲乘田矣，曰：「牛羊茁壯長而已矣。」

〔註91〕指和本卷自作的《觀社行用實之韻》。

95.卷三六八三　仇遠《馬甏三首》之一：「西郊或有閒迎送，卻向東家借蹇驢。」

96.卷三七七二　高翻《謁闕里》：「惟有東家詩禮在，子孫萬古讀書堂。」

97.陸游《劍南詩稿》卷三十六《雜感十首》之九：「自嗟不及東家老，至死無人識姓名。」

98.卷四十六《偶作夜雨詩，明日讀而自笑，別賦一首》：「誰識龜堂新力量，東家卻笑接輿狂。」

99.范成大《范石湖集》卷十二《相州》：「賴有鄉人聊刷恥，魏公元是魯東家。」

100. 蘇洵《嘉祐集箋注》卷十六《答二任》：「魯人賤夫子，嗚丘指東家。」

從數量上看，唐詩中「東家丘」只有五條，宋詩中則有100條（當然，這個數據並不完全），是唐詩的20倍。其中「東家丘」出現25次；「東家」出現38次；「家丘」出現7次；「東家翁」出現2次（第9、28條）。其他變體各一處的，有：「丘東家」（第55條）；「東家氏」（第93條）；「東家老」（第97條）；「東家尼父」（第61條）；「東丘」（第42條）；「東家夫子」（第88條）；「東家孔夫子」（第48條）；「東家故日丘」（第31條）。另外還有一些特殊的用法：「東家著孔丘」（第19條）；「東家未我爲丘」（第23條）；「只恐西鄰未識丘」（第43條）；「嗚丘指東家」（第100條）；「東家便是孔丘家」（第82條）。從詩人運用的頻率看：劉攽、劉克莊，2人各5次；蘇軾、王之道、李石，3人各4次；黃庭堅、宋祁、劉敞、葛勝仲、方回，5人各3次；張耒、祖無擇、王十朋、楊萬里、陸游、李處權、項安世、陳造，8人各2次。

羅素說，統計數字最能說明問題，像大理石雕塑似的，有著不動情感地冰冷的眞實。〔註92〕上面的統計已經可以看出，宋詩對「東家

〔註92〕The Merriam-Webster Dictionary of Quotations, 1992: 260: Mathematics ... possesses not only truth,but supreme beauty-a beauty cold and austere,

丘」的運用具有內涵的豐富性；表達手法上，依據所處的背景（context）而進行靈活的變形，如第 82 條，「東家便是孔家丘」，同時出現「東家」與「孔家丘」，是爲了和上句「淮水原同泗水流」對仗。

劉攽《題卞大夫西湖所居》：「賣書問東家，此計行接踵。」又，《過周修撰池》：「盡拈書籍無多子，來問東家亦漫然。」蘇軾《豆粥》：「我老此身無著處，賣書來問東家住。」汪藻《次韻胡德輝乞予鈔書之副六首》之一：「蠅頭於我已無緣，拈問東家不値錢。」「便欲盡攜書策賣，東家還許問鄰不。」意中都有杜甫「盡撚書籍賣，來問爾東家。」此亦是老杜在宋代詩歌中有廣泛深入的影響之一端。孔子的名字「丘」在上引宋詩中，共出現 41 次，上引五例唐詩中，「丘」則出現了四次！宋詩出現「丘」字數量雖多，但在頻率上，唐詩幾乎是宋詩的兩倍。說明唐宋詩人沒有對孔子名字避諱的意識。（參見本文「唐宋詩不諱丘」小節）

余英時通過對宋代政治文化的詳細考察，得出一個觀點：「士的主體意識的覺醒，是貫通宋代政治文化三大階段的一條主要線索。」〔註 93〕我們也可以說，宋代詩人主體性與中晚唐相比，更加彰顯與自覺，這也是宋代士大夫文化繁榮的一端。它爲宋詩中驅遣「東家丘」提供了持續的能量——其中，有著共同的價值觀：對西家愚夫的輕鄙，對聖人不被近鄰所理解的義憤與憐惜。詩人在吟詠賞歎孔子不幸的同時，不自覺地打上了納西索斯式色調（narcissism trait）。因爲這

---

like that of sculpture.羅素在晚年所著的《西方的智慧》一書中，表達了類似的觀點：數字化的圖表和任何具體的語言相比，都有著遙遙領先的優越。（Diagrammatic exposition ,so far as it can be achieved,has the further advantage of not being tied to any particular tongue.）Bertrand Russell:Wisdom of the West: Foreword.

〔註 93〕余英時著《士與中國文化》，上海：上海人民出版社，2003：519～20：依照余英時的判斷，宋初儒學復興的七八十年爲第一階段，政治的主體意識在范仲淹的「以天下爲己任」的呼聲中得到反映；第二階段以王安石的變法爲中心，是士大夫的政治主體在權力世界正式發揮功能時期；第三階段以朱熹爲代表，著手於內聖工夫，以開拓外王爲目標。

種遭際實在是太普遍了，不光是聖如孔子和耶穌才有的奇蹟。〔註 94〕

小結

從結構上看，本章分爲四節：第一節是本文方法論上的一個說明，唐宋詩中關於孔子的典故，是詩歌中表徵孔子的重要方式，多數屬本文研究對象。第二節闡明孔子周遊列國時的一些典型行爲與事蹟，說明孔子的旅人形象，去魯和不遇原因，及其在唐宋詩歌裏的表徵。第三節「問津」，就歷史而言，自屬孔子周遊列國時的事蹟，不過我們考察的重點是孔子的堅韌的求仕與沮溺潛隱的爭執；特別是唐宋詩人對此所持的觀點、所採取的立場，因何而有巨大差異。第四節我們嘗試採用統計學上讓數字說話的辦法。「東家丘」，這是孔子鄰人對孔子行爲所作出的價值評估。這些都是當時人對孔子行道努力採取的明確的否定——無論是權力策源地的列國朝廷、統治階級上層，屬於知識分子精英的隱逸之士，和憑著直覺來作評判的黎民百姓。可見，孔子生時受到的貶抑，普遍，廣泛。實際上，孔子在歷史上也有得志輝煌的時候，比如他作魯國司寇，攝行相事，就很風光。但通過本章的考察，我們發現唐宋詩歌對孔子的春風得意描寫不多，反應不夠熱烈；詩裏「大司寇」就遠不如「東家丘」多！尤其是和對孔子厄困的連篇累牘的吟詠、歎息相比，微乎其微，微不足道。爲什麼唐宋詩歌鍾情於孔子生時的苦難？根本原因就是唐宋詩人所處的社會狀況，使大多數詩人四處碰壁，失志悵惘。而孔子生時的不幸引發了他們強烈的共鳴，使之不能已於言。另一方面，孔子在厄困面前的不屈不撓，堅韌不拔，給唐宋詩人以精神的慰藉，也提供了師法的崇高榜

〔註 94〕博爾赫斯（1899～1986）在他的回憶錄《我的生活》中說，他在圖書館作管理員時，有一個同事偶而在一本百科全書上看到「博爾赫斯」的詞條，發現該條目標的名字與生辰和身邊的同事，完全一致，只感到令人震驚的巧合；而那時，博爾赫斯在國際上已經很有名氣了，他家鄉的人對此竟一無所知！（王永年、陳眾議等譯《博爾赫斯文集文論自述卷》，海口：海南國際新聞出版中心，1996：131。）這是一個現代西方版本的「東家丘」了。

樣，爲他們向著自己的理想義無反顧地前行鼓起勇氣！在考察中，我們還發現，唐代詩人和宋代詩人對待孔子厄困的態度上也是有區別的。唐人詩歌對孔子行道上表現出的厭倦情緒遠較宋人濃厚。這和唐代儒釋道三教並重和唐代士族還在社會上很有勢力有關。整個說來，宋人對孔子行道，更多的是持一種樂觀的肯定態度。這是宋代士大夫主體意識加強、理學逐漸興盛而導致孔子地位更加尊崇大有關係。但宋詩中的厭倦「問津」，甚至歌頌隱逸，心儀沮溺的調子始終存在，我們認爲其本質原因在於君主專制下的志士仁人不能實現他們改革社會的理想，而且注定要失敗——王安石就是個典型的例子。

第二章　孔子與六經關係在唐宋詩裏的表徵

「六經」最早見於《莊子・天道》：「丘治詩、書、禮、樂、易、春秋，六經，自以爲久矣；孰（熟）知其故矣。」〔註 1〕在莊子看來，六經是本來就有的，孔子只是對它頗有研究罷了；這是一種孔子和六經關係的消極說法；普遍認可的說法是，孔子和六經的關係密不可分。〔註 2〕夏曾佑說，「中國之聖經，謂之六藝」，「皆出孔子所手定也」；「其本原皆出於古之聖王，而孔子刪定之，筆削去取，皆有深義！自

〔註 1〕郭慶藩輯《莊子集釋》，《諸子集成》（影印本），上海：上海書店出版社，1996（第 3 冊）：234。王應麟《困學紀聞》卷八：「『六經』始見於《莊子・天運篇》。以《禮》、《樂》、《詩》、《書》、《易》、《春秋》爲六藝，始見於太史公《滑稽列傳》……《樂經》既亡而有『五經』，自漢武立博士始也。」並在《莊子・天運篇》下加「原注」云：「孔子曰：治詩、書、禮、樂、易、春秋，六經。」（王應麟著《困學紀聞》（全校本），上海：上海古籍出版社，2009：1074～5。）所謂原注，大概是王應麟自己加的，但卻是錯的！——該書注者與校點者都未指出。

〔註 2〕錢穆說，「孔子修詩書，訂禮樂，贊易而作春秋——此所謂六經，其先皆官書也，經孔子之手而流佈於民間。」（錢穆著《國史大綱》，北京：商務印書館，2008：100。）錢穆在《國學概論》中有專章探討孔子與六經，但其中心意思也就是《國史大綱》中的這句話。（錢穆著《國學概論》，北京：商務印書館，2008：1～28。）

古至今，繹之而不盡。」〔註 3〕等於說，如果沒有孔子，那麼就沒有六經！——其實是五經，沈約《宋書》卷十九說「秦焚典籍，樂經用亡」；在這樣一種背景下，我們來看孔子和六經關係在唐宋詩歌中又是如何被表徵的呢？

第一節　孔子與易經

《史記》卷四十七：「孔子晚而喜易，序《彖》、《繫》、《象》、《說卦》、《文言》；讀易，韋編三絕。曰：『假我數年，若是，我於易則彬彬矣。』」孔子晚而喜易，在馬王堆漢墓之帛書《要》中，有更生動的描繪：「夫子老而好易，居則在席，行則在橐」〔註 4〕《漢書》卷三十：「孔氏爲之《彖》、《象》、《繫辭》、《文言》、《序卦》之屬十篇；故曰易道深矣。」王充《論衡・謝短篇》：「孔子作《彖》、《象》、《繫辭》；三聖重業，易乃具足。」可見漢人相信易經中有不少段落是孔子的手筆，並在孔子整理後，易經才成形而完善了。所以，《經學十二講》說：孔子在向弟子商瞿等傳授、整理《周易》時，發現了其中的文王之道，提出了「見仁見知」，「後其祝人」，「觀其德義」的易經闡釋法；這對原是占卜之書的易做出了本質性的改造，將其重心扭轉到對儒家德性之學的闡微，促進了易與儒家思想的會通。〔註 5〕這正是對自漢以來的傳統說法的引申。

〔註 3〕夏曾佑著《中國古代史》，石家莊：河北教育出版社，2003：68～9。西方漢學家也持類似的觀點，明恩浦認爲孔子「述而不作」的夫子自道，也適用於他和六經的關係。（Arthur H. Smith: Chinese Characteristics. Chapte ⅩⅣ Conservatism：he was not an originator,but a transmitter.）《世界文學手冊》承認孔子是六經的搜集和編纂者。（Calvin S. Brown: The Reader's Companion to World Literature（2th edition）, Signet Classics, 2002: 165：collector-editor of six classics of Chinese Literature.）

〔註 4〕轉引自，鄭傑文、傅永軍主編《經學十二講》，北京：中華書局，2007：329～30。

〔註 5〕鄭傑文、傅永軍主編《經學十二講》，北京：中華書局，2007：55：林忠軍《周易》概說。

一、唐詩表徵孔子與易

《易經》雖居六經之首，但從唐詩看，並不是像我們想的那樣所有的人，或所有讀書人，都好易。實際上，是特定群體的讀書人，如處於社會中下層的詩人，或在政治上受到沉重打擊的官員，或處於社會邊緣時，他們和《易經》接觸的頻率才高起來。

《全唐詩》卷九七沈佺期《答魑魅代書寄家人》：「獨坐尋周易，清晨詠老莊。」這是他貶謫嶺南時的詩句。〔註6〕《舊唐書》卷一百九十中，言沈佺期「坐贓配流嶺表」；蓋情緒無所聊賴，乃託老莊易，以遣其客情，冀暫緩愁緒，稍紓憂心耳。後來的劉長卿也有類似的厄運——《唐才子傳》卷二言他被誣奏，「非罪繫姑蘇獄，久之」，所以在《感懷》中說：「愁中卜命看周易，病裏招魂讀楚辭。」〔註7〕但因劉長卿所遭是飛來橫禍，不像沈佺期是罪有應得，所以不免懷抱牢騷，與屈原起了共鳴，又對天命產生懷疑，以致要借易以卜問！《全唐詩》卷三七四孟郊《歎命》：「三十年來命，唯藏一卦中。題詩還問易，問易蒙復蒙。」問易占命，可謂沉痛！宋之問和劉長卿算是政治上受打擊的中層官員。孟郊是個小官，像他這類下層官員，也多好易，屢屢見諸詩句。〔註8〕

《全唐詩》卷六八一韓偓《贈易卜崔江處士》：「白首窮經通秘義，青山養老度危時。……四海盡聞龜策妙，九霄堪歎鶴書遲。」寫這位

〔註6〕《沈佺期集校注》卷二言此詩作於神龍二年（706年）流放驩州時。（陶敏、易淑瓊《沈佺期、宋之問集校注》，北京：中華書局，2006：110。）

〔註7〕見《全唐詩》卷一五一，卷一九七又作張謂詩，題爲《辰陽即事》。《劉長卿集編年校注》將之列入「存疑詩」。（楊世明《劉長卿集編年校注》，北京：人民文學出版社，1999：555。）

〔註8〕如，《全唐詩》卷三〇〇王建《別李贊侍御》：「講易工夫尋已聖，說詩門戶別來情。」卷三一〇于鵠《贈李太守》：「搗茶書院靜，講易藥堂春。」卷五六八李群玉《始忝四座奏狀聞薦蒙恩授官，旋進歌詩延英宣賜言懷紀事，呈同館諸公二十四韻》：「只徵大易言，物否不可終。」卷五七八溫庭筠《贈李將軍》：「曾以能書稱內史，又因明易號將軍。」卷七一六曹松《山中寒夜呈許棠》：「山寒草堂暖，寂夜有良朋。讀易分高燭，煎茶取折冰。」

方外之士精於易占。這不是個別的例子。以易爲占卜之用，在唐詩中最爲大端；而善易者多爲僧道隱逸，方外之士。卷一二五王維《故人張諲工詩善易卜兼能丹青草隸，頃以詩見贈聊獲酬之》:「蜀中夫子時開卦，洛下書生解詠詩。」卷一三三李頎《同張員外諲酬答之作》:「王湛床頭見周易，長康傳裏好丹青。」《唐才子傳》卷二亦言張諲，「初隱少室山下，閉門修肄，志甚勤苦。」可知張諲在隱居時，善易，能用易占卜。《全唐詩》卷一四六陶翰《晚出伊闕寄河南裴中丞》:「秉志師禽尙，微言祖莊易。」卷一九九岑參《送郭乂雜言》:「早年已工詩，近日兼注易。」又勸郭乂「功名須及早，歲月莫虛擲。」則郭亦不慕榮利，近於隱逸者流，好易而尙微言。卷二六八李嘉祐《與從弟正字、從兄兵曹宴集林園》:「輔嗣外生（甥）還解易，惠連群從總能詩。」李嘉祐言其子侄解易能詩，其中當有李端。據《唐才子傳》卷四：李端，「嘉祐之侄也。少時居廬山，依皎然讀書，意況清虛。」《全唐詩》卷二八五李端《送元晟歸江東舊居》:「講易居山寺，論詩到郡齋。」卷二八六《長安感事呈盧綸》:「寓書先論懶，讀易反求蒙。」卷三一〇于鵠《贈王道者》:「學琴寒月短，寫易小窗明。」詩前小傳言，于鵠「隱居漢陽」——實亦隱逸之流。卷三七九孟郊《贈別殷山人說易後歸幽墅》:「夫子說天地，若與靈龜言。」卷三八五張籍《贈梅處士》:「講易自傳新注義，題詩不著舊官名。」則是棄官歸隱者。卷五四三喻凫《贈張濆處士》:「露白覆棋宵，林清讀易朝。」卷六一四皮日休《奉和魯望病中秋懷次韻》:「靜裏改詩空憑几，寒中注易不開簾。」卷七〇二張蠙《贈丘衙推》:「詩逸不拘凡對屬，易窮皆達聖玄微。」《老學庵筆記》卷二言「北方人市醫皆稱衙推。」〔註 9〕細味

〔註 9〕陸游撰《老學庵筆記》，北京：中華書局，1997：25。顧炎武《日知錄》卷二十四:「『《舊唐書·鄭注傳》: 以藥術依李愬，署爲節度衙推。』《北夢瑣言》:『莊宗好俳優，宮中暇日，自負著囊藥篋，令繼岌破帽相隨。以后父劉叟以醫卜爲業，后方晝寢，繼岌造其臥內，自稱——劉衙推訪女。』」（黃汝成撰《日知錄集釋》，長沙：嶽麓書社，1996：859。）

張詩，丘衙推蓋與明代山人陳眉公之流類似，飛來飛去官宦家，打打秋風，幫幫閒，表面上仍自稱隱士；而窮易正其謀生資本之一。

上引詩句，大致都可確定是方外之士，多有不慕榮利，恬於仕宦的隱逸傾向。盧仝自己就是個丘衙推之類的山人，對易也有一定的研究，在《觀放魚歌》中說「禮重一草木，易卦稱中孚」(《全唐詩》卷三八七)；和僧道向有來往。又，卷三八九《寄贈含曦上人》:「論語老莊易，搜索通鬼神。」四九六姚合《送任尊師歸蜀覲親》:「眾說君平死，眞師易義全。」卷五四三喻鳧《龍翔寺言懷》:「眠雲喜道存，讀易過朝昏。」卷四七五李德裕《贈圓明上人》:「遠公說易長松下，龍樹雙經海藏中。」卷六四六李咸用《依韻修睦上人山居十首》之九：「太玄太易小窗明，古義尋來醉復醒。」卷七一二有李洞《宿鳳翔天柱寺窮易玄上人房》詩——此僧稱作「窮易玄」，名實相符否無從考辨，但晚唐僧人好易似較前尤盛。卷八三一貫休《懷高眞動二首》之一:「論詩唯許我，窮易到無文。」卷八三八齊己《酬元員外見寄》:「易中通性命，貧裏過流年。」卷八四二《題明公房》:「近年精易道，疑者曉紛紛。」

占卜吉凶，預知未來，是唐人好易的主要動機；另外，唐人好易，還有一個目的，就是從中研討出求取長生的法子——這可說是趨吉避凶的極致。《全唐詩》卷一四〇王昌齡《宿灞上寄侍御璵弟》:「哲弟感我情，問易窮否泰。」卷一四一《趙十四兄見訪》:「晚來常讀易，頃者欲還嵩。世事何須問，黃精且養蒙。」《就道士問周易參同契》:「稽首求丹經，乃出懷中方。」卷一四三《武陵龍興觀黃道士房問易因題》:「齋心問易太陽宮，八卦眞形一氣中。」卷六五一方干《贈夏侯評事》:「棋功過郤楊玄寶，易義精於梅子眞。」卷八五九呂岩《漁父詞一十八首》之《知路》:「那個仙經述此方，參同大易顯陰陽。」卷九〇〇《西江月》:「參同大易事分明，不曉醉眠難醒。」可見，易和煉金術、道教求長生術聯繫密切。

由上面對唐詩相關內容的簡練考察，可知，在唐代好易者多是處在社會下層，或隱居山林，處於社會邊緣，或沉溺下僚，處於政治邊緣。從動機上看，好易者多是希圖長生，妄圖從中破解出長生密碼，妄想預卜未來，逢凶化吉，功利氣息濃厚，注重易的實用性，道教傾向明顯，夾在老莊之間；看不出他們好易和孔子有什麼關係。

難道孔子與易的關係，在唐詩裏被被遮蔽掉了？未必。只是在相互比照之下，孔子和易不免落寞；實際上，孔子和易的關係，在太宗詩裏已有表現。唐太宗《帝京篇十首》之二描寫帝王的讀書生活：「韋編斷仍續，縹帙舒還卷；對此乃淹留，攲案觀墳典。」（《全唐詩》卷一）用了孔子讀易韋編三絕的典故。太宗字面的意思是說：讀易像孔子一樣刻苦，韋編斷了，接續好，繼續讀！對應此詩小序中說「觀文教於六經」云云，太宗還有深層的意思：以這種身體力行，刻苦讀經作榜樣，目的在倡導六經爲教材的儒家思想，意識形態傾向非常明顯。這正和貞觀二年（628 年）升孔子爲先聖，不再配享於周公，（《舊唐書》卷二）貞觀七年（633 年）「頒新定五經」的政治舉措交相呼應。〔註 10〕（《舊唐書》卷三）所以，我們說太宗用「韋編」這個典故，正把師法孔子和推崇六（五）經挽合在一起。唐太宗挾帝王之尊，有著開風氣、導引風會的潛能，雖然文學領域，具體說就是詩歌園地裏——別有天地，相對獨立，帝王的威信不能說無效，但有限。在政治官場上，太宗的一舉一動，可以說是裹挾風雷，一言而爲天下法，一怒而令天下懼；兩下相比，行政命令無法貫徹到詩歌創作纖細的肌理裏去！所以雖有君倡於前，臣和於後。究竟不是如政治大合唱那麼壯觀，立竿見影。太宗在詩歌領域的影響相形見絀。我們只舉「韋編」

〔註 10〕包弼德在《斯文：唐宋思想的轉型》中說：「太宗皇帝在 624 年宣稱：『朕今欲敦本息末，崇尚儒宗，開後生之耳目，行先王之典訓，而三教雖異，善歸一揆。』但是，初唐的朝廷在吸收儒學家進入政府方面不像這個聲明所顯示的那樣積極。」（包弼德著《斯文：唐宋思想的轉型》，南京：江蘇人民出版社，2001：18。）可惜這個詔書是在武德七年（624 年）發布的，太宗尚未掌權（《冊府元龜》卷五十），不免張冠李戴。

爲例，《全唐詩》卷三二〇權德輿《郊居歲暮書所懷》：「就學輯韋編，銘心對欹器。」似乎在響應先皇，但已遲鈍地像魯迅《藥》中「二十多歲的」、「也恍然大悟的」那個說「發了瘋了！」的人！〔註 11〕卷四六六周弘亮《除夜書情》：「還傷知候客，花景對韋編。」卷五三六許渾《元處士自洛歸宛陵山居，見示詹事相公餞行之什因贈》：「紫霄峰下絕韋編，舊隱相如結襪前。」如果一定要說是對唐太宗「韋編」在詩歌上的響應的話，實在是像孔乙己下酒的茴香豆似的「多乎哉？不多也」！宣揚宮廷雍容的「臺閣體」詩歌，牽扯到易經的也很少。〔註 12〕這樣看來，朝廷大臣好像都懶得拿易經來裝點門面，即是圖個好看都不配。

只是通過比較，或者可以說孔子和易的關係，在唐詩裏，尚未得到多數大紅大紫、頤指氣使的達官貴人們留意。唐代又承六朝「三玄」之後，易經幾乎被老莊同化。而《周易正義》正是採取把易完全玄學化的王弼之注。錢基博說，「易本卜筮之書，……（王弼）闡明義理，

〔註 11〕魯迅《吶喊》，《魯迅全集》（第一卷），北京：人民文學出版社，1989：446。

〔註 12〕我們只在張說和權德輿的詩裏看到兩條：《全唐詩》卷八一張說《恩制賜食於麗正殿書院宴賦得林字》：「誦詩聞國政，講易見天心。」卷三二〇權德輿《奉和聖製中春麟德殿會百僚觀新樂》：「正聲邁咸濩，易象含義文。」（《全唐詩》卷三二九權德輿《和九日從楊氏姊遊宴》：「易象家人吉，閨門女士賢。」權德輿在唐詩人裏，算是好用易中詞語的了。另外，皮陸也好撏扯易經。如卷六〇九皮日休《魯望讀襄陽耆舊傳，見贈五百言，過褒庸材，靡有稱是；然襄陽囊事歷歷在目。夫耆舊傳所未載者，漢陽王則，宗社元勳；孟浩然則文章大匠，予次而贊之；因而寄答——亦詩人無言不酬之義》：「思變如易爻，才通似玄首。」這是藉以寫孟浩然才思的。卷六一二《新秋言懷寄魯望三十韻》：「興欲添玄測，狂將換易爻。」這是言二人酬酢之狂放不拘禮法的。卷六一七陸龜蒙《襲美先輩以龜蒙所獻五百言既蒙見和，復示榮唱至於千字，提獎之重，蔑有稱實；再抒鄙懷，用伸酬謝》說孔子，「首贊五十易。」卷六一九《孤雁》：「騷人誇蕙芷，易象取陸莧。」可見皮陸對易的重視在取象方面，而非占卜，也就是著眼於易的文學性，取爲我用，皆爲我作詩之材料——是否點鐵成金，則是成效問題了。）

使易不雜於術數，弼實不爲無功；而祖尚虛無，使易竟入於老莊者，弼亦不能無過。」孔穎達的《周易正義》「專寵王注，而眾說皆廢。」〔註13〕這可說是易在唐代反而和道教聯繫緊密，與孔子的關係在話語上出現沉默，表徵上留下空白的一個主要原因。

對孔子和易的關係表現更多的，也是在社會下層詩人那裡。《全唐詩》卷二六八耿湋《題李孝廉書房》:「野情專易外，一室向青山。業就三編絕，心通萬事閒。」耿湋所說的李孝廉，〔註14〕對易頗有會心，好之不倦，和希望通過易趨吉避凶、預卜未來的那種泛濫的迷信與癡心的貪婪頗相涇渭。《全唐詩》卷二七四戴叔倫《問嚴居士易》:

自公來問易，不復待加年。更有垂簾會，遙知續草玄。

蔣寅在此詩注中引孔子的話:「加我數年，五十以學易可以無大過矣」(《論語・述而》)；說:「不復待加年」句，「反其意用之。言不待加年亦學易，蓋詩人恰年五十，故言。」〔註15〕蔣氏對此句的闡釋用心細密；但和詩意並不貼合。蓋詩人年將五十而猶差若干，就已讀易，始會嚴居士來問——此人蓋深於易者，故詩人以疑難問之，作此狡獪。孔子聖人，尚猶欲五十以學易，常人年未知命而已染指大易，相形不免有點沾沾自喜；亦人之常情。此類感觸，唐詩中還不是很多。《全唐詩》卷八三八齊己《自勉》:「知非未落後，讀易尚加前。」意思和戴叔倫差不多：稱還不到孔子學易的年齡，卻已對易有所鑽研了；而且知非早於蘧伯玉！言外頗見此僧自負桀驁之氣，似暗中和學易的孔子較勁兒。卷八五三吳筠《元日言懷因以自勵詒諸同志》有云：「馳光無時憩，加我五十年。知非慕伯玉，讀易宗文宣。」不但用了

〔註13〕錢基博著《經學通志》，桂林：廣西師範大學出版社，2009：17；19。

〔註14〕《文獻通考》卷三十四，馬端臨云:「蓋自（唐）以文藝取人，士之精華果銳者皆盡瘁於記問詞章聲病帖括之中。其不能以進士明經自進者，皆椎樸無文之人。」(《選舉考》七）其實，沒有參加進士明經考試的未必就不肖；孝廉就是在科舉之外，不慕榮利、孝於父母、廉於鄉里，品行有突出表現的人，並因此得到官方表彰與薦舉。

〔註15〕蔣寅《戴叔倫詩集校注》，上海:上海古籍出版社，2010：94～5。

孔子在《論語・述而》中的意思，而且要和他的「同志」們「易宗文宣（王）」，這樣信誓旦旦，作爲與孔子之道不同的道士也算不容易了。卷七三九皮、陸《北禪院避暑聯句》：「吾宗昔高尚，志在羲皇易。豈獨斷韋編，幾將刓鐵擿。」（——陸龜蒙）則是發揚韋編三絕的鑽研精神，由孔子之易上溯伏羲易，其志不小！

可見，孔子和易的關係，在唐詩裏雖是小溜，卻也多以點式表徵的手法，被照顧到了；詩人在表現易與孔子關係時，往往在詩外顯示出作者有意無意地要師法孔子，透影出非功利的淡泊，把知識本身作爲目的的超越，對現實的濁惡的鄙夷與潔身遠引。不過，這和以易占卜吉凶求取長生的功利目的相比，在唐詩裏仍顯得單薄，微弱。要等到宋詩繁榮的時候，這些聲音才受到空前洪亮的回應，如出山的小溪，漸漸匯爲江河。

二、宋詩表徵孔子與易

梅堯臣是宋代第一個具有宋詩風格，也有重要影響的詩人。〔註16〕所以，梅堯臣詩裏讀易的句子，看起來好像是對唐代同類詩句的一種應答或反駁；恐怕也就在於他有意識地要跳出西崑體，甚至唐詩的籠絡，力求表現自己的獨特性。《全宋詩》卷二五一《觀王介夫蒙亭記因記題蒙亭》：「吾年將五十，尚未暇讀易。」儼然是和唐代的戴叔倫、齊己唱反調！卷二四七《新沼竹軒》：「夜深猶讀易，誰更憶清江。」卷二五五《閒居》：「讀易忘饑倦，東窗盡日開。」則可能是梅

〔註16〕錢基博説，「至梅堯臣而宋詩之體始峻，筆始遒」。（錢基博著《中國文學史》，上海：東方出版中心，2008：418。）錢鍾書説，梅堯臣反對盛行的西崑體，「在當時有極高的聲望，起極大的影響」。（錢鍾書《宋詩選注》，北京：人民文學出版社，1988：17。）朱東潤説，在宋初的詩文革新運動中，「堯臣無疑地佔有領導的地位，北宋詩人如歐陽修、和稍後的王安石、劉敞以及更後的蘇軾，都受到他的薰陶，對他加以高度的崇敬，歐陽修更是始終稱堯臣爲『詩老』，表示內心的欽慕。」（《序》，朱東潤《梅堯臣詩選》，北京：人民文學出版社，1997：1。）

堯臣五十以後的詩。梅堯臣這樣機械地師法孔子，一定要到五十才讀易！這樣理解梅堯臣的話，不免孟子「固哉高叟」之譏，或蘇東坡所謂「賦詩必此詩，定知非詩人」，(《書鄢陵王主簿所畫折枝二首》之一）有點死在言下！然而，無獨有偶。蘇洵（1009～66）在《上韓丞相書》中說：「自去歲以來，始復讀易，作易傳百餘篇。」(《嘉祐集箋注》卷十三)《箋注》稱此書作於嘉祐六年（1061 年）；〔註 17〕則「始復讀易」在五十一歲；既曰「始復」，則此前也曾讀易，但不如去年以來讀易之豁然貫通，心得甚多耳。故蘇洵《送蜀僧去塵》又云：「十年讀易費膏火，盡日吟詩愁肺肝。」蘇轍《亡兄子瞻端明墓誌銘》云：「先君晚歲讀易，玩其爻象，得其剛柔、遠近、喜怒、順逆之情，以觀其詞，皆迎刃而解。」(《欒城後集》卷二十二）〔註 18〕可見，老蘇讀易，離孔子所說的五十歲當相去不遠。而他對易之頗有心得，明顯地在五十以後。以此例彼，梅堯臣所謂五十讀易的「讀」字，恐怕也不光是一般的口耳之學，而是義理融會貫通的用心、用功。

遵奉孔子誥示，師法聖人在老年學易的，不光梅堯臣、蘇洵，在宋代大有人在，在詩中屢見不鮮；我們只引幾條和孔子直接相關的。《全宋詩》卷一三二〇唐庚《游使君諸子歌》:「大游落落如長松，說易妙合韋編翁。」卷一九八五李石《直方大》:「坐待韋編翁，爲我解禪縛。」因孔子讀易，年齡大，又韋編三絕，所以乾脆戲稱爲「韋編翁」。卷五三一蘇頌《新歲五十始覺衰悴因書長句奉呈仲巽少卿》:「白傳開經五秩滿，仲尼學易數年加。」卷九〇二彭汝礪《深父學士示易詩四首某輒和韻》之一：「學易非吾敢，疲駑亦勉旃。冥心二篇策，皓首一韋編。」卷一三九八張擴《次韻汝陰姜丞見示》:「場屋聲名二十年，老猶學易誦韋編。」卷二六三五趙蕃《對梅有作六首》之二：

〔註 17〕曾棗莊、金成禮《嘉祐集箋注》，上海：上海古籍出版社，2009：354。

〔註 18〕陳宏天、高秀芳點校《蘇轍集》，北京：中華書局，2004：1127。老蘇明易，是當時人的共識。如《全宋詩》卷三九四王拱辰《老蘇先生挽詞》:「玩易窮三聖，論書正九疇。」卷五三二蘇頌《蘇明允宗丈挽辭二首》之二：「未終三聖傳，遺恨掩重泉。」

「四十飛騰暮景斜，更云學易數年加。」卷三〇三二陽枋《癸亥守歲聽兒桃源黃溪村居》之二：「學易假年天若許，橫書長作傍梅人。」卷三一五七詹初《感歎》：「學易一編終法孔，反身三省死如曾。」卷二八三四周文璞《感興七言三首》之一：「夫子縱心方學易，我曹何意便談玄。」孔子自言七十從心所欲不逾矩，周文璞說孔子這時「方學易」，宋詩中似乎僅此一例。

這一步趨先聖、晚年學易的傾向在唐詩裏已經表現出來，只是在宋詩裏特別地予以發揚光大罷了。而宋詩中學易的另一傾向：少年學易，則是前所未有的。《全宋詩》卷七六九郭祥正《憶小子鼎》：「元朝別家去，音信隔三春。讀易應終卷，端居莫患貧。」此「三春」猶《紅樓夢》第十三回「三春去後諸芳盡」之「三春」，字面義是孟春、仲春、季春，即整個春天。離家有足足三個月了，想小兒子該是把《易經》給讀完了吧？《易經》，共二萬四千五十二字，〔註 19〕每日讀不到二百七十字，則三春即可盡之；是以卷四一二陳襄《寄弟衮》云：「淹乎兩月餘，讀易未一周。」意謂，易本當讀完，而今竟未讀完！卷一一三二晁補之《家池雨中二首》之二：「教兒讀易不應舉，幽人一爻吾得尙。」卷一四二一李光《贈李頤老》：「弘毅年少時，學易一念酷。」卷二六六二葉適《寄題鍾秀才詠歸堂》：「課兒讀易夜參五，香爐銷沉燈莽鹵。」陸游《劍南詩稿》卷二十八《寄子虡》：「汝少知讀易，外物莫能搖。」卷五十四《子聿〔註 20〕至湖上待其歸》：「豈無

〔註 19〕章學誠《乙卯札記》（與吳翌鳳《遜志堂雜鈔》合訂），北京：中華書局，2006：184。《曝書雜記》卷上引鄭耕老《勸學》所述《九經》字數，云《周易》二萬四千二百七字。（錢泰吉《曝書雜記》（《新世紀萬有文庫》本），《竹汀先生日記鈔》等合訂.瀋陽：遼寧教育出版社，1998：2。）

〔註 20〕放翁一再在詩中稱道的愛子，做官後，行同酷吏。據俞文豹《吹劍錄外集》：「溧陽宰陸子遹，放翁子也……以福賢鄉圍田六千餘畝獻時相史衛王（史彌遠），王以十千一畝酬之。子遹追田主索田契，約以一千一畝，民眾相率投詞相府。訴既不行，子遹會合巡尉，持兵追捕，焚其室廬，眾遂群起抵拒，殺傷數十人。始則一豪婦爲之倡，

深谷結茅屋，父子讀易消年光。」卷五十《子聿以剛日讀易，柔日讀春秋，常至夜分，每聽之，輒欣然忘百憂，作長句示之》:「正可床頭著周易，安能車上說春秋。」但少年讀易，效果似乎並不理想。《全宋詩》卷二三八二項安世《弘齋詩》:「李侯毅甚將無朋，少年讀易老愈明。」像這種「少年讀易老愈明」的，就算有朋，恐怕也屈指可數。卷三〇八七盛世忠《懶讀書》:「少年讀易都忘卻，身似羲皇未畫時。」〔註21〕這樣把少年讀易的作用一筆抹煞，也未免矯激。多數人當是，少年讀易，雖所得不多，但隨著歲月加添，閱歷漸多，對於易理始漸有覺悟。卷一七九六張九成《論語絕句》之三十三：「讀易工夫恨不深，晚年方見聖人心。如何五十云無過，蓋欲從初學到今。」卷三四九六方回《春半久雨走筆五首》之二：「早從師讀易乾元，晚乃微探性命源。」卷一六六七郭印《讀易一首簡劉韶美》:「學易不識日月魂，盲人展轉誤銅盆。分陰分陽發天秘，羲文孔子同一門。頭童習之老鬅鬙，熙熙未夢春臺登。」這種唐代所沒有的少年學易，五十讀易在宋代的激增，學易詩句的動輒形諸筆端，都表明《易經》在宋代的重要性較唐代增進許多，宋人比唐人對《易經》普遍地更感興趣。

在唐詩中，焚香與對神佛和佛經道藏致敬緊密聯繫在一起，而且在數量上占絕對優勢；並成爲一部份人的日常生活內容。唐人焚香，可謂林林總總，但沒有一例是爲讀易而焚香的。宋代焚香與唐代大不

勢既不敵遂各就擒，悉置囹圄，灌以尿糞，逼寫獻契而一金不酬！」錢鍾書《談藝錄》說：放翁「好譽兒」,「兒實庸才」！（錢鍾書著《談藝錄》，北京：中華書局，1993：132。）在1946年的一篇英文書評裏，錢鍾書說放翁的這個兒子雖爲官貪酷，臭名昭著，但對乃翁卻頗能克盡孝道〔His sons,one of them rather notorious as an extortionate magistrate,looked after him quite filially.（錢鍾書著《錢鍾書英文文集》，北京：外語教學與研究出版社，2006：335。）〕

〔註21〕《全宋詩》卷三〇八七，收盛世忠詩十五首（見《全宋詩》第59冊，36827～9頁），但卷三三三八，又一字不改地把盛世忠的十五首詩排列出來（見《全宋詩》第63冊，39855～7頁）！這大概是《全宋詩》所犯的最嚴重的錯誤之一；所以，我們引詩時，就讓這個錯得僥倖的作者只露一面！

相同的，就是「焚香讀易」。這在宋詩裏表現得非常醒目。歐陽修《居士集》卷十四《讀易》：「飲酒橫琴銷永日，焚香讀易過殘春。」〔註22〕陸游《劍南詩稿》卷七《齋居書事》：「道室焚香勤守白，虛窗點易靜研朱。」卷十六《閒居書事》：「玩易焚香消永日，聽琴煮茗送殘春。」卷五十《自述》：「露蓍朝筮易，掃地晝焚香。」卷五十七《書懷示子遹》：「問看（？）飲酒詠離騷，何似焚香對周易。」卷七十七《閒詠》：「小几研朱晨點易，重簾掃地晝焚香。」《全宋詩》卷一八五七朱松《燈夕在試院用去年韻》：「報答風光吾老矣，小窗讀易靜焚香。」卷二〇六六王灼《王氏碧雞園六詠》之《清室》：「焚香讀周易，意得氣自伸。」卷二三七三項安世《用韻送倪教授千里》：「故人若問孫文寶，閉戶焚香讀坎離。」卷二五六三王炎《即事六絕》之一：「焚香清坐對韋編，妙處懸知不可傳。」卷二五八五蔡戡《書懷》：「焚香讀周易，頓覺此身輕。」卷三四一八高翥《竹樓》：「濤音日日煙中落，依約焚香讀易聲。」卷二九三〇魏了翁《張大著以韓持國綠樽紅妓事再和見戲復次韻》之二：「焚香讀易謝來況，飲綠圍紅回長年。」卷三〇五二駱羅憲《與廖檢法同行口占分水嶺詩》之八：「靜坐焚香讀周易，丁寧莫放俗人來。」卷三一〇六吳惟信《寄蔣重珍秘書》：「焚香誦易與天遊，君命相催不肯休。」卷三一三五毛珝《小至》：「焚香待天曉，點易自研朱。」卷三二五三王諶《簡吳若清》：「滴露研朱重點易，焚香炷火細翻經。」卷三二八三施樞《至日謁廟吳山見日初出》：「個裏官閒無一事，諦觀易道靜焚香。」卷三三二七釋文珦《秘書山中草堂》：「賦詩閒點筆，勘易靜焚香。」卷三四二三劉黻《丙辰吟》：「丙辰自丙辰，焚香且讀易。」卷三四三八舒岳祥《夏日山居好十首》之二：「焚香誦周易，痛飲讀離騷。」卷三五〇〇方回《次韻呂肖卿講學三首》之一：「萬慮今亡矣，焚香易一編。」卷三五一四牟巘《王梅泉生日惠詩次韻答之》：「誰似讀騷仍飲酒，有時贊易自焚香。」卷

〔註22〕洪本健《歐陽修詩文集校箋》，上海：上海古籍出版社，2010：460～1。

三五二八何夢桂《和何逢原南山八詠》之《觀頤堂》:「粗飯濁醪隨分足,焚香讀易日偏長。」卷三六三八黃庚《即事》:「花露研朱朝點易,藥爐分火晝焚香。」卷三六八三仇遠《冬夜和陳道士韻》之一:「焚香讀易樂閒居,參訂先天太極圖。」卷三七〇六黎廷瑞《次韻吳雅翁秋懷四首》之四:「焚香對秋山,自取周易讀。」

我們注意到,這些焚香讀易的詩句的作者,多是集中在南宋,在北宋的只有歐陽修一人。〔註 23〕這些現象表明,在理學興盛的背景下,由於對易經所蘊含的豐富哲理的開發,易經的重要性突出,其地位在宋代比唐代有了空前的提升;南宋時易經地位比北宋時又有所攀升;而南宋正是理學走向全面繁榮的時候。

宋詩裏老是不厭其煩地強調,他們是在效法孔子,所讀之易是孔子之易;非常重視易的學術體系,是從孔子那裡傳承來的。《全宋詩》卷一五六二李綱《寓鬱林著易傳有感》之二:「羲文作易仲尼傳,究極陰陽本自然。……絕編何啻須三過,知命從今加數年。」卷一九一六劉子翬《劉道祖江程萬丘順甫講易孟子拾其意爲二十韻》:「偉哉此陳編,孔孟心所寄。」以《易》爲孔子心力所寄託。猶如牟宗三謂,「易經玄思代表儒家之理智的俊逸」〔註 24〕;熊十力所謂,「易自經孔子製作,遂爲五經之原;易言之,五經根本大義,皆在於易。」〔註 25〕認爲易是孔子心力所寄,易是六經之原。這是宋代理學家才有的見識,唐人就不這麼認爲,至少沒有這麼明確堅定。《全宋詩》卷二〇〇三晁公遡《去八月同張文饒考試始遂,言集執經問道,至今不敢忘,因成二詩》之二:「通變莫如易,韋編存至今。如傳仲尼手,盡

〔註 23〕六經要焚香來讀的,在唐宋詩歌中,除了易經,恐怕只有《春秋》,而且只有兩處:《劍南詩稿》卷三十七《新秋以窗裏人將老門前樹欲秋爲韻作小詩十首》之十:「無食妨何事,吾兒可散愁。焚香正巾褐,聽汝讀春秋。」《全宋詩》卷二四六七薛季宣《讀書三首寄景望》之《春秋》:「焚香掩卷坐,歌詠忽臣鄰。」

〔註 24〕牟宗三《周易哲學講演錄》,上海:華東師範大學出版社,2007:7。

〔註 25〕熊十力《讀經示要》,北京:中國人民大學出版社,2009:228。

見伏羲心。」主張由孔子之易，進而才能上溯伏羲易。卷二三四〇史堯弼《謁周侍郎》：「羲文孔聖演三畫，後來百代誰傳衣。」卷二五二八陳傅良《送謝希孟歸黃岩四首》之一：「姬孔豈不聖，用以演周易。」此言周孔之聖，由演周易可證知。卷二六〇一曾丰《題安子承讀易堂》：「卦辭爻辭易之注，孔子讀之悟其故。彖辭象辭易之疏，孔子作之志其悟。懸知孔子大悟時，太虛中不掛一絲。與易爲一自不知，奚以卦辭爻辭爲。」這裡說易之卦辭爻辭是原有的，孔子由此開悟，乃作彖辭象辭。卷二七六〇韓淲《感風發汗臥病數日推枕翛然敘事爲十詩》之十：「孔繫誠難識，揚玄恐易知。」孔子繫辭玄奧，義理難以索解。卷三二六一趙汝騰《美李頤老易》：「孔絕韋編，十翼備矣。」認爲十翼是孔子鑽研易經的結果，頗費心血！卷三一五三詹初《感歎》：「學易一編終法孔，反身三省死如曾。」朱子說：「孔子之易，非文王之易，文王之易，非伏羲之易。」錢穆解釋：「朱子論易，先分爲伏羲、文王、孔子三層次。伏羲僅畫卦，即象數之易也。文王周公始爲之辭，易爲卜筮書，此即卜筮之易也。孔子十翼，始發明其義理，此則爲說理之易。」〔註26〕朱子的說法，可以總括上面這些宋詩。

宋人把傳易的三家——伏羲、文王、孔子，合稱「三聖」，著眼點仍在孔子。《全宋詩》卷二三八六朱熹《齋居感興二十首》之十六：「誰哉繼三聖，爲我焚其書。」《晦庵集》卷八十一《書伊川先生易傳板本後》：「易之爲書，更歷三聖，而製作不同。若庖羲氏之象，文王之辭，皆依卜筮以爲教，而其法則異。至於孔子之贊，則又一以義理爲教而不專於卜筮也。」強調易的學術譜系，申明孔子之易是集大成者，此乃朱子的一貫立場。這在「三聖」中得到很好的體現。宋人也普遍地持此觀點。《全宋詩》卷七〇二王令《上聱隅先生》：「獨抱

〔註26〕錢穆著《朱子新學案》，成都：巴蜀書社，1987：1258.朱子云：「今人讀易，當分爲三等。伏羲自是伏羲之易，文王自是文王之易，孔子自是孔子之易。……及孔子繫易，作彖、象、文言，……又非文王之易矣。到得孔子盡是說道理。」（ibid：1242.）

遺經老，來為後進陳。手提三聖出，口壓九師壇。」卷一七〇一洪皓《羑里廟》:「重易待更三聖備，諸侯那得七年從。」言文王對周易雖有所發明，但還得孔子予以闡發，易才稱得上完備。卷一六一五呂本中《讀司馬公集解太玄》:「古歷漢則亡，易實更三聖。」卷二三一六楊萬里《題曾世夫頤齋》:「藥房動波底，韋編著床頭。夢吞六畫香，身從三聖遊。」卷二三六一釋寶曇《用前韻寄吳知府》:「洗心羲易窺三聖，盥手楞嚴辯八還。」卷二三八一項安世《次韻答荊南王君行見寄七首》之五：「美人讀易見三聖，恍惚不墮老與關。」讀易不墮老子與關尹子，即與唐人好尚的以王弼為代表的三玄之易區別開來。卷二四二二陳造《題徐居士遁庵》:「床頭三聖書，會意謝分掛。」卷二六〇七曾丰《崇安葉簿之先大夫，易學得於天而未傳於人，余竊於執事聞焉；幸矣。敢以相期之意，並賦長句呈似》:「東周以上更三聖，南渡而來第一傳。」卷二六九四孫應時《讀程子易傳》:「事業潛三聖，文章似六經。」卷二七〇三劉過《送劉從周教授》:「工夫到易通三聖，潔白持身第一流。」卷二七八二劉學箕《上王通守傳易數》:「大哉皇羲古神聖，八卦始畫天地闢。……發明洊更三聖手，動靜機緘皎如日。」就是說，伏羲只是畫八卦，文王重卦，孔子發其義理，易才皎如日月；和朱熹的說法完全一致。卷二八二六度正《奉送溫甫主簿赴昌元新任》:「隱者能通三聖易，賢良更纘六經圖。」卷二八五六陳宓《和林堂長韻》之二：「千年正統源流遠，三聖遺書簡牘殘。」卷二八九七洪咨夔《端平二年端午帖子詞》之《皇帝合》之三：「妙參三聖易，細測兩儀心。」卷二九八四程公許《亨泉詞》:「韋絕編兮堂上，晤三聖兮惝怳。」卷三五二六何夢桂《上夾谷書隱先生六首》之五：「獨抱三聖易，終焉老吾廬。」又，卷三五二七《次山房韻》之一：「三聖有憂辭已贅，寥寥千載復何時。」〔註 27〕

〔註 27〕「三聖」之外，有時加上周公，又稱「四聖」。《全宋詩》卷三三四三家鉉翁《歲暮傳易終成長吟書送景山茂實》:「羲文之心即是周孔心，問誰要於心外尋腳跡。……要識乾坤眞面目，請將四聖之經閉

宋代和唐代的三教並興大為不同，理學興起，並且壓倒佛道。他們發現六經中易最適合推演玄理，為自己的體系提供一個形而上學的基礎。於是，極力推崇，紛紛著手予以改造。最著者「要以程子《易傳》、朱子《易本義》為大宗。」〔註 28〕這可能是宋詩中一再強調孔子和易關係的重要原因。〔註 29〕

由此，我們可以看出唐宋詩對孔子和易關係的表徵，有以下特點：在詩歌數量上，相關宋詩遠遠多於唐詩。就讀易者的身份而言，唐代多是隱逸之士，宋代以儒生為主。就目的而言，唐人不論占卜或

戶十年讀。」又，卷三三四四《趙省齋出示所和天童師偈句亦次其韻》之二：「四聖傳來是周易，個中自有定盤星。」卷三五〇三方回《次韻全君玉和高士馬虛中道院》：「昊皇魯叟畫繫傳，柱下木子知止足。」卷三四三五舒岳祥《琴旨》：「自古知音者，舜文周孔公。四聖洗憂患，琴與易道通。」卷三五二六何夢桂《和耜岩贊易傳來韻》：「精神寄四聖，後學未易覘。」又，卷三五二七《贈尹巽齋易數》：「易經四聖義周孔，數貫三天先後中。」

〔註 28〕錢基博著《經學通志》，桂林：廣西師範大學出版社，2009：25。

〔註 29〕王安石《秦始皇》：「舉世不讀易，但以刑名稱。蚩蚩彼少子，何用辨堅冰！」宋人李壁注云：「胡亥，始皇之少子也；以不讀易故，不能辨堅冰，為趙高所弒。」（李壁《王荊文公詩箋注》，上海：上海古籍出版社，2010：298。）而《四庫全書》本《王荊公詩注》卷十二李壁注則不同，云：「秦焚書，既專事刑名，獨易以卜筮之書，雖免於焚而不讀矣。胡亥始皇之少子。」也就是說，王安石、李壁認為，始皇沒有讓少子胡亥讀易，以致難以見微知著，終為趙高所殺！——易的重要性被如此強調，又出於思想清晰，能夠自覺地運用其知性（understanding）的王安石；聽起來，有些奇怪，但也不是獨此一家。《全宋詩》卷二九八一岳珂《耿黃門南仲讀易帖贊》：「則讀易之無一得，蓋公之所愧，殆非空言，以成報章；尚其監茲，前事不忘！」據《宋史》卷三五二：耿南仲在東宮十年，欽宗即位，禮重之。「自謂事帝東宮，首當柄用；而吳敏、李綱越次進，位居己上，不能平。因每事異議，擯斥不附己者；」大敵當前，惟主和議，故戰守之備皆罷。〔脫脫等《宋史》，《二十四史》（縮印本），北京：中華書局，1997（第 16 冊）：2838。〕岳珂是說，耿南仲雖然讀易——不像胡亥那樣未嘗過目，但卻毫無效果，只是禍國殃民。士大夫只能坐而論道，不能起而行事，古今同此一喟；豈止耿南仲一人讀易為然也耶？！

意求長生，多是出於功利性意圖而讀易；宋人則欲潛研其中形而上的義理。宋人雖知易經或非孔子作，但在詩歌領域，不予探討。宋人讀易，態度虔莊，所謂「焚香讀易」。宋人在五十讀易之外，出現少年讀易的新傾向；五十讀易，是對孔子的步亦步，趨亦趨；少年讀易，又把讀易會義與人事的成敗聯繫起來，顯示宋代對易的空前重視與廣泛研習。這些現象都表明，易經在宋代的地位比唐代有不容置疑的提升。孔子和易的關係，在唐詩中總體而言，沒有太多的強調；但不同時期又有差異。從前面的引徵，可以看出大致是中唐以後，提及孔子與易的關係的詩句比前期要多。宋代則在詩中大力強調孔子與易的不可分割。就是說，現象地看，易的重要性與易乃孔子之易實是相互支持。我們在前面考察過孔子在國家意識形態中的地位，在唐宋階段孔子被稱爲「文宣王」「至聖」，地位不斷上升。這和唐宋詩中對孔子和易關係密切性表徵的密度加大一致。

要之，宋代易的重要性上升，原因是它可以爲理學提供一個形而上學的基礎；強調易與孔子的關係，是爲保證易的神聖性，合法性；而這對理學的正統性、合法性有直接的關聯。

第二節　孔子與詩禮

《史記・孔子世家》:「古者詩三千餘篇，及至孔子，去其重，取可施於禮義，上採契后稷，中述殷周之盛，至幽厲之缺。……三百五篇孔子皆絃歌之，以求合韶武雅頌之音，禮樂自此可得而述，以備王道，成六藝。」這就是孔子刪詩的說法，認爲《詩經》三〇五篇，是經過孔子定正的。這個說法，早有人懷疑。〔註30〕就歷史而言，孔子刪詩不可信。但它卻是唐宋詩歌中一再涉及的對象。〔註31〕唐詩中出

〔註30〕趙翼《陔餘叢考》，北京：中華書局，2006：25～6：卷二：「孔穎達、朱彝尊皆疑古詩本無三千……若使古詩有三千餘則，所引逸詩宜多於刪存之詩十倍，豈有古詩則十倍於刪存詩，而所引逸詩反不及刪存詩二、三十分之一？以此而推，知古詩三千之說不足憑也。」

〔註31〕曹植《薤露行》:「孔氏刪詩書，王業粲已分。騁我徑寸翰，流藻垂

現孔子刪詩，卻是從韓愈始。《全唐詩》卷三三七《薦士》：「周詩三百篇，雅麗理訓誥。曾經聖人手，議論安敢到。」這個意思在其《讀荀》中，也有所表露：「孔子刪《詩》、《書》，筆削《春秋》；合於道者，著之，離於道者，黜去之。故《詩》、《書》、《春秋》無疵。」〔註32〕對孔子刪詩行爲，給與高度的肯定與讚揚。《全唐詩》卷六一七陸龜蒙《襲美先輩以龜蒙所獻五百言，既蒙見和，復示榮唱，至於千字提獎之重，蔑有稱實，再抒鄙懷，用伸酬謝》：「首贊五十易，又刪三百詩。遂令篇籍光，可並日月姿。向非筆削功，未必無瑕疵。」認爲，經過孔子刪定，詩才完美沒有瑕疵，燦爛如日月光華。此後，也就沒有唐人再在詩歌裏討論孔子刪詩之事。他們可算發宋人先聲，詩作已含宋調，思想上也和理學家有相當程度的契合。

一、宋詩對孔子刪詩的表徵

《全宋詩》卷六八王禹偁《謝宣賜御草書急就章並朱邸舊集歌》：「又聞關雎本王化，四始洋洋風化下。比興賦頌六義分，乃有變風兼變雅：仲尼刪後屈平作。」卷一三〇釋智圓《贈詩僧保暹師》：「人文粲六經，四術詩其先。仲尼既云刪，炳然列風雅。」又，卷一三五《贈詩僧保暹師》：「新編皆雅正，不待仲尼刪。」說保暹的詩寫得好，即使孔子這樣的刪詩老手怕也要擱筆！又，卷一三七《讀毛詩》：「夫子刪來三百章，箴規明白佐時王。」余英時，在考察宋代佛教新動向時指出，「到了北宋，佛教的入世更深了，高僧大德關懷時事往往不在士大夫之下……僧徒與在位士大夫之間的交遊密切，也成爲宋代政治

華芬。」（《先秦漢魏晉南北朝詩》之《魏詩》卷六）（《曹子建詩注》卷二，黃節《漢魏六朝詩六種》，北京：人民文學出版社，2008：400。）王胄《在陳釋奠金石會應令詩》：「體斯將聖，實表宗師。三千仰德，五百應期。除丘黜素，定禮刪詩。作訓垂範，斯文在茲。」（《先秦漢魏晉南北朝詩》之《隋詩》卷五）孔子刪詩，早就是素王事業的不可或缺的部份。曹植更是明確表示，要以孔子爲榜樣，立言傳世。

〔註32〕閻琦校注《韓昌黎文集注釋》，西安：三秦出版社（上冊），2004：52。

文化中一個最突出的現象」；而釋智圓被余英時稱爲「北宋初至中期提倡儒學最有力的兩位大師」之一。〔註 33〕我們看他在詩中就孔子刪詩一二再再而三地予以肯定，這不但在「北宋初至中期」的詩人中非常顯眼，而且可以說在整個宋詩中，也很特別；恐怕只有時代略晚些的劉敞可以與之匹敵。

《全宋詩》卷四六七劉敞《錄近文呈晏公》:「刪詩在正始，好樂非好音。」又，卷四七七《碧瀾堂》:「況復邦人講文墨，風雅不待仲尼刪。」又，卷四八四《寄王二十》:「夫子刪詩吾豈敢，古人同疾意相憐。」又，卷四八九《答阮逸中允》:「窮愁不得無編述，慚愧刪詩取正聲。」宋人對劉敞詩文評價甚高；但錢鍾書說劉敞:「詩多木直，文苦平板。雖有議論，有學問，終非作手！」指出，朱熹說劉敞文「高古勝東坡，乃見未能高飛者藉以羽毛耳！」〔註 34〕我們看劉敞在孔子刪詩上炮製出的句子，木強呆板：有對孔子的熱情，缺表達的才情！朱子所以那樣高度稱揚他，大概是因爲他涵泳六經，在道學家眼裏顯得醇粹？《全宋詩》卷三七八邵雍《詩畫吟》之二:「既有仲尼刪，豈無季札聽？」卷七一五程顥《睢陽五老圖》:「飯蔬飲水時行樂，定禮刪詩國建桓。」卷三七五邵雍《觀詩吟》:「曲盡人情莫若詩……潤色曾經魯仲尼。三百五篇天下事，後人誰敢更譏非。」〔註 35〕可見，

〔註 33〕余英時著《宋明理學與政治文化》，長春：吉林出版集團，2008：70；72。

〔註 34〕錢鍾書《錢鍾書手稿集》（容安館札記），北京：商務印書館，2003：664。《四庫全書總目》卷一百五十三：「《晦庵集》有《墨莊記》曰：『學士舍人兄弟（按：指劉敞、劉攽）皆以文章大顯於時，而名後世。』《語錄》曰：『原父文，才思極多，湧將出來，每作文多法古，絕相似；有幾件文字學《禮記》、《春秋》；說學《公》、《穀》；』又曰：『劉侍讀，氣平文緩，乃自經書中來；比之蘇公有高古之趣；』云云。則其文詞古雅，可以概見矣。」

〔註 35〕呂祖謙《宋文鑒》，長春：吉林出版集團，2005：914～5；926：邵雍《伊川擊壤集序》:「仲尼刪詩，十去其九；諸侯千有餘，國風取十五，西周十有二王；雅取其六。蓋垂訓之道，善惡明著者存焉。」（《宋文鑒》卷八十七）歐陽修《詩圖總序》:「司馬遷謂古詩三千餘

從北宋初到中期，大家普遍相信孔子刪詩，又因爲理學興起、理學家的推崇，沒有人敢來「譏非」聖人的「三百五篇」。

南宋詩人，對孔子刪詩，在詩中並無異議；覺得三百篇經孔子之手，美輪美奐，光華皎潔，一點瑕疵都沒有。《全宋詩》卷二四二二陳造《次王尚書韻呈石湖》:「聖經三百篇，凜凜詩鼻祖。日月懸太空，不作雕篆語。可學不可議，仲尼親去取。」卷二五四三樓鑰《經筵講詩徹章進詩》:「慨尋中古意，重是素王編。舊本三千首，終存十二篇。」卷二七二七任希夷《毛詩》:「三百詩刪麟筆前，周家積累瓞綿綿。」卷二六六八陳藻《艾軒老先生文集刊傳，上以揄揚其問學，下則得佛家以法布施之意；前後數君子有是志而不果，今日薄西山，幸一見此，喜成古風三篇，以賀後來之有作者，且述下悰云》之二:「夫子刪詩去，流年近二千。」卷三六三二林景熙《雜詠十首酬汪鎮卿》之四〔註36〕:「刪詩挽風變，繫易憂世駭。」陸游《劍南詩稿》卷七九《宋都曹屢寄詩且督和答，作此示之》:「古詩三千篇，刪取財（才）十一。每讀先再拜，若聽清廟瑟。」錢鍾書言放翁有「二官腔」，其一就是「好談匡救之略，心性之學」，「酸腐可厭」！〔註37〕放翁在刪詩問題上，和道學家也一個鼻孔出氣；放翁尚且如此，南宋的江湖派小名家，可以概知！

孔子刪詩，唐人在詩歌中討論及此的，只有韓愈和皮日休。宋人對孔子刪詩，很少有公開置疑。即使「道不同」的僧人如智圓，也對孔子刪詩一再地推崇備至。孔子在歷史上眞曾刪詩與否，宋人隨著經典研討趨向精微深湛，而多有不信刪詩之說者，或至少存疑。但在宋詩中，這個問題被屏除掉了，剩下的只是對孔子刪詩所具有的重大道

篇，孔子刪之，存者三百。鄭學之徒皆以遷說之謬；言古詩雖多，不容十分去九。以予考之，遷說然也。」(《宋文鑒》卷八十六)

〔註36〕《全宋詩》(第 69 冊)，北京，北京大學出版社，1998：43492。又作爲黃庚《偶書》之二被收入卷三六三七，全詩僅一字之異。(ibid: 43551.)

〔註37〕錢鍾書著《談藝錄》，北京：中華書局，1993：132。

德意義的頌歌。在整個宋詩中，只有處於兩宋夾縫裏的程俱在一首詩裏對孔子刪詩躲躲閃閃地問難（參見本文「陋儒刪詩」小節），但幾乎無人注意，杳無下文。

二、詩禮訓子在唐宋詩裏的表徵變化

雖然孔子刪詩的說法實際上未必能成立，但孔子和《詩經》的關係卻是非常密切的。〔註 38〕陳澧《東塾讀書記》卷二云：「聖門重詩教。」又言：「《論語》言禮者凡四十餘章。自視聽言動，與凡事親，教子，事君，使臣，使民，爲國，莫不以禮！」「《論語》所言皆禮也。」〔註 39〕《論語》之《述而》：子所雅言，《詩》、《書》、執禮，皆雅言也。《泰伯》：子曰：「興於詩，立於禮，成於樂。」孔子不但以詩禮教子貢、子夏等高弟，而且也要求孔鯉學詩與禮。《季氏》：

> 陳亢問於伯魚曰：「子亦有異聞乎？」對曰：「未也。嘗獨立，鯉趨而過庭，曰：『學《詩》乎？』對曰：『未也。』『不學《詩》，無以言。』鯉退而學《詩》。他日又獨立，鯉趨而過庭，曰：『學《禮》乎？』對曰：『未也。』『不學《禮》，無以立。』鯉退而學《禮》。聞斯二者。」

於是，學詩、學禮、趨庭、過庭就成爲父子交際的美稱。《全唐詩》卷九〇張垍《奉和岳州山城》：「懸榻迎賓下，趨庭學禮聞。」卷

〔註 38〕即就《論語》而言，孔子談詩的地方就很不少：《陽貨》：子曰：「小子何莫學夫詩？詩，可以興，可以觀，可以群，可以怨。邇之事父，遠之事君。多識於鳥獸草木之名。」又，子曰：「惡鄭聲之亂雅樂也。」《衛靈公》：放鄭聲，遠佞人，鄭聲淫，佞人殆。」《爲政》：子曰：「詩三百，一言以蔽之，曰：『思無邪。』」《學而》：子貢曰：「《詩》云：『如切如磋，如琢如磨』，其斯之謂與？」子曰：「賜也，始可與言《詩》已矣。告諸往而知來者。」《八佾》：子曰：「《關雎》，樂而不淫，哀而不傷。」又：子夏問曰：「『巧笑倩兮，美目盼兮，素以爲絢兮』，何謂也？」子曰：「繪事後素。」曰：「禮後乎？」子曰：「起予者商也，始可與言《詩》已矣。」《子路》：子曰：「誦《詩》三百，授之以政，不達；使於四方，不能專對；雖多，亦奚以爲？」《泰伯》：子曰：「師摯之始。《關雎》之亂，洋洋乎盈耳哉！」

〔註 39〕陳澧《東塾讀書記》，北京：生活·讀書·新知三聯書店，1998：17～8。

一二六王維《故太子太師徐公輓歌四首》之三：「舊里趨庭日，新年置酒辰。」卷一五一劉長卿《送郭六侍從之武陵郡》：「丈人別乘佐分憂，才子趨庭兼勝遊。」卷一五九孟浩然《書懷貽京邑同好》：「維先自鄒魯，家世重儒風。詩禮襲遺訓，趨庭沾末躬。」又，《家園臥疾，畢太祝曜見尋》：「脫分趨庭禮，殷勤伐木詩。」卷一六〇《送莫甥兼諸昆弟從韓司馬入西軍》：「念爾習詩禮，未曾違戶庭。」卷一七六李白《送蕭三十一之魯中，兼問稚子伯禽》：「高堂倚門望伯魚，魯中正是趨庭處。」卷二〇二薛奇童《和李起居秋夜之作》：「過庭聞禮日，趨侍記言回。」卷二二四杜甫《登兗州城樓》：「東郡趨庭日，南樓縱目初。」卷二三二《送大理封主簿五郎親事不合卻赴通州，主簿前閬州賢子，余與主簿平章鄭氏女字垂欲納》：「禁臠去東床，趨庭赴北堂。」卷二三七錢起《送田倉曹歸覲》：「節下趨庭處，秋來懷橘情。」卷五二三杜牧《寄宣州鄭諫議》：「再拜宜同丈人行，過庭交分有無同。」卷五四一李商隱《五言述德抒情詩一首四十韻，獻上杜七兄僕射相公》：「過庭多令子，乞墅有名甥。」卷五四九趙嘏《送友人鄭州歸覲》：「為有趨庭戀，應忘道路賒。」卷五五三姚鵠《送李潛歸綿州覲省》：「誰比趨庭戀，驪珠耀彩衣。」又，《送程秀才下第歸蜀》：「莫滯趨庭戀，榮親只待君。」卷六二六陸龜蒙《送羊振文先輩往桂陽歸覲》：「風雅先生去一麾，過庭才子趣歸期。」卷八三五貫休《少監三首》之二：「益友相隨益自強，趨庭問禮日昭彰。」《全唐詩補逸》卷八張祜《送劉軺秀才江陵歸寧》：「殷勤莫忘趨庭日，學禮三餘已學詩。」《全唐詩續拾》卷三上官儀《假作賦得魯司寇詩》：「避席談曾子，趨庭誨伯魚。」卷四十七翁承贊《送劉光載歸寧》：「少年才子喜還家，滿袖新詩敵綺霞。……趨庭雖未擎丹桂，問絹何妨賦《白華》。」〔註 40〕《全唐詩》卷二一四高適《宴郭校書，因之有別》：「彩服趨庭訓，〔註 41〕分交載

〔註 40〕孫望《全唐詩補逸》，陳尚君《全唐詩續拾》，《全唐詩補編》，北京：中華書局，1992：187；677；1460。

〔註 41〕《太平御覽》卷六百八十九引《孝子傳》：「老萊子年七十，父母猶

酒過。」卷二三八錢起《酬劉起居臥病見寄》:「味道能忘病，過庭更學詩。」卷四四八白居易《和楊郎中賀楊僕射致仕後楊侍郎門生合宴席上作》:「祥鱣降伴趨庭鯉，賀燕飛和出谷鶯。」〔註42〕

魯迅說:「唐室大有胡氣，明則無賴兒郎。此種對象，都須褫其華袞，示人本相。」〔註43〕然而談何容易！除了歷史的塵埃之外，尚有人爲的矯揉造作；這就使歷史的眞相不但模糊不清，而且被歪曲而失眞！陳寅恪《唐代政治史略稿》:「李唐先世若非趙郡李氏之『破落戶』，即是趙郡李氏之『假冒牌』;」「遂因緣攀附，自託於趙郡之高門。」〔註44〕不單此也，李唐皇室更是進一步把神化了的人物李耳高攀爲初祖！《全唐詩》卷二五八李岑《玄元皇帝應見賀聖祚無疆》:「聖后趨庭禮，宗臣稽首言。」大唐皇帝李隆基禮拜道教始祖李耳，用的是伯鯉趨庭致敬儒宗孔子的故事，實在是雙重的不倫不類。而君臣上下視若當然，說明此一典故已熟而濫，只堪應酬，難荷意義；亦見當時人文淺陋，於經典未嘗深究！錢鍾書在論及「後世遊士自衒自媒」時，特別說到唐人:「如員半千《陳情表》、李白《與韓荊州書》、《上安州裴長史書》、韓熙載《上睿皇帝行止狀》等皆『高自稱譽』者;」

在，萊子常服斑斕之衣，爲嬰兒戲。」劉開揚《高適詩集編年箋注》言彩衣娛親出《高士傳》(劉開揚《高適詩集編年箋注》，北京：中華書局，2008：336。)其實，皇甫謐《高士傳》並無此事！高適——及後來的錢起、權德輿——在這裡爲「趨庭」增加「彩服」色彩，和下引白居易詩綰合三鱔墜庭故事，皆出於詩人標新立異之本志。藝術效果如何是另一問題，這種自覺的努力，值得肯定。

〔註42〕《後漢書》卷五十四《楊震傳》:「震少好學，受《歐陽尚書》於太常桓郁，明經博覽，無不窮究。諸儒爲之語曰:『關西孔子楊伯起。』常客居於湖，不答州郡禮命數十年，眾人謂之晚暮，而震志愈篤。後有冠雀銜三鱣魚，飛集講堂前，都講取魚進曰:『蛇鱔者，卿大夫服之象也。數三者，法三臺也。先生自此升矣。』年五十，乃始仕州郡。」

〔註43〕魯迅《致曹聚仁信》(1933年6月18日)，《魯迅全集》(第12冊)，北京：人民文學出版社，1989：184。

〔註44〕陳寅恪著《唐代政治史略稿》(手寫本)，上海：上海古籍出版社，2009：19。

「王泠然《與御史高昌宇書》、《論薦書》忽侈言以動，忽危語以嚇，忽卑詞以請，矜誇哀歎，嬉笑怒罵，作寒士狂奴種種相；」「袁參《上中書姚令公元崇書》……誇口而兼搖尾之態！」〔註45〕在過庭典故中也透露出這種干謁風氣。《全唐詩》卷三〇六朱灣《逼寒節寄崔七》：「他日趨庭應問禮，須言陋巷有顏回。」卷三二四權德輿《送崔端公郎君入京觀省》：「過庭若有問，一爲說漳濱。」卷五五〇趙嘏《十無詩寄桂府楊中丞》：「早忝阿戎詩友契，趨庭曾薦禰生無。」這些詩句「卑詞以請，矜誇哀歎」，和後世的「跑官要官」者流可謂異世而合污！所以，錢穆說：「唐人干謁之風，實至晚而彌烈矣。」並指出宋時風氣則不同：「學風日盛，談道日高，學者退處，以束脩自給，以清淡自甘，以鶩於仕進爲恥，更何論於干謁請乞矣。」〔註46〕而宋詩對此也有明確的反映，其中少有唐人那類不顧人格尊嚴的諂媚，強調的則是詩禮文化的傳承與自尊——這和士人主體精神在宋代的高揚大有關係。

《全宋詩》卷八九寇準《述懷》：「吾家嗣儒業，奕世盛冠裳……余亦好古者，詩禮承餘芳。」卷一〇九馮彭年《賦新繁周表權如詔亭》：「先生教子作通儒，詩禮親闈伯鯉趨。」卷三四九李覯《送陽曲蔡尉》：「詩禮多承訓，賢能迥出群。」卷三八八蔡襄《喜弟及第》：「里閈高高祖德新，魯庭詩禮孟家鄰。」卷七五五郭祥正《贈歷溪張居士》：「趨庭有子明詩禮，善澤源源未可窮。」卷八五八蘇轍《寄題陳憲郎中竹軒》：「家有修篁綠滿軒，趨庭詩禮舊忘言。」卷九四一黃裳《長樂宴遣貢士》：「周室笙歌聲調古，孔庭詩禮指歸新。」卷一〇五七秦觀《正仲左丞生日》：「之無分襁褓，詩禮學趨庭。」卷一一二四晁補之《之京師展墓》：「念昔常獨立，所聞詩禮難。」卷一三五九許景衡《贈張

〔註45〕錢鍾書著《管錐編》，北京：中華書局，1991：935。錢穆在《記唐文人干謁之風》中，亦言王冷然在兩篇干謁文中「脅挾諂媚兼用，無所不至其極」！（錢穆《中國文學論叢》，北京：生活・讀書・新知三聯書店，2002:276。）

〔註46〕錢穆《中國文學論叢》，北京：生活・讀書・新知三聯書店，2002:284。

同年諸孫詩》:「始知詩禮趨庭早,又見芝蘭滿院春。」

《全宋詩》卷一八〇九王之道《一經堂爲王亦顏題》:「公家世植德,蘭玉滋芳馨。三鱣偶墮砌,伯魚初過庭。明明有聖訓,言之爾其聽。退而學詩禮,齋扉晝長扃。」〔註47〕詩句囉索,又乏新意;是南宋道學詩人習見的毛病。卷一九八二宋高宗《文宣王及其弟子贊》之三一《陳亢》:「惟禽之問,從容其鯉。求以異聞,詩禮云爾。請一得三,誠退而喜。且知將聖,不私其子。」只是對《論語》中陳亢與伯魚對答的概括。卷一八二二李倜《舍上辭歸羅豫章先生》:「過庭若問論詩禮,應問從誰學指南。」卷一八三二李處權《大人生日》:「孔庭詩禮集,請訪吸川虹。」卷一九六七陳棣《甲子歲除,一夕夢與先子論詩,有云:未能免俗猶聽讖,無計爲生只送窮。此吾頃年詩也。汝亦得之否?某曰:已在家集中。既覺泣書二章》之二:「昔年浩氣許誰攀,詩禮趨庭侍燕閒。」卷二五五八趙善括《謝葛守詩軸》:「又知碩才世所貴,鯉庭詩禮超凡群。」卷二六〇四曾丰《贈游子信》之二:「過庭詩禮次,歸更議其將。」卷二六七八黃榦《代王維謹挽李察院二首》之一:「過庭詩禮傳宗旨,蓋世功名付後人。」卷二六七九陽伯高《夢宗氏子來兄舍寄生九月初七果生侄子》:「端由乃祖積德厚,詩禮有傳應異常。」卷二七五九韓淲《示棐榘茶》:「傳家詩禮學,勤苦要三餘。」卷三〇七二劉克莊《十和賀太淵得雄二首》之一:「中庸詩禮牢扃鐍,他日親傳伋與魚。」又,卷三〇七五《別後寄大淵二首》之二:「敬問伯魚詩禮外,過庭亦有異聞乎?」卷三四二三劉黻《四十吟三首》之一:「白雲縱隔三千里,詩禮朝朝似過庭。」卷三四三一釋紹曇《挽王知縣》:「民感庥仁忘赴壑,子明詩禮爲趨庭。」卷三六四七陳普《挽平山菊澗》:「詩禮斯文嫡,簞瓢此世人。」卷二

〔註47〕《四庫全書總目》卷一百五十六,論王之道《相山集》云:「韻語雖非所長,而抒寫性情,具有眞樸之致。蓋有體有用之言,固不徒以文章工拙論矣。」言外之意,自是其詩不工。錢鍾書則開門見山地說:王之道「詩多而劣,眞所謂『王三先生高興』者也。」(《錢鍾書手稿集》(容安館札記),北京:商務印書館,2003:979。)

○一八王十朋《翁府君挽詞》:「過庭詩禮家風變，坦腹門闌喜氣新。」又，《次韻表叔余叔成示兒》:「過庭有奇兒，詩禮得家傳。」卷二○二○《孟甲生日》:「勉修愚魯質，詩禮稱家傳。」又，《劉府君挽詞》之一:「歆向詵然萃一門，過庭詩禮盡公恩。」卷二○二三《和韓符讀書城南示孟甲孟乙》:「是以吾夫子，詩禮教伯魚。當時非義方，聖門亦蕭疏。」卷二○三一《嘉叟宗丞得郡喜成一絕》:「伯魚詩禮趨庭處，五馬旌旗夾道迎。」詩句雖工拙相雜，但都顯示出詩人思古遙集，對孔庭詩禮充滿無限的嚮往。

爲什麼唐宋詩都好取孔子教子的這個事件？我們認爲，首先，這一事件對指稱父子關係，明確恰切：孔子聖父，伯鯉賢子，二人身份上有理想性的一面。學詩，學禮，關涉六經，在傳統社會惟有讀書高的風氣裏，那是很雅的事兒。再者，這一事件中，父子倫理關係的處理，最爲得體。其中，父的尊嚴、訓諭；子的恭謹、承訓，都得到充分的展露。父子不因太親近而褻昵，也不因過於疏離而乏骨肉溫情。所以在唐宋詩中只要牽扯到父子關係，就極有可能被徵用。這是詩歌中表徵孔子家庭倫理觀念的重要事件；也顯示出孔子對六經中詩禮的高度重視，對詩禮採取一種實用主義的態度。

孔鯉過庭問詩禮，在唐宋詩歌中成了一個典故，不論是唐詩還是宋詩，其出現頻率都非常高，似乎沒有什麼區別——只是形式上，唐人多單用「過庭」、「趨庭」，宋人則「過庭」「詩禮」連用。但聯繫到唐宋不同的時代背景，社會風氣，「趨庭」有不同，而且還很微妙。因爲唐皇室「大有胡氣」，世家大族高華，世風不競，士人也不以干謁權貴爲恥，甘於望塵而拜。所以詩人在讚揚賢父子的時候，不失時機地提醒兒子於「趨庭」之時要在有權勢的老子面前美言「陋巷顏回」，使自己早日得到提拔！宋人詩則乏此類忸怩厚顏，至少這種因「過庭」而腆行的請託沒有在詩裏表現出來。因爲，宋代士人的主體意識普遍增強，動輒以古聖前賢相期許。豈能爲此事失卻身份？！但反反覆覆呆板地在詩歌裏搬運這一典故，詩人雖樂此不疲，讀者卻大叫其苦——動人嫌處只緣多也。它給人的只是陳腐感。不光宋詩如此；在運用這一典故的時候，唐詩也是如此，只是沒有宋詩那麼陳腐得厲害罷了。

第三節　孔子與春秋六經

一、唐宋詩對孔子作春秋的表徵

對於《春秋》，唐人最感興趣的可能是孔子著《春秋》和獲麟的關係，〔註 48〕有兩種說法：左氏以爲麟因孔子作《春秋》而至；「所謂文成致麟，麟感而至——則作《春秋》在前，獲麟在後也。」〔註 49〕而公羊氏認爲，孔子受獲麟的刺激而始動筆，《春秋》是在獲麟之後作成，用了不到九個月時間；司馬遷似乎持公羊氏的看法。實際情況如何，無從究詰。杜甫《寄張十二山人彪三十韻》：「高興知籠鳥，斯文起獲麟。」(《杜詩鏡銓》卷六）似乎就是信從公羊氏說，以獲麟爲作春秋的起因。《全唐詩》卷三七八孟郊《寄張籍》：「夫子亦如盲，所以空泣麟。」意思是說，張籍因有目疾，雖能像孔子一樣傷麟流淚，卻無法像孔子那樣著書；所以著一「空」字。實際也是信從公羊氏的說法。

唐人倒也不在這些孰先孰後的細節上糾纏，只是要把獲麟和孔子作春秋聯繫起來：《全唐詩》卷四一盧照鄰《釋疾文三歌》之一：「東郊絕此麒麟筆，西山秘此鳳凰柯。……麟兮鳳兮，自古吞恨無已。」

〔註 48〕《春秋公羊傳注疏》卷一：「左氏以爲，魯哀十一年（前 484 年）夫子自衛反魯，十二年告老，遂作春秋，至十四年，經成。……公羊以爲，哀公十四年獲麟之後，得端門之命，乃作春秋，至九月而止筆，春秋說具有其文。」〔《十三經注疏》（下），杭州：浙江古籍出版社，（影印本）1998：2195。〕《春秋公羊傳注疏》卷一引閔因敘：「昔孔子受端門之命，製春秋之義，使子夏等十四人求周史記，得百二十國寶書。」云云。此蓋漢代學者附會之說，可見何休「非常可怪之論」之一端。《史記》卷一百二十一：「西狩獲麟。（孔子）曰：『吾道窮矣！』故因史記作春秋,以寓王法。」

〔註 49〕蔣伯潛《十三經概論》，上海：上海古籍出版社，2010：275。

卷四〇〇元稹《秋堂夕》：「況吟獲麟章，欲罷久不能。堯舜事已遠，丘道安可勝。」卷五六〇薛能《牡丹四首》之二：「人誰知極物，空負感麟篇。」卷四七三章表微《池州夫子廟麟臺》：「周雖不綱，孔實嗣聖。詩書既刪，禮樂大定。勸善懲惡，姦邪乃正。……吁嗟麟兮，孰知其仁。運極數殘，德至時否。……世治則麟，世亂則麇。出非其時，麇鹿同群。孔不自聖，麟不自祥。」孔子生於亂世而有聖德，卻不能得位行道；麟當應治世而出，卻在亂世出現，何況又為人所傷，更加可哀；孔子和麟不免同病相憐！在詩中可以相互指涉、替換。卷一六一李白《古風》之一：「我志在刪述，垂輝映千春。希聖如有立，絕筆於獲麟。」又，卷一七五《送方士趙叟之東平》：「西過獲麟臺，為我弔孔丘。」卷一七八《答王十二寒夜獨酌有懷》：「孔聖猶聞傷鳳麟，董龍更是何雞狗。」又，卷一八一《紀南陵題五松山》：「時命或大繆，仲尼將奈何。鸞鳳忽覆巢，麒麟不來過。」卷一八五《鞠歌行》：「二侯（按：指田千秋與蔡澤，二人皆時來運轉而致富貴）行事在方冊，泣麟老人終困厄。」李白在這裡顯得非常突出，多次在詩中表徵孔子因為獲麟而歎傷流連不能自已；蓋亦借孔子傷麟以自澆塊壘，刺譏時政。而且他的詩，除《古風》之一說到孔子絕筆於獲麟外，其餘都是嗟歎麟出非時，傷孔子時命大繆。而這一傾向在其他詩人那裡也時有所遺。卷二二三杜甫《敬寄族弟唐十八使君》：「鸞鳳有鎩翮，先儒曾抱麟。」又，卷四三七元稹《和夢遊春詩一百韻》：「時傷大野麟，命問長沙鵩。」卷四八五鮑溶《寓興》：「魯聖虛泣麟，楚狂浪歌鳳。」卷五四一李商隱《贈送前劉五經映三十四韻》：「泣麟猶委吏，歌鳳更佯狂。」又，《送從翁東川弘農尚書幕》：「斯文虛夢鳥，吾道欲悲麟。」卷六一七陸龜蒙《襲美先輩以龜蒙所獻五百言既蒙見和，復示榮唱，至於千字，提獎之重，蔑有稱實；再抒鄙懷，用伸酬謝》：「粵若魯聖出，正當周德衰。越疆必載質，歷國將扶危。諸侯恣崛強，王室方陵遲。歌鳳時不偶，獲麟心益悲。始嗟吾道窮，竟使空言垂。」又，卷六一八《奉和襲美初夏遊楞伽精舍次韻》：「宣尼名位達，未必春秋作。」

從這些詩句，我們可以看出獲麟與孔子作春秋，有一種因果關係。即認爲麟的非時而出，預示孔子的不幸遭際；而孔子作春秋，是不得已而爲之，是在其政治抱負無法見諸行事的情況下，才退求其次，徒託空言！唐人詠麟，往往是在慨歎孔子失志坎壈，代古人負屈喊冤。這種文字上的仗義行俠，並不是詩人的目的。詩人其實在借聖人的不幸，發自家的牢騷，撫慰現實中未滿的志意。在上引太白詩句中，表現得尤爲突出。甚至過於直白，浮躁叫囂，像個寵壞了的一點也受不得委屈的孩子，跺著腳哭喊著，把那一點情緒毫無保留地潑灑出來，淋漓盡致。對於謫仙人的太白來說，不免有失體格。

中唐以後，唐人對《春秋》，在現實嚴酷的刺激下，陡然放出新的眼光，產生出前所未有的認識。〔註50〕而此解經新風，正與韓柳古文運動相先後，互有影響。《全唐詩》卷三四〇韓愈《寄盧仝》：「春秋三傳束高閣，獨抱遺經窮終始。」可見盧仝的解釋《春秋》正和陸淳諸人相契，在方法上一樣。〔註51〕卷三七八盧仝《月蝕詩》：「或問玉川子，孔子修春秋。二百四十年，月蝕盡不收。今子咄咄詞，頗合

〔註50〕《四庫全書總目》卷二六言陸淳所撰《春秋集傳纂例》，「蓋釋其師啖助並趙匡之說也」；「程子則稱其絕出諸家，有攘異端、開正途之功——蓋捨傳求經，實導宋人之先路。」《全宋詩》卷三一八韓琦《讀劉易春秋新解》：「有唐名儒陸淳者，始開奧壤窺源泉。我朝又得孫明復，大明聖意疏重淵。」卷三五八五徐鈞《啖助》：「談經唐世豈無人，君獨春秋學最深。力辯邱（丘）明非左氏，後來朱子始知音。」

〔註51〕《韓昌黎詩繫年集釋》卷七《寄盧仝》詩引朱彝尊曰：「唐啖（助）、趙（匡）《春秋》，惟據經盡駁三傳，蓋於時有此一種學問，玉川子想亦宗此學。」（錢仲聯《韓昌黎詩繫年集釋》，上海：上海古籍出版社，2007：785。）正與我們的看法相契。又引方世舉注：「許彥周《詩話》：玉川子春秋傳，僕家舊有之，今亡矣；辭簡而遠，得聖人之意爲多。」引陳景雲云：「晁氏《讀書志》：盧仝《春秋摘微》，四卷；祖無擇得之於金陵。《崇文總目》所不載。『獨抱遺經』句，殆指是書而言之，惜其不傳也。」（ibid:785.）可知宋代盧仝《春秋摘微》已經若存若亡。但以退之「獨抱遺經」爲指盧仝此書，則誤。退之所謂「獨抱遺經」是指盧仝捨春秋三傳，而用力於孔子的《春秋》；就是朱彝尊所說的啖趙皆如此解經。

孔意不。玉川子笑答，或請聽逗留。孔子父母魯，諱魯不諱周。書外書大惡，故月蝕不見收。」也可見盧仝釋《春秋》之一斑。又，卷三四一韓愈《讀皇甫湜公安園池詩書其後二首》:「春秋書王法，不誅其人身。」強調孔子著重的是道德倫理規範的落實，而不是對個別歷史人物有好惡。卷三六一劉禹錫《奉和裴侍中將赴漢南留別座上諸公》:「暫輟洪爐觀劍戟，還將大筆注春秋。」卷五四〇李商隱《獻寄舊府開封公》:「幕府三年遠，春秋一字褒。」卷五七三賈島《送雍陶及第歸成都寧親》:「議論於題稱，春秋對問精。」

此後，對《春秋》的重視日漸加強。其共同特點就是，相信《春秋》是孔子所作，其間有微言大義，但對春秋三傳的詮釋，則不甚聽從；多是採用孟子所謂的意以逆志地揣摩聖賢的方法。《全唐詩》卷六〇九皮日休《奉和魯望讀陰符經見寄》:「(孔子) 高揮春秋筆，不可刊一字。賊子虐甚戕，姦臣痛於箠。至今千餘年，蚩蚩受其賜。」對傳統的「孔子作春秋而亂臣賊子懼」的說法，〔註52〕這位對經學頗有造詣的詩人是信奉的。但比他晚些，同樣經歷了晚唐漫天烽火與顛沛流離的徐鉉，則對神聖的《春秋》，不免激切而發變徵之聲。卷七五二《觀人讀〈春秋〉》:「日覺儒風薄，誰將霸道羞。亂臣無所懼，何用讀《春秋》。」言孔子的春秋，在王綱解紐的亂世，起不到威懾姦臣壞人的作用。

比較而言，宋詩繼承了皮日休對孔子著春秋在道德效能上的推崇，而且這些也被無微不至地細化了。《全宋詩》卷二四七梅堯臣《寄滁州歐陽永叔》:「仲尼著春秋，貶骨常苦笞。」卷三八五蔡襄《御筆賜字詩》:「又聞孔子春秋法，片言褒貶賢愚分。」卷四六九劉敞《觀永叔五代史》:「仲尼日月也，薄日爲之既。春秋曰筆削，天地復經緯。大法初粲然，亂臣以爲畏。」卷二七〇石介《送李堂病歸》:「賞罰絕

〔註52〕孔子著《春秋》在道德上的意義與價值，最先是孟子注意到的。《孟子・滕文公》下:「孔子成《春秋》，而亂臣賊子懼。」普遍地被後來的儒者所承認。

於周，孔筆誅其奸。春秋十二經，王道復全完。」卷三一八韓琦《讀劉易春秋新解》:「夫子春秋之所記，二百四十有二年。謹嚴之法不可犯，欲示萬世天子權。禮樂征伐必上出，諸侯雖大莫得專。周平東遷魯君隱，王綱壞裂勿復聯。……不歸聖筆立中制，誰其當罪誰其賢。」卷九〇二彭汝礪《春秋成字韻》之二:「法為衰周起，文因舊史成。」之三:「聖念周邦弱，經因魯史成。」之四:「賞罰陵遲久，春秋筆削成。……前賢褒貶在，一覽是非明。」卷一〇四七劉弇《有詔遣移局實錄院因成古詩奉別同舍學士諸公聊佐一笑》:「春秋謹嚴書，百史茲考信。晚周駕而東，弱魯猶足訓。低昂心權衡，與奪管膚寸。包羅三八祀，誣始蓋其慎。一言開慘舒，九地回斧衮。密雖異鯤鮞，寬亦漏鯨蠶。奸魂負芒羞，忠骨蓋棺奮。」卷一五五七李綱《著迂論有感》:「仲尼道不行，褒貶代賞罰。……聖賢垂簡編，往往因憤發。」宋人的這些議論，和五代時的徐鉉的看法正好相反:春秋亂世，法制隳敗，奸人縱恣，不受制裁。鑒於這種情況，孔子發憤，考信百史，成就春秋「謹嚴書」，以詞語的褒貶代替行政的賞罰，是非因此而分明，王道從此而復完。孔子所行的是「萬世天子權」！

孔子的《春秋》，又被尊稱為「麟經」，因為孔子作春秋和獲麟有一種割不斷的聯繫。〔註53〕「麟經」在宋代大行其道，尤其是在南宋的中期。我們略從《全宋詩》中拈出數例:卷一三八四李彭《讀左氏》:「麟經書王法，聖筆行天誅。」卷一五三八李正民《再次春雪韻》之一:「麟經書大雪，此瑞古今稀。」卷一五五三李綱《次韻王堯明四旱詩》之《酺祭》:「仲尼所不堪，紀異垂麟經。」卷一八三五劉著《次韻彥高即事》:「福威看九落，筆削在麟經。」卷一九五三葛立方《洪慶善郎中挽詩四首》之二:「麟經旨妙傳洙泗，騷學詞明慰汨羅。」卷二〇一七王十朋《送章生端武》:「麟經絕筆今幾年，學者異說何紛

〔註53〕《全唐詩》卷七六六劉兼《萬葛樹》:「靜鋪講席麟經潤，高拂□枝兔影分。」此詩又被收入《全宋詩》卷一六。就是說，劉兼是個過渡性人物。這是詩中最早出現「麟經」一詞。

然。」又，卷二〇二二《送王司業守永嘉》:「麟經絕筆二千載，收拾紙上生光芒。」又，卷二〇二三《和韓答張轍寄曹夢良》:「玄深探羲畫，狂妄窺麟經。」又，卷二〇二六《聞詩生日》:「雁序自相友，麟經可與言。」又，卷二〇三一《陸居士挽詩》:「槐市訪同舍，麟經推阿戎。」又，卷二〇三七《哭陳阜卿》之一:「麟經無絕學，烏府有危言。」王十朋詩中用「麟經」有六處，大概是詩人中用此最多的；他是位道學家。〔註 54〕《宋元學案》卷四十四有傳；言，「高宗嘉其經學淹通，議論醇正」，策士時，擢爲第一；又嘗欲以《春秋》災異之說陳於上，且著有《春秋解》。〔註 55〕表明王十朋對《春秋》素有研究；而詩中多有「麟經」出沒，正其「學究」氣之無心流露，抑錢鍾書所譏「庸滯」之一端歟？

「麟經」之外，「春秋學」〔註 56〕在宋詩中夏雨後的蘑菇似的大

〔註 54〕錢鍾書在比較王十朋與張孝祥時，云:「龜齡（王十朋）與張于湖（張孝祥）皆狀頭，集中有酬唱之作。張粗浮，王庸滯——一秀才，一學究也。然王散文頗有名理，張所不如。詩皆不爲江西體：張抗志東坡，王則篤嗜韓、蘇，惜力不逮心耳。」(《錢鍾書手稿集》(容安館札記)，北京：商務印書館，2003：986。）可見，錢鍾書認爲王十朋是「學究」，詩則「庸滯」。

〔註 55〕黄宗羲、全祖望《宋元學案》，北京：中華書局，2007：1425。

〔註 56〕《全唐詩》卷二八三李益《送襄陽李尚書》:「俗尚春秋學，詞稱文選樓。」首先在詩中拈出「春秋學」一詞。似乎對「春秋學」頗有微詞，自啖助、趙匡、陸淳專門在《春秋》裏尋找孔子的微言大義以來，《春秋》研討在唐代似乎頗爲興旺，但並沒有學者或詩人響應「春秋學」的說法；也許是因爲李益在率先運用此詞時，採取的是一種貶抑的意味（tint)。只是在宋代，「春秋學」在詩中才大量出現，而且是在褒揚的莊嚴意義上使用它。《全宋詩》卷二五八梅堯臣《哭孫明復殿丞三首》之三:「自古春秋學，皆知不可過。」孫明復是理學家所謂的「宋初三先生」之一，善春秋學，著有《春秋尊王發微》十二篇。(黄宗羲、全祖望《宋元學案》，北京：中華書局，2007：卷二，72。）卷二七一石介《招張泂明遠》:「暫到東山慰愁抱，春秋之學說深微。」卷三八五蔡襄《送任山歸河東》:「君於春秋學，勤勞務包綜。」卷四八六劉敞《九月二十五日召赴後苑觀稻》:「不負春秋學，端逢大有年。」卷二五二三廖行之《代遊西湖分韻得香字》:「潛君春秋學，三傳可東藏。」又，卷二五二五《送樂貢父赴

量露頭。中晚唐開始，唐人，如韓愈、皮日休，在文中一再強調孔子修春秋所具有的道德、倫理、政治上的重大意義。但唐詩並不與唐文同步，這方面的內容唐詩沒有多去著筆。但在宋詩中卻得到反覆的強調，並將其凝縮在「麟經」兩個字中。宋詩對孔子修春秋的道德意義的關注與唐詩大異其趣。這說明，孔子的春秋在宋代和唐代相比，傳習範圍更廣泛，對春秋大義的瞭解，趨向精深，它在社會上也更加受重視了。其中貫穿著一條精神，就是要用孔子的道德評判的標準，來干預現實的政治與道德，這在中央集權的君主專制條件下，是有社會責任感的士紳在狹隘的傳統政治框架下，所能採取的積極的舉措。對於他們，很不容易，很有道德勇氣了。比如，《全宋詩》卷三〇七張方平《酬范思遠》:「尼父將聖生無位，一王遺法存春秋。化成天下文之大，豈事章句矜雕鎪。」表達的就是智識階層要自覺地把孔子的微言大義，貫徹到現實政治中，而不是僅僅紙上談兵，徒事章句！宋人一再強調《春秋》不書瑞的實錄精神與批判意識。如《全宋詩》卷一九八五李石《次范宰韻》:「大哉聖人經，春秋不書瑞。」卷二六六七陳藻《聽吳畢聞講杜詩今夕行因效釋子偈體成一絕》:「春秋皆貶事無褒。」卷三二七一湯漢《自儆》:「春秋責備賢者，造物計校好人。一

書館》:「師承自得春秋學，經行俱高月旦評。」卷二六三八趙蕃《秋懷十首》之九:「乃翁春秋學，老死使者車。」卷二七一一敖陶孫《送袁席之挈家之任》:「念子春秋學，當重博士茵。」卷二七五九韓淲《鄭一浙運使》:「好在春秋學，宜乘筆力初。」卷三一二一林希逸《戊辰謁伯祖惠陽使君墳三絕》之二:「少日春秋學最高，年踰弱冠掇危科。」卷三六四一戴表元《以羔裘如濡洵美且侯韻爲八詩送夾谷子括赴明州推官》之一:「臨民要儒術，非但用三尺。君看春秋學，從士能斷國。」卷二五四六樓鑰《石南康挽詞》之二:「家有春秋學，淵源更得師。」又，卷二五四七《鄭華文挽詞》之一:「蚤擅春秋學，賢關第一流。」對於樓鑰，好像「春秋學」成爲其諛墓文字的慣常的高帽，人人用得——當然是死者！這些死者，在文獻中並不見留下些什麼有價值的東西，而爲後人所知——也許是我們過於寡陋？另外，這裡說到「春秋學」有家學淵源，有師承關係。卷一一四一晁補之《秦國夫人挽辭三首》之三:「酷好春秋學，親書列女篇。」則宋代亦有女性對《春秋》頗有造詣。此亦春秋家學淵源之一端。

點莫留餘滓，十分成就全身。」湯漢的這二十個字，把孔子的春秋精神給蝕刻畫一樣地提煉出來了。卷五八二鄭獬《二月雪》：

> 隱公三月亦雨雪，仲尼春秋書爲災。〔註 57〕是時魯國行謬政，天心可用人理推。我疑此雪不虛應，必有沴氣戕栽培。去年六月已大水，居人萬類生魚鰓。當時夏稅不得免，至今里正排門催。農夫出田掘野薺，餓倒只向田中埋。方春鳥獸尚有禁，不許彈獵傷胚胎。而況吾民戴君后，上官不肯一掛懷。豈無愁苦動天地，所以當春陰氣乖。只消黃紙一幅詔，敕責長吏須矜哀。蠲除餘租不盡取，收提赤子蘇饑骸。沛然德澤滿天下，坐中可使春風回。〔註 58〕

在詩中，用《春秋》來比附時事，揭露當時水災，人民餓死很多，而官府不但沒有捐免租賦，而且繼續催繳剩欠！錢鍾書在對范成大「黃紙放盡白紙催」的詩句注中，曾抨擊朝廷和地方官是在演「雙簧戲」！〔註 59〕而在鄭獬詩下，這種虛僞的假面也給撕去了。可見，在孔子《春秋》「不書瑞」的批評精神感召下，有良心的士大夫，自會對現實進行驚心動魄的刻畫。就是說，孔子修春秋的批判精神，成爲鼓舞宋代士大夫積極參與現實政治，抨擊暴政和邪惡社會現象的強大動力。孔子修春秋在宋代產生了積極廣泛的影響。

二、孔子作六經

唐人認爲，孔子一生迍邅，多歷磨難，正是上天要成就他傳佈六經的大事業。《全唐詩》卷七一八蘇拯《頌魯》：「天推魯仲尼，周遊布典墳。遊遍七十國，不令遇一君。」這裡強調「布墳典」，則孔子實際上只是傳道授業的經師。卷六一八陸龜蒙《奉和襲美初夏遊

〔註 57〕鄭獬此詩開頭即云：「戊戌二月二十六」，可知其作於嘉祐三年（1058年）。《春秋》言，隱公九年三月，癸酉，大雨震電。庚辰，大雨雪。《公羊傳》於二者，云：「何以書？記異也。」

〔註 58〕《全宋詩》卷三四八李覯《中春苦雨書懷》，卷三八七蔡襄《鄭陽行》和同時期的鄭獬《二月雪》反映的內容一樣。

〔註 59〕錢鍾書《宋詩選注》，北京：人民文學出版社，1988：223。

楞伽精舍次韻》:「宣尼名位達，未必作春秋。」雖承認孔子作春秋，但意在將孔子提拔爲發憤著述的典型。〔註 60〕唐詩中並不強調六經是孔子的製作，但強調六經是論定是非的尺度。這兩者大有區別！《全唐詩》卷二九七王建《勵學》:「若使無六經，賢愚何所託？」這個觀念在唐詩中明朗起來，似乎是從杜甫起。《杜詩詳注》卷二《贈翰林張四學士》:「紫詔仍兼挽，黃麻勤六經。」仇注:「優文翰也；」引朱鶴齡注:「寫誥詞於黃麻，訓詞謹嚴如六經。」〔註 61〕卷十九《奉酬薛十二丈判官見贈》:「不是無膏火，勸郎勤六經。」引馮班云:「薛有相如之逸才，得卓女於豪家，方洗粉黛，拾流螢，相勉以勸學，非風流放誕者比，時薛當有臨邛之遇也。」〔註 62〕又，卷二十一《可歎》:「丈夫正色動引經，豐城客子王季友。」《全唐詩》卷二五九王季友《酬李十六岐》:「五經發難如叩鐘，下筆新詩行滿壁，立談古人坐在席。」這個被妻子休棄的丈夫〔註 63〕，正是一個以五經折中是非的典型！卷三四二韓愈《贈張十八所居》:「名秩千品後，詩文齊六經。」似託胎於老杜；六經的重要性較前加重。不但以六經衡量道德是非，而且以六經衡量文學高下；而且是孔子沾了六經的光。卷三九五劉叉《自古無長生勸姚合酒》:「若問長生人，昭昭孔丘籍。」孔子六經，永世長存；所以孔子和仙人相比——唐人相信神仙也是要死的，「幾迴天上葬神仙！」(李賀《官街鼓》) ——倒是長生人！劉叉的意思是，孔子的長生，是他製作的六經爲他帶來的。這裡有一個主次問題，或源流問題。朱熹等後來的理學家認爲，六經重要

〔註 60〕這自然是應合司馬遷的說法；實際上，孟子和荀子於此已有所論列。錢鍾書說:「孟、荀泛論德慧心志，馬遷始以專論文詞之才，遂成慣例。撰述每出於侘傺困窮，抒情言志尤甚，漢以來之所共談。」(《管錐編》，北京：中華書局，1991：936。)

〔註 61〕仇兆鰲《杜詩詳注》，北京：中華書局，1995：99；100。

〔註 62〕Ibid:1686。

〔註 63〕杜甫《可歎》:「近者抉眼去其夫，河東女兒身姓柳。」辛元房《唐才子傳》卷四王季友傳云:「其妻柳氏，疾季友窮醜，遣去。」皆指此事。

是因爲六經是孔子的製作，是孔子的聖性傳給了六經。唐人和宋人的看法，正好相反。

對六經的重要性，宋詩有大量闡說，把六經比喻成日、月、星、北斗、太極、桑麻穀粟、元氣、春雷。〔註 64〕錢鍾書云：「大莫能名，姑以一名而不能盡其實，遂繁稱多名，更端以示。」〔註 65〕正是此種心理，宋人對六經給出了林林總總的譬喻。日月星斗，這些在天文學上按光年計算的客體，在百年限度內的人看來，算是永恒長存不滅的；再，日月星又是光熱之源，燦爛明白，而六經啓蒙（illuminate）人的精神，驅散內心的黑暗與愚昧。這大概是大量出現這些比喻的深層原因。說六經如元氣、太極，則純粹是道學家的語言；說六經如春雷，則是詩人語言，雖然不夠生新，總算不腐，它具有驚蟄之功，使人從道德的無識無知中醒來——猶如亞當夏娃吃了知識樹上的果子，意識到自己的赤身裸體一樣！六經如桑麻穀粟，與諸子如綺縠奇珍作對，則是就六經日常不可或缺，亦有樸實無華的成分在內。

〔註 64〕《全宋詩》卷七三八馮山《送李獻甫知吉州》：「六經出晚周，日月懸太虛。幾蝕復幾明，微茫炎漢初。」卷一七四四陳與義《無題》：「六經在天如日月，萬事隨時更故新。」卷一九三九馮時行《學古堂爲毛應叔題》：「六籍燦日星，泓泓聖賢淵。」卷一九七三史浩《寄題勝金閣》：「黃金委糞壤，六籍垂日星。」卷二五〇〇程洵《遊石鼓次柯德初韻》：「六籍爛星羅，百氏紛雲布。」卷二八九三《引鏡》：「不壞只太極，長存惟六經。」卷二九八五程公許《貫道堂》：「六經日麗天，諸子雲霧散。」卷三〇〇四王邁《人日六言五首》之四：「六經桑麻穀粟，諸子綺縠奇珍。」卷三四一〇許月卿《次韻汪敬子》：「六經如元氣，異端如氛埃。」卷三五九二宋慶之《放翁有五更讀書示子詩予亦次韻》：「六籍在天日月存，我亦收拾還本根。」卷三四八一方回《秋晚雜書三十首》之二一：「 六經天日月，諸子如四時。」卷三七〇八陸文圭《送王行可赴宣城學官》：「六經懸日月，顏孟元不死。」陸游《劍南詩稿》卷三十八《六經示兒子》：「六經如日月，萬世固長懸。」又，卷四十《次金溪宗人伯政見寄韻》：「六經日月未嘗蝕，千載源流終自明。」又，卷七十四《讀書雜言》：「又不使六藝爲亡秦灰，豁如盲瞽見暾日，快若聾聵聞春雷。」

〔註 65〕錢鍾書著《管錐編》，北京：中華書局，1991：41～2。

六經爲什麼這麼重要？宋詩毫不遲疑地給出答案：那是因爲六經是孔子的述作！《全宋詩》卷二六六吳秘《謁林廟》：「人之文，五經爲藝極。五經主者何，豈非至聖力。」卷一六五二曾幾《陸務觀讀道書名其齋曰玉笈》：「自生民以來，未有夫子盛。六經更百代，略不睹疵病。」曾幾看來，孔子的聖，表徵在他述作的六經，更歷百代，一點毛病都沒有。就是說，六經的價值不衰，證明孔子之聖；換言之，孔子之聖是六經美輪美奐的根源。卷一六七三郭印《既爲誼夫賦墳廬詩，乃蒙和韻，再成十首爲謝，兼簡韶美，以資一噱》之四：「仲尼作六經，中遭秦火厄。畢竟不可磨，尊道而貴德。」孔子自稱是「述而不作，信而好古」；朱子解釋說：「作，創始也；故作非聖人不能！孔子刪詩書，定禮樂，贊周易，修春秋，皆傳先王之舊，而未嘗有所作也，故其自言如此；蓋不惟不敢當作者之聖，而亦不敢顯然自附於古之賢人；蓋其德愈盛而心愈下，不自知其辭之謙也。然當是時，作者略備，夫子蓋集群聖之大成而折衷之。其事雖述，而功則倍於作矣，此又不可不知也。」（《論語集注》卷四）朱子的意思是，孔子實際上就是六經的作者！——所以不承認，是他老人家謙虛。卷二三一二楊萬里《題黃唐伯一經堂》：「人言天地生仲尼，不知仲尼生兩儀。……一經以後派爲六，六經以前一經足。學子要探天地心，詩書執禮皆可尋。」孔子與六經的關係，著一「生」字（beget），誠可謂一字千金！可知，如果沒有孔子，那麼就不會有六經。於是，孔子具有宇宙論的意義。卷二五二九陳傅良《聞葉正則閱藏經次其送客韻以問之》：「六經夫如何，夫子手所翻。恒言但桑稼，怪志無鵬鵾。規圓而矩方，往往萬巧攢。……猶之斗經天，於以生蓋渾。」卷二六八〇曾極《上朱晦庵》：「魯叟述六經，爲世立範圍。」卷二七一一敖陶孫《前感興一首》：「六經聖所裁。」卷二七四七陳淳《訓兒童八首》之《孔子》：「孔子生東魯，斯文實在茲。六經垂訓法，萬世共宗師。」孔子是斯文之主體，斯文的表現客體，則在六經。卷三一六六王柏《疇依》之一〇：「生民以來，未有孔子。金聲玉振，始終條理。五經之道，天地同流。

立此人極，萬世東周。」孔子作六經，於是人極得以立，社會才上軌道。卷三二四一趙汝騰《乙卯仲春丁奠畢作素王頌一首呈承祭之士頌曰》:「六經是訂：易繫禮編，詩刪書定。」卷三四五七方逢辰《和僉事夾谷之寄韻》:「卓哉洙泗翁，道大孤無鄰。於是作六經，以救萬世人。」卷三四八五方回《秀亭秋懷十五首》之六：「宣父老於行，苦辛定六藝。」卷三五六三金履祥《華之高壽魯齋先生七十》之九：「於時宣尼，從心不踰。六籍是正，三千其徒。」卷三六三二林景熙《雜詠十首酬汪鎮卿》之四：「賴有載道經，神功補元宰。」卷三六三九張衡《經史閣四言詩》:「天生素王，躬服仁義。憲章祖述，參贊經緯。經揭日月，史嚴辭事。」陸游《劍南詩稿》卷四十二《冬夜讀書示子聿》之五：「聖師雖遠有遺經，萬世猶傳舊典刑。」又，卷四十一《六經》之一：「六經聖所傳，百代尊元龜。諄諄布方冊，一字不汝欺。」可見，對孔子和六經的關係，沒有疑議；而且到南宋以後，陸游、楊萬里這樣的大詩人都不厭其煩地讚揚孔子和六經，好像道學家在語錄裏講學一樣。

宋代崇經，強調孔子與六經的割不斷的聯繫，可以說非常成功，唐代則相形見絀。我們前面說到唐太宗也非常想加強六經和孔子之間的聯繫，興起尊經的風氣，曾引他「韋編」詩，已做了解析。另外，《五經正義》撰成後，太宗表揚孔穎達等的詔書云：「考前儒之異說，符聖人之幽旨。」後來孔穎達「圖形於淩煙閣」，贊曰：「道光列第，風傳闕里。」（《舊唐書》卷七十三）太宗還稱孔穎達是「關西孔子，更起乎方今」。（《冊府元龜》卷六百一）顯示太宗處處在挽合孔子與易、六經的努力，但成效並不顯著。我們前面說到思想文化領域預期目標，用行政命令是無法落實的。這是一個原因。況且君權時代，人亡政息。太宗死後，繼位者改弦更張，祭孔中把孔子又降回「先師」地位的風波，我們已經在引言中談到，就是一個典型事例。此後，唐代統治者長期實施三教並尊，儒教並不佔優勢。這也是孔子和六經關係在唐詩中表徵機會稀少的重要原因。

而且唐詩中，始終有一條輕視六經的潛流，不曾斷絕。〔註 66〕《全唐詩》卷三九七元稹《和樂天贈樊著作》：「後聖曰孔宣：迥知皇王意，綴書爲百篇。是時游夏輩，不敢措舌端。」《元稹集編年箋注》定此詩作於元和五年（810 年）；《舊唐書》卷一百六十六言，元稹「十五歲兩經擢第，二十八應制舉才識兼茂、明於體用科」。就是說，元稹明經及第後，過了十三年，又應進士考試。元稹所以如此大費周折，是因爲當時不重視研習五經的科目。《太平廣記》卷二六五引《劇談錄》：

> 時元稹年少，以明經擢第一，攻篇什，常交結於賀。一日執贄造門，賀覽刺不容遽入，僕者謂曰：「明經及第，何事來看李賀？」稹無復致情，慚憤而退。

可堪作注。則元稹此詩正是進士及第後作，詩言孔子綴書百篇，尙是共識；但又想當然地說游夏對此「不能措舌端」！〔註 67〕則大謬不然。《史記・孔子世家》：「爲春秋，筆則筆，削則削，子夏之徒不能贊一辭。」則是指《春秋》有微言大義而「文學」科的子游子夏無能爲力。可見明經及第的「元才子」，於五經尙且空疏；遑論他人？在這樣的時代風氣下，韓愈才會那麼輕率地指責刪詩的孔子是「陋儒」！

唐宋詩人都認爲孔子的六經，爲後世樹立起倫理道德的標竿，是折中是非的權威。在對六經的頌揚中，宋人用了很多形象化的比喻，

〔註 66〕《全唐詩》卷七六徐彥伯《擬古三首》之二：「讀書三十載，馳騖週六經。……何必岩石下，枯槁閒此生？！」卷一二五王維《偶然作六首》之五：「客舍有儒生，昂藏出鄒魯。讀書三十年，腰間無尺組。被服聖人教，一生自窮苦。」卷一八四李白《嘲魯儒》：「魯叟談五經，白髮死章句。問以經濟策，茫如墜煙霧。」卷四九六姚合《送進士田卓入華山》：「何物隨身去，六經與一琴。」卷八〇六寒山《詩三百三首》之七十九：「徒勞說三史，浪自看五經。」皆言五經難以託身，不堪負荷，只會使人窮困，迂腐，不通世故！

〔註 67〕楊軍《元稹集編年箋注》於此數句，但注云：「孔子以爲子夏能發明我意，可與言詩。」（《元稹集編年箋注》，西安：三秦出版社，2005：332⑫）不甚貼合。

顯得滿懷激情，對六經有一種教徒式的狂熱，唐代詩人不免相形見絀，相關讚揚也顯得客套、浮泛。唐人對孔子與六經的主次、源流關係，沒有太多的論列。從劉叉「若問長生人，昭昭孔丘籍」來看，認爲六經永世長存，孔子因和六經的關係，而連帶獲得不朽聲譽。宋人的看法相反，並且一再在詩裏強調六經所以重要、偉大，是因爲六經是孔子的製作。孔子和六經的關係中，孔子是第一位的。

第四節　孔子與六經關係的否定表徵

上面三節，我們現象式地梳理出孔子與六經關係——具體說是孔子和易、詩、春秋，在唐宋詩裏表徵出的特點及變化。易在唐代因爲玄學化成分太濃，幾乎和老莊莫辨牛馬。所以，唐詩中孔子讀易的內容多於製作。宋人則大力強調易是孔子製作，孔子是易的集大成者，他們學的也是孔子之易。孔子刪詩，唐詩中沒有太多的表徵。孔子與詩的關係上，唐人會心的是孔子教子讀詩禮的事件，在詩中凝結爲「過庭」的典故。唐人不斷表徵此事件，流露出現實的功利目的。宋人對「過庭」也有大量的驅遣，但更多的是表現出純知識的追求與期許。孔子刪詩，在宋詩中被大量表徵，把詩的完美——至少宋人是這麼認爲的——歸因於曾經孔子刪編。孔子與春秋的關係，唐人注意於「獲麟」，借孔子的不得志來抒發自己在現實中的苦悶。宋人則注意強調春秋的社會批判功能，把這種功能的合法性歸結爲春秋爲孔子所作。總之，和唐人相比，宋人有意識地高度強調六經是孔子的述作，一再在詩裏表徵孔子和六經的各種各樣的割不斷的聯繫。當然，也不是鐵板一塊，其實在唐宋詩裏，一直有人在對孔子和六經的關係提出質疑。

一、陋儒刪詩

韓愈在著名的《石鼓歌》中說：「陋儒編詩不收入，二雅褊迫無委蛇；孔子西行不到秦，掎摭星宿遺羲娥。」〔註68〕韓愈在此指責孔

〔註68〕《石鼓文》，《唐詩三百首》將之收入卷三，所以知者甚多。此詩幾

子是「陋儒」，有兩層意思：一是見識低劣，文學鑒賞力差——不曉得石鼓文比大小雅詩在風格上更優游；二是，孔子遊歷不廣，見聞局囿，所定《詩經》的篇章和石鼓文相比，就像星辰之於日月！確實貶抑太甚，而且出自以道統自居的韓愈！所以洪邁已不以爲然。《容齋隨筆》卷四：「文士爲文，有矜誇過實；雖韓文公不能免。如《石鼓歌》極道宣王之事，偉矣。……至謂三百篇皆如星宿，獨此詩如日月也。『二雅褊迫』之語，尤非所宜言。今世所傳石鼓之詞尚在，豈能出《吉日》、《車攻》之右，安知非經聖人所刪乎？！」何焯《義門讀書記》卷三十亦謂《石鼓歌》中這四句「此劉彥和所謂誇飾，然在此，題詩反成病累！」〔註 69〕石鼓文本和孔子風馬牛不相及，退之爲作文而將之強挽一處，後人亦因襲。如《全宋詩》卷二五九梅堯臣《雷逸老以仿石鼓文見遺因呈祭酒吳公》：「我欲效韓非癡狂，載致出關無所障。至寶宜列孔子堂，固勝朽版堆屋牆。」卷二五〇〇程洵《遊石鼓次柯德初韻》：「仰止夫子堂，敬誦昌黎句。」二人對韓愈的態度大不相同。梅堯臣以韓愈稱孔子「陋儒」爲「癡狂」；程洵是朱熹的弟子，卻要「敬誦昌黎句」！——大概他著眼於昌黎對石鼓文的頌揚，一葉障目。錢鍾書說：「退之可愛，正以雖自命學道，而言行失檢、文字不根處，仍極近人。」韓愈以孔子刪詩爲陋儒，蓋亦「言行失檢、文字不根」之一端歟？錢氏又云：「宋人於韓（愈），非溺愛不明者，然畢竟大端迴護退之！」〔註 70〕不單宋人沒有怎麼爲此糾纏韓愈，而且在孔子地位越來越崇高的後世，也沒有多少人指摘這些過甚之詞，〔註 71〕也許是

乎後世所有有影響的唐詩選本都收錄了。陸游《老學庵筆記》卷五：「胡基仲嘗言：退之《石鼓歌》：『羲之俗書趁姿媚。』狂肆甚矣。予對曰：此詩至云：『陋儒編詩不收入，二雅褊迫無委蛇。』其言羲之俗書未爲可駭也。」則放翁亦以「陋儒」爲詆呵孔子。

〔註 69〕何焯著《義門讀書記》，北京：中華書局，2006：514。

〔註 70〕錢鍾書著《談藝錄》，北京：中華書局，1993：63；83。

〔註 71〕沈德潛在《唐詩別裁集》卷七對《石鼓歌》中的「陋儒」有一個解釋：「指當時采風者言。《二雅》不載，孔子無從採取也。焉有不滿孔子之意？」（沈德潛《唐詩別裁集》，上海：上海古籍出版社，2009：

《石鼓歌》的藻采起了掩護作用。

韓愈的抱怨，其實還不是懷疑孔子刪詩，而是埋怨詩沒有盡善盡美，有些該收的詩卻失收。《全宋詩》卷一四一四程俱《仲嘉分題得詩分韻得經字是日仲嘉以事先歸代作一首》：

> 六義出秦火，至今如日星。人言三百篇，聖手昔所經。我疑東家丘，削跡不自懲。羈臣與孽子，中有怨刺情。胡爲不刪去？被彼絃歌聲。遂令甫白輩，不識至道精。昔爲人所重，今爲時所輕！

詩中一則曰「人言」，再則曰「我疑」，認爲《詩經》中有「孤臣孽子」的「怨刺」；如果孔子眞的刪過詩，這些不夠溫柔敦厚的篇章當在刪削之列，不應留存至今，以至敗壞了至道之精醇，而使《詩經》爲時人所輕易！程俱在詩裏提出了一個弔詭（paradox）：要麼孔子「不識至道精」，以至三百五篇中闌入「怨刺」之作；要麼孔子實未刪詩，即二者毫不相干！程俱當然是傾向於相信後一種可能，而非故意與孔子爲難！耐人尋味的是這首詩的標題，程俱似乎在開脫，說這首詩是代人作，暗示這算不得是程俱的意見。雖然是掩耳盜鈴，但也表明程俱對這樣激烈地否定詩與孔子關係，有些忐忑不安。《四庫全書總目》卷一五六，言程俱：「詩則取徑韋柳，以上窺陶謝，蕭散古澹，亦頗

246。）此說似乎很有道理。其實不然，因爲他犯了古人常有的以後例前的錯誤。好像孔子刪詩是像他別裁唐詩，有那麼一部《全唐詩》之類的總集可供刪剔。而且沈德潛這樣辯解的目的在於維護他「溫柔敦厚」的詩學主張。沈德潛最後說「焉有不滿孔子之意？」正好透露出在此之前，人們普遍認爲此詩中的「陋儒」就是指孔子。錢仲聯《韓昌黎詩繫年集釋》卷七並未引沈德潛此說，只引《史記》孔子刪詩一段，詳其文意，似亦以「陋儒」爲孔子者。（錢仲聯《韓昌黎詩繫年集釋》，上海：上海古籍出版社，2007：799。）沈德潛的說法，只有《唐宋詩醇》卷三十曾加以徵引，但又似乎不是本於《唐詩別裁集》者，因爲它還有「隸書風俗通行，別於古篆，故云『俗書』，無貶右軍意。」（《唐宋詩醇》，北京：中國三峽出版社，1997:621。）則他不但代「至聖」喊冤，而且代「書聖」涮污。足證我們前面說他意圖維護詩教之敦厚。

有自得之趣。」〔註 72〕錢鍾書則不以爲然，云：「(程俱）詩文極爲葉少蘊所推。詩亦出入半山、東坡之間，而不如《建康集》(按：《建康集》是葉夢得文集，今存八卷）之雅貼，要皆寡眞切語；文蕭散潔適，在詩上。」〔註 73〕可見，和陶謝韋柳沒有太大關係；倒是和蘇東坡親近。《蘇軾詩集合注》卷十五《和孔周翰二絕》之《再觀邸園留題》：「魯叟錄詩應有取，曲收彤管邶墉風。」雖未否定孔子刪詩，但說「魯叟錄詩應有取」——認爲孔子把《靜女》詩收入《邶風》，也許是大有深意吧！已經有點疑惑了；而到程俱，更是大放厥詞。誠所謂大輅之於椎輪！

但程俱的說法，似乎沒有什麼回應。朱熹在孔子刪詩問題上基本上採取一種調和與迴避的態度。胡樸安在《詩經學》中說：「蓋宋人說《詩》，自朱子而後，多以《(詩）集傳》爲宗。」〔註 74〕朱熹在《〈詩集傳〉序》中說：「孔子生於其時，既不得位，無以行帝王勸懲黜陟之政。於是特舉其籍而討論之，去其重複，正其紛亂，而其善之不足以爲法，惡之不足以爲戒者，則亦刊而去之。以從簡約，示久遠，使夫學者即是而有以考其得失：善者師之，而惡者改焉。是以其政雖不足行於一時，而其教實被於萬世。是則詩之所以爲教者然也。」〔註 75〕可見，朱子在這裡仍然堅持孔子刪詩，「其善之不足以爲法，惡之不足以爲戒者，則亦刊而去之」！《朱子語類》卷八十，有人問刪詩，朱子說：「那曾見得聖人執筆，刪那個，存這個！也只得就相傳上說去。」〔註 76〕基本上，對孔子刪詩又持不相信態度。所以有此態度上

〔註 72〕此說蓋本《宋詩鈔》。《北山小集鈔》前程俱小傳云：「詩則取塗韋柳，以窺陶謝：蕭散古澹，有忘言自足之趣。標致之最高者也。」(吳之振、呂留良、吳自牧《宋詩鈔》，北京：中華書局，1996：1563。)

〔註 73〕錢鍾書《錢鍾書手稿集》(容安館札記)，北京：商務印書館，2003：1068。

〔註 74〕胡樸安《詩經學》，《胡樸安學術論著》，杭州：浙江人民出版社，1998：186。

〔註 75〕朱熹《詩集傳》，長沙：嶽麓書社，1997：1。

〔註 76〕黎靖德編《朱子語類》，北京：中華書局，1988：2065。

的差異，是因爲場合不同，私下裏做些學術討論可以，公開場合，牽涉到意識形態，必須堅持孔子刪詩，堅持孔子和詩的聯繫。

二、斷爛朝報

宋代對春秋的質疑也出現了。歐陽修就已經不滿意對《春秋》的牽強附會；《居士集》卷一《送黎生下第還蜀》：「妄儒泥於魯，甚者云黜周。大旨既已矣，安能討源流。遂令學者迷，異說相交鈎。」此詩作於慶曆二年（1042 年）。又，卷四《獲麟贈姚闢先輩》：「春秋二百年，文約義甚夷。一從聖人沒，學者自爲師。崢嶸眾家說，平地生嶮巇。相沿益迂怪，各鬥出新奇。爾來千餘歲，舉世不知迷。焯哉聖人經，照耀萬世疑。」此詩作於皇祐元年（1049 年）。〔註 77〕但還沒有否認孔子作春秋，只是怨後人對孔子的微言大義領會不當；和稍後的王安石不同。

《蘇軾詩集合注》卷十四《寄黎眉州》：「治經方笑春秋學，好士今無六一賢。」施元之注：「王介甫不喜春秋，目爲斷爛朝報。是時，介甫方得志，故云『治經方笑春秋學。』」查愼行注引張端義《貴耳錄》：「王荊公斥詞賦，尊經，獨以春秋非經，不試。」〔註 78〕也就是說，王安石不承認《春秋》是孔子所作，其中的微言大義更是無從談起。王安石的這個論斷就學術意義上，自具徵實精神和直面眞理的勇氣，但它對《春秋》所感發的敢於面對現實、勇於批判醜惡的道德意識所具價值力量認識不足，對春秋面向現實政治所具有的潛在的積極

〔註 77〕洪本健《歐陽修詩文集校箋》，上海：上海古籍出版社，2010：32；106～7。《全宋詩》卷八四四朱長文（1039～1098）《春秋終講伏蒙知府諫議臨視學舍宴勞諸生謹成小詩敘謝》：「泰山先生久冥寞，世把春秋束高閣。」卷一〇四七劉弇《有詔遣移局實錄院因成古詩奉別同舍學士諸公聊佐一笑》：「肉角死西郊，風味一朝盡。千秋聖人經，寂寞風雨燼。」卷一六二三呂本中《即事六言七首》之五：「直至孟軻沒後，無人會讀春秋！」更是將孟子之後的春秋學，一筆勾銷！

〔註 78〕馮應榴《蘇軾詩集合注》，上海：上海古籍出版社，2001：655。

性視而不見，就宋代士大夫的政治建設而言，則是一種挫折與傷害。〔註79〕《全宋詩》卷三二九二宋理宗《賜馬廷鸞四首》之二：

春秋萬古一權衡，筆削昭然揭日星。道貫百王垂大法，義先五始定常經。是非褒貶寓深意，理亂安危燭未形。內夏外夷歸一統，煒然治象炳丹青。

可算是愛好理學的皇帝給出的對於《春秋》的意識形態的結論。朱熹說：「聖人此書（春秋）之作，遏人欲於橫流，遂以二百四十二年行事寓其褒貶。使聖人作經，有今人巧曲意思，亦不解作得。不知聖人將死，作一部書，如此感麟涕泣，兩淚沾襟。這般意思，是豈徒然？！」〔註80〕宋末的學者和詩人，往往把《春秋》的式微，歸咎於王安石。〔註81〕如《全宋詩》卷三四二二劉黻《和紫陽先生感興詩二十首》之一四：「筆削匪爛報，執拗開亂原。」卷三四八九方回《覽

〔註79〕錢鍾書也同意王安石「斷爛朝報」的說法，把《春秋》和《左傳》的關係，比喻成「報紙新聞標題之與報導」；又認爲「《公羊》、《穀梁》兩傳闡明《春秋》美刺『微詞』，實吾國修辭學最早之發凡起例」；「『春秋筆法』，正即修辭學之朔」。（錢鍾書著《管錐編》，北京：中華書局，1991：161；967～8；《管錐編增訂》：21。）實際上，這是就歷史學與文學分別而言。熊十力力主六經皆孔子作，《春秋》自不能外；又言「春秋三世說」，「可見孔子爲持進化論者」。（熊十力著《讀經示要》，北京：中國人民大學出版社，2009：330）則是就新儒家闡釋義理，以求益於現世耳，不得不然。二者各有所當，所謂強合則兩傷，分則各全其美。包弼德認爲，王安石把春秋排除在儒家經典之外，是因爲「這部經典不適合這種規劃井然的分析（programmatic analysis）。」（包弼德著《斯文：唐宋思想的轉型》，南京：江蘇人民出版社，2001：241。）莫名其妙！

〔註80〕錢穆著《朱子新學案》，成都：巴蜀書社，1987：1307。

〔註81〕王安石說春秋是斷爛朝報，主要影響在朝廷政治方面。《綱鑒易知錄》卷七一：熙寧八年（1057年）王安石《三經新義》頒行，「黜春秋之書，不列學宮，至詆之爲斷爛朝報！」（ibid:1046.）卷七二：元祐元年（1086年），「置春秋博士。」（ibid:1062.）這時神宗和王安石都死了。卷七三：紹聖四年（1097年），「復罷春秋科。」（ibid：1078.）卷七四：元符三年（1100年），「置春秋博士。」（ibid:1086.）崇寧元年（1102年），「復罷春秋博士。」（吳乘權等《綱鑒易知錄》，北京：中華書局，2009：1090。）可見，對於春秋的態度成爲北宋黨爭的一項重要內容。

古五首》之三：「父子具曰聖，相謂為仲尼。獨於春秋學，盲心無能稽。……至今二百年，遺禍殃蒸黎。」卷三五九九文天祥《有感》：「人人野祭伊水邊，春秋斷爛不復傳。」卷三三九三王奕《歸途有感》：「不知江右明經士，曾識春秋兩字無！」卷三七〇〇艾性夫《書無悶僚寮？》之一：「硎谷冬瓜幸未生，尚堪松下抱遺經。春秋斷爛無人讀，一點寒燈老眼青。」

三、孔子十翼

就是「焚香讀易」第一人的歐陽修，對孔子著易的說法首先問難；認為《繫辭》「有聖人之言焉，有非聖人之言焉。」（《外集》卷十《易或問》）〔註 82〕牟宗三云：「『十翼』不必是孔子作，但『十翼』出於孔門，當無可疑。」〔註 83〕其實，這也正是歐陽修的看法。「（『十翼』）是講師之傳，謂之大傳。其源蓋出於孔子，而相傳於易師也。其來也遠，其傳也多，其間轉失而增加者不足怪也。」所以歐陽修「十翼」非孔子作，並不是徹底否定易與孔子的關係。南宋葉適，也有類似的看法。《全宋詩》卷二九二一眞德秀《送永嘉陳有輝》：「二圖君已窺微指，十翼吾方愧淺聞。」有自注云：「君聞水心葉公言：十翼非孔子作。嘗質疑於某，晚學不敢斷其是否；故云。」一般而言，宋人還是認同司馬遷在《孔子世家》中的說法：「孔子晚而喜易，序彖、繫、象、說卦、文言。」（《史記》卷四十七）熊十力云：「二帝三王之世，當有卜辭流傳，孔子於卦爻辭，容有採取。然一經孔子之手，便賦以哲學意義，而非卜辭之舊矣。」〔註 84〕蔣伯謙亦云：「蓋易自文王作卦辭、爻辭後，已成卜筮之書，然亦僅為卜筮之用而已。孔子作彖、象以益之，於是卜筮之易，始一變而為論哲理、切人事之書。」〔註 85〕歐陽修能夠焚香讀易，足見對《易經》的重視，正因為重視，他

〔註 82〕洪本健《歐陽修詩文集校箋》，上海：上海古籍出版社，2010：1594。
〔註 83〕牟宗三《周易哲學講演錄》，上海：華東師範大學出版社，2007：3。
〔註 84〕熊十力《讀經示要》，北京：中國人民大學出版社，2009：218。
〔註 85〕蔣伯潛《十三經概論》，上海：上海古籍出版社，2010：30。

才讀易大有心得，乃能對之有所疑，乃能問難。這對「不讀書」的歐九來說，顯得尤爲可貴。但宋代一般讀書人，並不接受歐陽修、葉適等少數幾個人「十翼」非孔子作的觀點，或者說對此採取了眞德秀的那種置而不議的策略。

對於六經，宋人也有一些牢騷和不滿。《全宋詩》卷五七八馮京《答伯庸》:「孔子之文滿天下，孔子之道滿天下。得其文者公卿徒，得其道者爲餓夫！」《宋詩紀事》卷十八未收此詩。錢鍾書補訂入此詩，並引《能改齋漫錄》，云：此詩「用李泰伯《潛書》。」〔註 86〕有人把六經作爲獵取富貴的敲門磚，而不是作爲進德修業的金礦去開掘。《全宋詩》卷二七〇石介《安道登茂材異等科》:「六經掛東壁，三史束高閣。瑣瑣事雕篆，區區衍述作。」卷六六二呂陶《說學送句輔元赴普慈》:「六經聖人心，言以寓微意。著示萬世教，大略歸簡易。」又言後世學者不能守經，師心自用，競於非是：「所得方一毫，已謂盡千里。譬如就寸管，窺覘九清位。又如持小蠡，測度巨浸水。」卷一六四范仲淹《四民詩》之《士》:「孔子甘寂默：六經無光輝，反如日月蝕。大道豈復興，此弊何時抑。……昔多松柏心，今皆桃李色。」卷六九六王令《世言》:「聖賢沒已遠，是非久無定。六經紙上言，黑白欲誰證。獨有自信人，中得不外競。」卷一二四七毛滂《出都寄二蘇》:「士通五經取青紫，請謝夏侯烏有此。捷徑須知自有塗，枉誦陳編腐牙齒。」卷二七九七釋居簡《崔中書家藏

〔註 86〕錢鍾書《宋詩紀事補訂》（手稿影印本），北京：生活・讀書・新知三聯書店，2005：451。《能改齋漫錄》卷十四有李覯《潛書》中的原話:「孔子之言滿天下，孔子之道未嘗行；簠簋牲幣廟以王，禮食其死不食其生！師其言，不師其道！得其言者爲富貴，得其道者爲餓夫！」李覯的話，雖然囉嗦，但牢騷更盛。李泰伯就是李覯，是北宋初年的著名道學家，《宋元學案》卷三有傳。《全宋詩》卷三五〇李覯《謝宋屯田見示永平錄海南編》:「多少儒衣只假塗，貴來誰肯更觀書。其間或以文爭勝，未見如君識有餘。長把六經爲準的，最應三代是權輿。可憐後世名空在，直釣而今豈得魚？！」此詩亦與馮京同意。

閻立本醉道士圖》:「道德五千風過耳，更復沉酣到六經，六經古人糟粕耳。」卷二八五〇蘇泂《存沒口號》之二:「學者皆知孔氏宗:六籍湮微吾道喪。」

六經雖然如此光輝燦爛，但宋人認爲六經並不完全，不純粹，混亂，並且把這個缺失歸咎於秦始皇的焚書。《全宋詩》卷一〇二〇黃庭堅《讀書呈幾復二首》之二:「得君眞似指南車，杖策方圖問燕居。吾欲忘言觀道妙，六經俱是不完書！」〔註 87〕卷二五二八陳傅良《借書一首別薛子長》:「辛勤抱遺經，及此鬢髮斑……雖更聖人手，亦恐眾說漫。」卷二六六二葉適《魏華甫鶴山書院》:「周公仲尼在左右，勘點六籍開凡愚。曾經秦禍多散闕，鄭箋毛傳悲紛如。」卷三二二〇方岳《謝兄編言仁求詩》:「六經在天如北斗，尙多不經聖人手。」卷三四八九方回《覽古五首》之五:「六經樂故亡，三禮復不完。……易詩書春秋，論孟庸學篇。」《劍南詩稿》卷四十九《冬夜讀書有感》:「六經未與秦灰冷，尙付餘年斷簡中。」卷五十九《蕩蕩》:「六經殘缺幸可考，百氏縱橫誰復憂。釋書恐非易論語，王跡其在詩春秋。」卷六十一《示子遹》:「敢恨吾生後聖賢，六經雖缺尙成編。」卷八十四《讀華佗傳》:「六籍雖殘聖道醇，中更秦火不成塵。」〔註 88〕

宋人尙且如此怨恨，唐人對六經的牢騷和不滿就更質直了；但二者還是有細微的區別。六經的研習不一定能給士人帶來他們渴望的榮華富貴，唐人多是著眼於此，抱著淺薄的功利主義的見識。宋人則不然，他們怨那些借助六經得富貴的人，只是把經典作敲門磚用，對六

〔註 87〕《山谷詩外集補》卷三言此詩作於治平三年（1066 年），則黃庭堅當時只有 21 歲。(《黃庭堅詩集注》，北京：中華書局，2003：1638。)

〔註 88〕陸游的說法是有矛盾的。他曾認爲易是六經中唯一未受秦焚書影響，而傳下原本。《劍南詩稿》卷四十二《冬夜讀書示子聿》之二:「易經獨不遭秦火，字字皆如見聖人。」卷四十九《誦書示子聿二首》之二:「易傳三聖至仲尼，炎炎秦火乃見遺。經中獨無一字疑，正須虛心以受之。」

經精神缺少領會，更不要說身體力行！而領取六經精神的人，反而窮困潦倒。宋人不是眞的在怨六經，而是不滿造成這種不公的取士制度。宋人對六經感到遺憾的是，六經並不是完美無缺的。他們將之歸咎於秦始皇的焚書——這是唐人所沒有在詩歌中觸及的。爲什麼？這可以說是宋人對六經的否定性表徵的一個不得已的回應——說它不得已是因爲在客觀上承認了六經的不完美——隱含著這樣的意思：六經因孔子的製作，本來是完美神聖的；但秦始皇的一把大火，弄得六經殘缺不全，怎麼能怨孔子，懷疑聖人呢？！由此，把可能引發的對孔子聖性的質疑給消掉了。

關於六經的種種質疑，都被湮沒在詩中對孔子和六經有密切聯繫的眾多肯定表徵的洪流中。其原因何在？我們可以用朱子的話來簡短解答。朱子雖知孔子刪詩有矛盾，在公開場合仍然堅持「孔子刪詩」不動搖。前面已說過。對書〔註89〕、易、春秋，朱子同樣有所懷疑。朱子雖知「十翼非盡孔子之筆」，而不取「歐陽氏之必辨十翼爲非孔子作」。用朱子自己的話說是「書中可疑諸篇，若一齊不信，恐倒了六經！」錢穆說，「倒了六經一語，大堪嚼嚼」。〔註90〕也就是說，朱子害怕割斷孔子和六經聯繫後，會出現多米諾骨牌式的效應。朱熹所以要堅持六經與孔子的割不斷的關係，實在是因爲由此可把孔子的聖性傳遞給六經。這和《聖經》裏通過接觸耶穌，可以治癒疾病，或傳說中的點金石一樣神奇！〔註91〕堅持孔子與六經的關係，有利於保持

〔註89〕朱熹曾說：「《書大序》，亦疑不是孔安國文字。大抵西漢文章渾厚近古，雖董仲舒劉向之徒，言語自別。讀《書大序》，便覺軟慢無氣，未必不是後人所作也。」（《朱子語類》卷八十）（黎靖德編《朱子語類》，北京：中華書局，1988：2075～6。）

〔註90〕錢穆著《朱子新學案》，成都：巴蜀書社，1987：1258；1778；1795。

〔註91〕西方強調上帝是聖經的本源。斯賓諾莎說人們相信「聖經是上帝從天上給人們送來的口信。」（斯賓諾莎著《神學政治論》，北京：商務印書館，1997：177。）弗萊說，傳統地，聖經是通過上帝指派的代理人，向人們傳遞的上帝的意旨。（Northrop Frye,The Great Code:The Bible and Literature.Harcourt,Inc.,1982:28～9:the Bible has

六經的崇高地位！而六經的崇高，反過來證明著孔子異乎尋常的聖性。消滅致疑孔子與六經關係的言論，與由唐到宋的詩歌中強調孔子與六經關係的表徵之聲越來越洪亮的現象，正是同一問題的兩面，一者積極，一者消極。〔註92〕

traditionally been assumed to be the rhetoric of God,accommodated to human intelligence and coming through human agents.）博爾赫斯說，西方傳統的觀點認爲，聖經是聖靈的寫作：神的智慧是無限的，所以聖靈寫作的聖經,一字一句都是經過深思熟慮，沒有誤差存在的。（This Craft of Verse,Jorge Luis Borges.Harvard University Press, 2000：9；72：the idea of Holy Writ,of books written by Holy Ghost.If we think of the Holy Ghost,if we think of the infinite intelligence of God undertaking a literary task,then we are not allowed to think of any chance elements-in his work.…every word ,every letter,must have been thought out.）福柯注意到聖經闡釋上，總是希望通過聖經作者的聖性去肯定聖經文本的價值。〔Michel Foucault,What is an Author?:Modern criticism ,in its desire to ‘recover’ the author from a work,employs devices strongly reminiscent of Christian exegesis when it wished to prove the value of a text by ascertaining the holiness of its author.（Critical Theory Since Plato,3th edition.edited by Hazard Adams and Leroy Searle,by Thomson Wadsworth,2005:1265.）〕

〔註92〕最後，依照唐宋詩中所表徵的孔子與六經關係的特點與變化，我們試著描繪出一副印象式的孔子形象，算是對本章的考察，用另一形式做箇回顧：孔子首先是一個學者，和文獻文字打交道，而且是個老年人。但在唐代，他因爲聽說東郊獲麟，而且爲人所傷，也許他正在作春秋，於是帶著納西索斯式的自戀，泣泗連連；或者是因此番傷感，才決定作春秋。他也刪詩，又不免有些像眼界不開闊的鄉村塾師，不知道把石鼓文收入！另外，還是個好父親，用詩書教誨兒子。只是在唐人干謁爲目的的詩裏，這個父親顯得有些官派，貴重，和易於感傷、眼界狹窄的形象不太合拍。這大致是唐人在詩中表徵出的和六經聯繫著的孔子。宋代的孔子，有一點和唐代一樣，就是是個好父親，但那種官派已經沒有了，成了一個又慈愛又嚴厲的父親，對兒子不失時機地循循善誘。而且好學不倦，桑榆之年，還在孜孜讀易！經他手刪的詩，光華日月，完美無瑕。他作的春秋，威力極大，「一字之褒，榮若華袞；一字之貶，嚴若斧鉞」。這些都不是一般人做得到的，所以孔子在這裡表現出強烈的聖性——因爲孔子和六經都是可以理解領會的，所以孔子身上沒有神性。比較而言，孔子形象在唐代感性成分很濃，人間化明顯；在宋代，尤其是南宋，變得理智，睿識，聖，一言一動，都成爲道德標尺。

小結

本章探討了孔子與六經關係在唐宋詩裏的表徵特點及變化，並對其原因有所闡發。第一節，孔子和易經關係，在六經中是變化最大最明顯的。易經在唐代受玄學影響，幾乎和老莊沒有什麼差別，所以多數人對孔子和易的關係不怎麼注意，在唐詩中缺少表徵。宋代理學興起，著手把易改造成孔子之易，作爲建設理學體系的形而上學基礎之一，所以，易與孔子的關係得到大量的表徵。第二節，孔子和詩的關係，在對相關的「過庭」重描中，唐代詩人比較強烈的功利性傾向再次表現出來，宋人顯得更關注追求非功利的知識的快樂。宋人認爲孔子刪詩，保證了詩的完美。第三節，孔子和春秋、六經的關係，唐人引起共鳴的地方是孔子獲麟窮而作春秋，映襯詩人自己的蹭蹬不遇，成爲坎壈詠懷的借澆塊壘；宋人則注重開發春秋所蘊含的「大義」，希望藉此對道德、政治現實予以規範（normative）。宋人高度強調孔子和六經的關係，因爲他們認爲六經的崇高由孔子的聖性而被賦予，是六經合法性的保證；所以他們對懷疑孔子與六經關係的話語，擱置，不予置信。人們對孔子和六經關係的看法在時代發展中發生的變化，這些都在唐宋詩歌裏得到表現和驗證。從中得出的結論是，唐宋時孔子與這些經典的關係，基本上沒有多少人質疑；從唐到宋，對經典的推崇和孔子在國家意識形態中地位的攀升同步；唐宋對孔子和六經的態度和表現有明顯的差異。